KB247765

Jane Eyre

푸 른 숲
징검다리
클래식
005

제인 에어

Jane Eyre

샬럿 브론테 지음
이혜경 옮김

푸른숲주니어

'푸른숲 징검다리 클래식'을 펴내며

어린 시절, 할머니께서 조근조근 들려주시던 옛날이야기는 새로운 세상과 통하는 작은 창이었다. 상상의 날개를 달고 떠나는 창 너머 세상으로의 여행은 들어도 들어도 질리지 않는 재미와 마음속 깊은 곳을 울리는 감동을 선사해 주곤 했다. 그뿐 아니라 우리의 삶을 어떻게 꾸려 가야 하는지 곰곰이 생각해 보게 하는 지혜를 가르쳐 주었다. 말하자면 우리는 그 이야기들을 통해 '삶'을 배운 셈이다.

우리가 문학 작품을 읽어야 하는 까닭 또한 '삶을 배운다'는 점에서 크게 다르지 않다. 우리는 한 편 한 편의 문학 작품을 만나 사랑을 배우고, 우정을 배우고, 진실을 배우고, 지혜를 배운다.

그런 점에서 '푸른숲 징검다리 클래식'은 참 의미가 깊다. 오랜 세월을 거치며 각 나라의 문학사에 확고히 자리매김한 작품들을 한데 모았기 때문이다. 문학을 사랑하는 사람들이 즐겨 읽어 세계적인 명저로 일컬어지는 작품들……. 이를테면 우리 부모 세대, 아니 그 이전 세대부터 즐겨 읽었던 작품들로 많은 이들에게 삶의 의미와 가치를 일러주고, 또 '인생'이란 망망대해에서 등대 역할을 담당했던 것들이다.

세월이 흘러 사람들이 사는 모습도 달라지고 생각도 달라졌다. 그러나 시대와 장소를 뛰어넘어 변하지 않는 것이 있다. 바로 '삶'이다. 사람이 있는 곳이라면 어디든지 존재하는 삶은 항상 저마다의 무게를 떠안고 있다. 그 무게는 진실이라는 옷을 입고 문학 작품 속에 영원한 생명을 불어넣는다. 우리는 그것을 '고전'이라 부른다.

그러나 제아무리 훌륭한 고전이라 해도 독자가 읽고 소화할 수 없다면 아무런 소용이 없다. 지나치게 방대한 분량과 길고 어려운 문장은 책을 읽으려는 청소년들의 의지를 꺾을 뿐 아니라 좌절감마저 불러일으킨다.

'푸른숲 징검다리 클래식'은 바로 그러한 점을 염두에 두고 기획된 세계 명작 시리즈이다. 작품이 본디 지닌 맛과 재미를 고스란히 살리면서 우리 청소년들이 읽고 소화하기 쉽게 글을 다듬었다.

그리고 본문 뒤에는 현직 국어 교사들이 직접 쓴 해설을 붙였다. 작가나 작품에 대한 풍부한 설명은 물론, 그 작품들이 지니고 있는 현재적 의미까지 상세하게 짚어 보이고 있다. 아울러 해설 곳곳에 관련 정보를 담은 팁과 시각 자료를 배치해, 읽는 재미를 넘어 보는 재미까지 만끽할 수 있도록 했다.

아무쪼록 '푸른숲 징검다리 클래식'을 통해 우리 청소년들의 삶이 더욱더 깊고 풍성해지기를……

2006년 4월
기획위원 강혜원·계득성·전종옥

| 차례 |

제 1 장

게이츠헤드

그날은 산책을 하기에 좋은 날씨가 아니었다. 그런데도 나뭇잎 하나 없는 정원에서 한 시간쯤 서성거렸다. 점심을 먹고 나자 싸늘한 바람이 새까만 구름과 폭우를 몰고 와 더 이상 밖에 있을 수가 없었다.

나는 내심 기뻤다. 원래 오래 걷는 것을 좋아하지 않았는데, 추운 날 오후에는 특히 더 그랬다. 손가락과 발가락이 꽁꽁 얼어붙은 채 집으로 돌아오는 게 너무 싫은 데다, 유모인 베시가 끝없이 잔소리를 해 대는 것도 마음을 우울하게 만들었다. 거기에다 내가 일라이자나 존, 조지아나에 비해 아주 많이 허약하다는 사실을 다시 한 번 확인하는 것도 끔찍한 일이었다.

일라이자와 존, 그리고 조지아나는 자신들의 어머니와 함께 응접실에 앉아 있었다. 리드 부인은 사랑하는 자식들에게 둘러싸인 채 벽난로 옆 소파에 기대 앉아 있었는데, 그 순간만큼은 더할 나위 없이 행복해 보였다. 나는 그 자리에 낄 수 없었다.

리드 부인이 나에게 말했다.

"제인, 너를 멀리하는 건 미안한 일이다. 하지만 네가 좀 더 사근사근하고 붙임성 있는 아이가 되기 전에는 함께 즐거운 시간을 보낼 수 없어. 평화나 행복 같은 건 사랑스럽고 명랑한 아이들만 누릴 수 있는 거니까."

내가 불만스러운 말투로 물었다.

"제가 뭘 잘못했는데요?"

"제인, 나는 쓸데없는 질문이나 말대꾸를 좋아하지 않아! 어린아이가 그런 식으로 어른한테 꼬치꼬치 따져 묻다니. 고분고분하게 말할 수 있을 때까지 어디 가서 입 다물고 있도록 해."

나는 아무 말 없이 아침 식사를 하는 작은 거실로 들어갔다. 그곳에는 책장이 있었다. 나는 책장에서 그림이 잔뜩 있는 책을 한 권 꺼내 들고 창턱으로 올라가 책상다리를 하고 앉았다. 그러고는 밖에서 보이지 않도록 붉은색 커튼을 쳤다.

책 속의 그림들은 제각기 다른 이야깃거리를 지니고 있었다. 아직 미숙한 나의 이해력으로는 그 의미를 모두 다 이해할 수 없었지만 아주 흥미롭게 와 닿는 것만은 틀림없었다. 그 이야기들은 베시가 기분이 좋을 때면 가끔 들려주던 사랑 이야기나 모험담만큼 재미있었다.

책을 무릎 위에 올려놓고 있으니 세상을 다 가진 듯 행복했다. 누군가가 그 순간을 방해할까 봐 두려울 뿐이었다. 그러나 방해꾼은 금세 나타났다. 존 리드가 나를 찾으러 작은 거실로 들어온 것이다. 아무런 대답이 없자 그는 혼자서 이렇게 중얼거렸다.

"도대체 어디 간 거야?"

이윽고 존은 큰 소리로 외쳤다.

"일라이자, 조지아나! 제인은 여기 없어. 얼른 엄마한테 가서 일러바쳐! 비가 오는데 밖으로 나갔다고 말이야."

'커튼을 쳐서 정말 다행이야.'

나는 이렇게 생각하면서, 존이 내가 숨은 곳을 발견하지 못하기를 간절히 바랐다. 사실 존 혼자서는 찾아낼 수 없을 게 뻔했다. 눈치도 없는 데다가 머리도 좋지 않으니까. 그런데 일라이자가 열린 문 사이로 고개를 들이밀며 말했다.

"분명히 창턱에 앉아 있을 거야."

나는 그 말이 끝나자마자 커튼 밖으로 나왔다. 존에게 질질 끌려 나올 것을 생각하니 온몸에 소름이 쫙 돋았다. 나는 아무렇지도 않은 척하며 물었다.

"왜 날 찾아?"

"'리드 도련님, 왜 절 찾으셨어요?'라고 해야지."

존은 이렇게 말하면서 안락의자에 앉더니, 손짓으로 가까이 오라는 신호를 했다.

존은 열네 살로, 나보다 네 살이나 많았다. 나이에 비해 몸집은 크지만, 혈색이 좋지 않아 아픈 사람처럼 보였다. 팔다리가 굵고 손발이 커서 몸매도 볼품없었다. 원래 지금쯤은 학교에 있어야 하지만, 리드 부인이 아들의 '허약한 체질'이 염려된다면서 두어 달째 집에 데려다 놓고 있었다.

교장 선생님은 집에서 케이크와 사탕을 조금만 덜 보내면 건강이 좋아질 것이라고 말했다. 그러나 리드 부인은 그런 가혹한 조언을 받아들일 수 없었다. 존이 공부를 너무 열심히 한 데다 집에 대한 그리움이 너무 큰 나머지 몸이 약해진 것이라고 믿고 싶어 했다.

존은 어머니와 누이들을 썩 좋아하는 편이 아니었는데, 그 누구보다도 나를 아주 싫어했다. 그래서 끊임없이 함부로 대하고 괴롭히며 벌을 주었다. 존한테 구박을 받아도 내 편이 되어 주는 사람은 아무도 없었다. 하인들은 어린 주인의 기분을 언짢게 하지 않으려고 전전긍긍했고, 리드 부인은 존이 나를 때리거나 못살게 굴었다는 말을 듣고도 한 번도 야단친 적이 없었다. 가끔은 그녀가 보는 앞에서 나를 괴롭히는데도 아무것도 못 본 듯이 행동했다.

나는 군말 없이 존이 앉아 있는 의자로 다가갔다. 존은 나를 향해 삼 분쯤 혀를 내밀었다. 나는 존이 곧 나를 때릴 것이라는 사실을 알고 있었으므로 역겹게 생긴 그의 얼굴을 뚫어지게 바라보았다. 존은 내 얼굴에서 그런 생각을 읽기라도 한 듯, 갑자기 나를 힘껏 때렸다. 나는 쓰러질 뻔했지만 겨우 균형을 잡으며 한 발짝 물러섰다.

"이건 조금 전에 엄마한테 말대꾸하고 도둑년처럼 커튼 뒤에 숨어 있었던 것과 방금 전에 보인 네 눈빛에 대한 벌이다. 쥐새끼 같은 계집애!"

그런 모욕적인 말에는 너무나 익숙해진 터라 뭐라고 대꾸할 생각도 나지 않았다. 그저 그 말 뒤에 날아올 주먹을 어떻게 참아 낼까 하는 것이 걱정스러울 뿐이었다. 존이 다그쳤다.

"커튼 뒤에서 뭘 하고 있었냐?"

"책을 읽고 있었어."

"그 책 내놔."

나는 잠자코 창문 쪽으로 가서 책을 가져왔다.

"넌 우리 책을 읽을 권리가 없어. 엄마가 그러는데, 네 아버지는 아무것도 안 남겼기 때문에 넌 거지나 다름없대. 그러니까 넌 구걸이나 하면서 살아야 하는 거지. 우리 같은 신사 집안의 아이들과 함께 살면서 우리와 똑같은 음식을 먹고 우리 엄마가 사 주는 옷을 입어서는 안 돼. 경고하는데, 다시는 내 책장에 손 대지 마. 그 책들은 다 내 거니까. 이 집 전체가 다 내 거라고. 아

니, 몇 년 후면 그렇게 될 거란 말이지. 거울하고 창문을 가리지
말고 문 옆에 가서 서 봐."

처음에는 존의 속셈을 알아채지 못하고 시키는 대로 했다. 하
지만 곧 그가 책을 들어 나를 향해 겨누는 것을 보고는 공포에
질려 소리를 지르며 옆으로 피했다. 그러나 이미 늦었다. 책에
맞아 넘어지면서 문에 부딪히는 바람에 머리가 찢어져 버렸다.
머리에서 피가 흐르고 이가 덜덜 떨릴 만큼 심한 고통이 느껴지
자, 두려움이 정도를 넘어 분노가 치밀어 올랐다.

"이 잔인하고 나쁜 놈! 넌 살인자나 마찬가지야. 노예 감독관
같단 말이야. 로마의 폭군 황제 같다고!"

존이 소리쳤다.

"뭐라고? 다시 말해 봐! 그거 지금 나한테 하는 말이야? 일라
이자, 조지아나! 지금 저 못된 것이 하는 말 들었어? 엄마한테
다 이를 거야! 그렇지만 그 전에……."

존은 나한테 달려들어 머리채와 어깨를 억세게 움켜잡았다.
나도 가만히 있지 않았다. 피가 목을 타고 흘러내리는 것을 본
순간, 아픔이 모든 두려움을 잊게 했다. 미친 듯이 존에게 대들
었다. 존은 계속해서 "쥐새끼 같은 계집애! 못된 계집애!"라고
악을 써 댔다.

존한테는 도움을 줄 손길이 아주 가까이에 있었다. 일라이자
와 조지아나가 리드 부인을 부르러 달려갔다. 곧 리드 부인이

나타났고 뒤이어 유모 베시와 하녀 애보트가 들어왔다. 그들이 엉겨 붙어 있는 존과 나를 떼어 놓으며 수군거렸다.

"어머나! 저런 못된 것 같으니라고. 존 도련님한테 저렇게 덤벼들다니!"

"저렇게 미친 듯이 날뛰는 건 처음 보겠네!"

그러자 리드 부인이 명령했다.

"저것을 붉은 방에 가둬 버려!"

두 사람의 손이 나를 잡아채더니 이층으로 끌고 갔다.

제 2 장
붉은 방에 갇히다

나는 끌려가는 동안 계속 발버둥을 쳤다. 내가 이렇게 거칠게 반항하는 것은 처음이었다. 그렇지 않아도 평소 나를 마땅찮게 보던 베시와 애보트는 이 일로 나를 더욱 성질 고약한 계집애로 여기게 되었다. 정말 그때 나는 정신이 나간 것 같았다.

베시가 나를 잡으며 말했다.

"팔을 꼭 붙잡아요. 꼭 미친 고양이 같아!"

애보트가 소리쳤다.

"세상에, 기가 막혀! 제인 아가씨, 지금 정신이 있는 거예요? 자기를 돌봐 주는 분의 아들인 어린 주인님을 때리다니요."

"주인님이요? 그 애가 왜 내 주인이죠? 그럼 내가 하인이란 말이에요?"

"하인만도 못하지요. 자기 앞가림도 제대로 못하고 있잖아요. 저기 앉아서 얼마나 못된 짓을 했는지 반성하도록 해요."

두 사람은 리드 부인이 말했던 붉은 방으로 나를 끌고 들어가서 의자에 억지로 앉혔다. 나는 벌떡 일어나려고 했지만, 그들은 억센 손으로 다시 주저앉혔다.

"조용히 앉아 있지 않으면 묶어 놓을 수밖에 없어요. 애보트, 벨트 좀 빌려 줘요. 내 건 금방 망가뜨릴 것 같아."

내가 소리쳤다.

"그러지 말아요! 가만있을게요."

"좋아요, 가만히 있어야 해요."

베시는 이렇게 말한 뒤, 내가 정말 얌전해진 것을 확인한 다음에야 손을 놓았다. 그러고는 팔짱을 낀 채 내가 제정신인지 의심스럽다는 듯한 눈빛으로 나를 바라보았다.

베시가 애보트에게 말했다.

"전에는 이런 적이 한 번도 없었는데……."

"속으로는 항상 반항하고 있었던 거겠지요. 마님께 제인 아가씨에 대해 몇 번 말씀드린 적이 있는데, 같은 생각을 하고 계시는 것 같았어요. 정말이지 아주 교활하게 군다니까요."

애보트의 말에 베시는 아무런 대꾸도 하지 않고, 나를 보며 말했다.

"제인 아가씨, 마님께 감사해야 한다는 사실을 잊지 말아야 해요. 그분은 갈 곳 없는 아가씨를 돌봐 주고 있잖아요. 그분이 멀리 보내 버리면 어떻게 하려고 그래요?"

그 말에는 아무런 대답도 할 수 없었다. 처음 듣는 말은 아니었다. 아주 어릴 때부터 귀에 못이 박히도록 들어 왔다. 그 뜻을 제대로 이해할 수는 없었지만, 들을 때마다 자존심이 상했다.

애보트가 베시를 거들었다.

"그리고 아가씨가 이 댁 도련님이나 아가씨들하고 함께 자란다고 해도, 같은 위치라고 생각해서는 안 되죠. 그분들은 앞으로 엄청난 재산을 물려받겠지만 아가씬 무일푼이잖아요. 그러니 감사히 여기고 얌전하게 행동하는 게 좋아요."

베시가 한층 누그러진 목소리로 덧붙였다.

"우리가 이런 말을 하는 건 다 제인 아가씨를 위해서예요. 쓸모 있는 사람이 되기 위해 노력해야 해요. 싹싹하게 굴어서 그분들의 비위를 맞춰 보세요. 그러면 이 집에서 계속 살 수 있게 될지도 모르잖아요. 하지만 이렇게 계속 제멋대로 굴면, 마님이 분명 아가씰 쫓아내고 말 거예요."

이어 애보트가 말했다.

"어디 그뿐이겠어? 하느님도 벌을 내리실 게 분명해요. 베시, 이제 우린 이 방에서 나가요. 제인 아가씨, 하느님께 잘못했다고 기도하세요. 잘못을 뉘우치지 않으면 무서운 괴물이 굴뚝을 타고 내려와서 잡아갈지도 몰라요."

두 사람은 방을 나가더니 문을 잠가 버렸다.

붉은 방은 엄청나게 큰 침대가 놓여 있는 정사각형의 침실로, 손님이 많이 올 때만 쓰는 방이었다. 짙은 색의 가구들이 붉은 천으로 덮여 있고, 바닥에는 붉은 양탄자가 깔려 있었다. 창문에도 붉은색 커튼이 드리워져 있었다.

평소에는 불을 때지 않아 무척 추웠다. 게다가 아이들 방과 부엌에서 멀리 떨어져 있어 아무 소리도 들리지 않았다. 드나드는 사람이 거의 없는 탓인지 무서운 느낌마저 들었다. 이곳은 구 년 전 리드 외삼촌이 세상을 떠난 방이기도 했다. 그 후부터 사람들은 슬픈 기억을 떠올리기 싫어서인지 잘 드나들지 않았다. 토요일마다 하인들이 청소하러 오고, 가끔 리드 부인이 옷장 속에 넣어 둔 물건을 꺼내 보러 올 뿐이었다.

나는 베시와 애보트가 정말로 방문을 잠갔는지 확인해 보려고 문 쪽으로 다가갔다. 문은 단단하게 잠겨 있었다! 이보다 더 확실한 감옥은 없었다.

다시 의자에 앉자 여러 가지 생각들이 떠올랐다. 왜 나만 늘 괴롭힘을 당하고 혼나야 할까? 조지아나는 버릇없이 굴어도 언제나 귀여움을 받았다. 그 애의 발그레한 뺨과 부드러운 곱슬머리를 보면 어떤 잘못도 용서하게 되는 것 같았다. 존은 말할 수 없이 포악한 데다가, 자기 어머니의 말을 듣지 않고 욕설까지 퍼부어 대도 야단을 맞지 않았다. 오히려 '우리 귀염둥이'로 통했다. 하지만 나는 크게 잘못을 저지르지 않는데도 늘 버르장머리 없고 당돌한 아이라는 말을 들었다.

존이 던진 책에 맞고 넘어지면서 생긴 상처 때문에 아직도 머리에서 피가 나고 욱신거렸다. 이유 없이 나를 때렸다고 존을 나무라는 사람은 아무도 없었다.

너무나 불공평하다는 생각이 들었다. 나는 이 집에서 나갈 수 있는 여러 가지 방법들을 궁리하기 시작했다. 도망치거나 아니면 아무것도 먹지도, 마시지도 않고 있다가 죽어 버리자……. 마음속은 반항심으로 가득 찼다. 그 누구도 나를 사랑해 주지 않았고, 나 또한 아무도 사랑하지 않았다. 그러면서도 만약 내가 명랑하고 귀여운 아이였다면 나를 예쁘게 봐 주었을지도 모른다는 생각이 들었다.

오후 네 시가 지나자 붉은 방에서 빛이 사라지기 시작했다. 빗소리가 창문을 때리고, 집 뒤편의 작은 숲에서는 바람 소리가 윙윙거렸다. 몸이 점점 차가워지자, 용기도 함께 싸늘히 식어 갔다. 모두가 나한테 나쁘다고 말하는 걸 보면 정말 그런지도 모르겠다. 조금 전에도 아무것도 먹지 않고 있다가 그냥 죽어 버리자는 끔찍한 생각을 했으니 말이다.

죽음이라는 단어 때문인지 돌아가신 외삼촌이 떠올랐다. 외삼촌은 엄마의 오빠였다. 내가 갓난아기 때 부모님이 세상을 떠나자 나를 이 집으로 데려왔다고 한다. 그리고 세상을 떠나기 전에 아내인 리드 부인에게 나를 친자식처럼 돌봐 달라고 부탁을 했다. 리드 부인은 나름대로 남편과의 약속을 지켰다고 생각할 게 분명했다. 문득 외삼촌이 살아 계셨다면 틀림없이 내게 다정하게 대해 주었을 거라는 생각이 들었다.

점점 짙어져 가는 어둠 속에서 주위를 둘러보고 있노라니, 언젠가 죽은 사람에 대해서 들은 이야기가 떠오르기 시작했다. 마지막 소원이 이루어지지 않으면 무덤 속에서 편히 쉬지 못하고 이승을 찾아온다는 이야기였다.

'어쩌면 외삼촌의 영혼도 내가 매일 구박받는 것 때문에 괴로워하다가 내 앞에 나타날지 몰라.'

그러나 이런 생각은 나를 위로해 주기는커녕 두려움만 잔뜩 안겨 주었다. 나는 그 생각을 떠올리지 않으려고 머리를 세차게 흔들었다.

바로 그 순간 한 줄기 빛이 벽에 어른거렸다. 지금 생각해 보면 그 빛은 정원을 지나가는 사람이 들고 있던 등불에서 흘러나온 것이 분명했다. 하지만 그때는 두려움으로 신경이 온통 곤두서 있었기에, 그것이 마치 저승사자의 신호처럼 보였다. 가슴이 콩닥거리고 머리가 화끈거렸다. 귓속에서 새들이 날갯짓을 하는 듯 윙윙대는 소리가 울렸다. 숨이 막히는 것 같았다. 더 이상 참을 수 없었다. 나는 문으로 달려가 마구 두드리며 소리를 질러 댔다. 곧 복도를 급히 달려오는 발소리가 들리더니, 열쇠가 돌아가고 베시와 애보트가 들어왔다.

베시가 물었다.

"제인 아가씨, 어디 아파요?"

애보트가 소리쳤다.

"어떻게 그렇게 소란을 피울 수가 있담. 귀청 떨어지는 줄 알았네!"

내가 애원했다.

"날 내보내 줘요. 아이들 방으로 가게 해 주세요!"

베시가 다시 물었다.

"왜 그래요? 어디 다쳤어요? 무슨 일이라도 있어요?"

"아! 불빛을 봤는데, 그게 유령인 줄 알았어요."

나는 이렇게 말하면서 베시의 손을 꼭 잡았다. 그녀는 내 손을 뿌리치지 않고 가만히 있었다. 그러자 애보트가 짜증 섞인 목소리로 말했다.

"일부러 비명을 지른 거라니까요. 무슨 비명을 그렇게 고약하게 질러 댄담! 진짜 어디가 아픈 거라면 몰라. 우리를 이리 오게 하려고 그런 것뿐이라고요. 내가 그 못된 속셈을 알고 있지."

"도대체 무슨 일이야?"

잠시 후, 또 다른 날카로운 목소리가 울려 퍼졌다. 리드 부인이 복도를 따라 걸어오고 있었다.

"애보트, 베시, 내가 올 때까지 제인 에어를 붉은 방에 가둬 두라고 했을 텐데."

베시가 대답했다.

"제인 아가씨가 너무 크게 비명을 지르는 바람에……."

그러자 리드 부인이 말했다.

"얼른 베시의 손을 놓지 못하겠니? 못된 꾀를 써서는 이 방에서 나올 수 없어. 난 속임수를 쓰는 게 제일 싫어. 특히 애들이 그러는 건 더더욱 그냥 두고 볼 수 없단 말이야. 속임수로는 성공할 수 없다는 것을 가르치는 게 내가 할 일이지. 여기서 한 시간 더 있어. 그런 다음 앞으로 말을 잘 듣겠다고 약속하면 그때 나오게 해 주마."

"아, 외숙모! 한 번만 봐주세요! 절 용서해 주세요! 더 이상 견딜 수가 없어요! 이 방엔 도저히 못 있겠어요. 제발 다른 벌을 받게 해 주세요!"

"입 다물지 못해! 이렇게 매달리는 건 정말 지긋지긋하다."

리드 부인은 내가 거짓으로 용서를 빈다고 생각했던 모양이다. 베시와 애보트가 먼저 자리를 뜨자, 그녀는 나를 감옥으로 확 밀쳐 넣고는 문을 잠가 버렸다. 다시 혼자가 되자 머리가 빙글빙글 도는 것 같았다. 나는 정신을 잃고 바닥에 쓰러졌다.

그 후 기억나는 것은 무서운 꿈을 꾸고 난 듯한 기분으로 정신이 들었다는 것과 섬뜩한 붉은빛이 내 눈앞을 환하게 비추고 있었다는 것이다. 옆에서 말하는 소리도 어렴풋이 들렸다. 불안감과 공포가 뒤섞여 혼란스러웠다. 그때 누군가가 부드럽게 나를 안아 올리는 게 느껴졌다. 그렇게 안겨 본 것은 처음이었다. 나는 그 사람의 팔에 머리를 기댔다. 너무나 편안했다.

오 분쯤 지나자 구름이 잔뜩 낀 것 같던 혼란이 다소 가라앉았다. 나는 내 침대 위에 있었고, 그 붉은빛은 아이들 방의 난롯불이었다. 어느새 밤이 되었는지 탁자 위에서는 촛불이 타고 있었다. 베시가 세숫대야를 들고 침대 발치에 서 있고, 한 신사가 침대 옆에 있는 의자에 앉아 나를 굽어보고 있었다.

방 안에 리드 부인과 상관없는 낯선 사람이 있다는 사실을 깨닫자, 마치 보호받고 있기라도 한 듯이 따뜻한 느낌이 들었다. 나는 고개를 돌려 낯선 사람의 얼굴을 자세히 살펴보았다. 그는 약사 로이드 씨였는데, 가끔씩 하인들이 아프면 리드 부인이 부르곤 하는 사람이었다. 정작 자신이나 자식들이 아플 때는 진짜 의사를 불렀다.

로이드 씨가 물었다.

"자, 내가 누군지 알아보겠니?"

나는 로이드 씨에게 손을 내밀며 그의 이름을 말했다. 그는 내 손을 잡고 웃으면서 말했다.

"곧 괜찮아질 거다."

로이드 씨는 베시한테 내가 편안하게 잠잘 수 있도록 신경을 많이 써야 한다고 주의를 주었다. 그러고는 몇 가지를 더 지시한 다음, 내일 다시 오겠다는 말을 남기고 밖으로 나갔다.

"다시 잠들 수 있을 것 같아요?"

베시가 부드러운 목소리로 물었다. 혹시라도 그녀의 입에서 거친 말이 튀어나오지는 않을까 하는 생각에 짐짓 조심스럽게 대답했다.

"노력해 볼게요."

"뭘 좀 마실래요, 아니면 뭘 좀 먹겠어요?"

"괜찮아요, 베시."

"그럼 난 자러 갈게요. 필요한 게 있으면 언제든지 불러요."

나는 깜짝 놀랄 정도로 상냥한 베시의 말투에 용기를 얻어 작은 목소리로 물어보았다.

"베시, 내가 병이 난 건가요?"

"너무 많이 울어서 그래요. 조금 있으면 나을 거예요."

베시는 이렇게 대답한 후 밖으로 나갔다. 옆방에서 그녀의 목소리가 들렸다.

"세라, 아이들 방에서 나와 함께 자요. 저 가엾은 아가씨와 단둘이 있을 자신이 없어. 어쩌면 죽을지도 몰라. 그런 일로 기절했다는 게 이상해요. 헛것을 봤는지도 모르지. 마님이 좀 심하신 것 같아요."

잠시 후 베시가 세라와 함께 다시 아이들 방으로 왔다. 두 사람은 삼십 분쯤 속닥거리다가 잠이 들었다. 하지만 나는 잔뜩 긴장한 채 두려움에 떨며 밤새 한숨도 자지 못했다.

다음 날 나는 열두 시쯤 일어나, 숄로 몸을 둘둘 감은 채 아이들 방 난롯가에 앉아 있었다. 손가락 하나 까딱하기 힘들 만큼 기운이 없었다. 그러나 무엇보다도 고통스러웠던 것은 말로 표현할 수 없이 비참해진 마음이었다. 눈에서 뜨거운 눈물이 뚝뚝 떨어졌다. 그래도 지금은 리드 가족이 모두 외출을 해서 아무도 없으니 행복한 셈이라고 생각했다.

애보트는 다른 방에서 바느질을 하고 있었고, 베시는 아이들 방을 돌아다니면서 청소를 하고 있었다. 그녀는 평소와는 달리 이따금씩 나한테 다정하게 말을 건네기도 했다. 그동안 아무리 일을 많이 해도 좋은 소리 한 번 듣지 못했기에, 다정한 말을 듣자 천국에 와 있는 듯한 느낌이 들었다.

그뿐만이 아니었다. 베시는 예쁜 접시에 파이를 담아 가져다 주기까지 했다. 너무 예뻐서 꼭 한 번 만져 보고 싶었지만 손도 못 대게 하던 접시였다. 베시는 그 예쁜 접시를 내 무릎 위에 올려놓아 주고는 파이를 먹어 보라고 했다. 정말 꿈에서나 가능한 일이 일어난 것이었다. 하지만 안타깝게도 먹고 싶은 마음이 전혀 들지 않았다.

베시가 책을 읽겠느냐고 묻기에 《걸리버 여행기》를 가져다 달라고 부탁했다. 너무 재미있어서 읽고 또 읽었던 책이었다. 하지만 막상 책장을 펼쳐 보니, 그동안 수많은 기쁨을 느끼게 했던 책 속의 그림들이 두려움만 잔뜩 안겨 주었다. 거인들은 무시무시한 괴물이고, 난쟁이들은 심술궂은 도깨비이며, 걸리버는 이곳 저곳을 떠도는 쓸쓸한 여행자라는 생각만 들 뿐이었다. 나는 책을 덮은 뒤, 파이 접시 옆에 놔두었다.

베시는 청소를 끝내자, 바느질을 하면서 노래를 부르기 시작했다. 전에 여러 번 들었던 노래였다. 무척 감미로운 목소리였는데도 말로 다 표현할 수 없는 큰 슬픔이 느껴졌다. 베시가 고아에 대한 노래를 부르기 시작했을 때는 나도 모르게 그만 눈물을 흘리고 말았다.

"이런……, 제인 아가씨, 울지 말아요."

베시가 노래를 다 부르고 나서 나를 달랬다. 하지만 그 말은 활활 타오르는 불꽃에 대고 꺼지라고 말하는 것만큼이나 허망하게 들렸다.

그때 로이드 씨가 아이들 방으로 들어오면서 물었다.

"아이고, 벌써 일어났구나! 베시, 제인은 좀 어떤가요?"

베시가 대답했다.

"많이 좋아졌어요."

"그렇다면 훨씬 명랑하게 보여야지. 제인, 이리 와 봐라. 울고 있었던 것 같은데, 나한테 이유를 말해 줄 수 있을까? 어디가 아프니?"

"아니에요, 선생님."

"마님과 함께 외출하지 못해서 그런가 봐요."

베시가 끼어들자, 나는 얼른 그 말을 가로막았다.

"지금까지 그런 것 때문에 울어 본 적은 단 한 번도 없어요! 전 마차를 타고 외출하는 걸 아주 싫어해요. 저는 제 자신이 너무나 비참해서 우는 거라고요."

로이드 씨는 약간 당황하는 것 같았다. 그는 나를 뚫어지게 바라보더니, 잠시 후에 입을 열었다.

"무엇 때문에 아픈 거지?"

"넘어졌어요."

베시가 또 끼어들었다.

"넘어졌다고요? 맙소사! 어린애들이나 그러는 거지. 이 나이에 제대로 걷지도 못한단 말이오?"

로이드 씨는 믿기지 않는다는 듯한 표정을 지었다.

"맞아서 넘어졌어요."

나는 자존심이 상해서 심술이 난 말투로 대답하고는 재빨리 한 마디 덧붙였다.

"하지만 그것 때문에 병이 난 건 아니에요."

그때 하인들의 저녁 식사 시간을 알리는 종소리가 요란스레 울렸다. 그러자 로이드 씨가 말했다.

"베시, 식사 시간이군요. 어서 가 보세요."

베시는 남아 있고 싶어 했지만, 리드 부인이 식사 시간을 꼭 지키라고 명령했기 때문에 일어날 수밖에 없었다. 베시가 나가자 로이드 씨가 나에게 물었다.

"넘어져서 병이 난 게 아니라고? 그럼 무엇 때문이지?"

"유령이 나오는 방에 갇혀 있었어요."

"유령이라고? 그러고 보니 역시 넌 어린아이로구나. 유령이 무섭니?"

"외삼촌의 유령이었어요. 그 방에서 돌아가셨거든요. 베시도 그렇고, 어느 누구도 그 방에는 혼자 들어가지 않아요. 촛불도 없는 그 방에 저 혼자 가둬 두는 건 너무 잔인한 일이었어요. 절대로 잊을 수 없을 거예요."

"그것 때문에 그렇게 비참한 기분이 들었던 거냐?"

"다른 이유도 있어요."

"그게 뭐지?"

그 질문이야말로 내가 너무나 듣고 싶어 하던 것이었다. 나는 모든 것을 털어놓고 싶었다. 그러나 알맞은 대답을 하는 것은 무척 어려운 일이었다. 어린아이들은 자신의 감정을 잘 알지 못할 뿐만 아니라, 제대로 표현할 줄도 모르기 때문이다. 그렇지만 나는 어떻게 해서든 대답해 보려고 애를 썼다.

"우선 전 부모님이 안 계신 데다 형제자매도 없어요."

"인정 많은 외숙모님과 사촌들이 있잖아."

"하지만 존 리드는 저를 때려서 넘어뜨렸고, 외숙모는 저를 붉은 방에 가두었어요."

로이드 씨는 잠깐 생각에 잠겼다가 말을 이었다.

"너는 게이츠헤드가 아름다운 곳이라고 생각하지 않니? 여기서 살 수 있는 게 얼마나 다행스러운 일이냐?"

"여긴 제 집이 아니에요. 그리고 애보트는 제가 이 집에서 하인들만큼의 권리도 없다고 했어요."

"하지만 이렇게 좋은 곳을 떠나고 싶지는 않을 텐데?"

"어디든 갈 데만 있다면 기꺼이 떠날 거예요."

"아버지 쪽으로 다른 친척은 안 계시니?"

"전 몰라요. 언젠가 외숙모한테 여쭤 본 적이 있는데, 에어 성을 가진 신분이 낮고 가난한 친척들은 있을지도 모른대요. 하지만 외숙모도 그분들에 대해 아는 게 전혀 없다고 하셨어요."

"그런 친척을 찾는다면 그쪽으로 가고 싶니?"

나는 가만히 생각해 보았다. 가난이라는 말은 어둡고 칙칙하고 나쁜 이미지가 떠올라서 싫었다.

"가난한 사람들과 함께 사는 건 싫어요."

"그럼 학교에 다니고 싶니?"

나는 다시 곰곰이 생각했다. 학교에 대해 아는 게 거의 없었다. 존은 학교를 너무나 싫어했고, 매일같이 교장 선생님의 욕을 해 댔다. 하지만 존의 생각이 곧 내 생각은 아니었다. 존이 싫어한다고 해서 나 역시 싫어할 리는 없었다.

언젠가 베시가 게이츠헤드로 오기 전에 일했던 집안의 이야기를 들려준 적이 있었다. 베시는 그 댁 아가씨들이 그린 풍경화가 얼마나 아름다웠는지, 노래와 연주를 얼마나 잘 했는지를 신이 나서 들려주었다. 학교의 규칙은 조금 엄하게 느껴졌지만, 그 아가씨들이 학교에서 익힌 훌륭한 재능에는 무척이나 마음이 끌렸다.

나는 그때 베시의 이야기를 들으면서 묘한 질투를 느꼈다. 학교에 간다면 모든 것이 달라질 뿐 아니라, 새로운 삶이 시작될 것이 분명했다. 마침내 나는 이렇게 대답했다.

"학교에 다니고 싶어요."

"그래, 혹시 학교에 다니게 될지도 모르지."

로이드 씨가 자리에서 일어나며 말했다. 그때 베시가 방 안으로 들어왔고, 거의 동시에 리드 가족의 마차가 도착하는 소리가 들렸다. 로이드 씨가 베시에게 말했다.

"리드 부인이 돌아오셨나 보죠? 가기 전에 부인께 드릴 말씀이 있습니다."

로이드 씨는 베시를 따라 리드 부인을 만나러 갔다. 그날 로이드 씨는 리드 부인한테 나를 학교에 보내라고 말한 것 같았다. 며칠이 지난 어느 날 밤, 베시와 애보트가 속닥거리는 이야기를 들고 알게 된 사실이었다. 두 사람은 아이들 방에서 바느질을 하고 있었는데, 내가 잠이 들었다고 생각한 모양이었다. 애보트가 베시에게 말했다.

"마님은 제인 아가씨를 학교에 보내게 돼서 무척 기쁘다고 하시더라고요. 못된 꾀나 부리는 아이를 돌보지 않아도 된다면서 말이에요."

그때 애보트가 베시에게 들려준 이야기를 통해, 나는 돌아가신 부모님이 어떤 분들이었는지 처음으로 알게 되었다. 아버지는 가난한 목사였는데, 어머니가 가족들의 반대를 무릅쓰고 아버지와 결혼한 것이었다. 외할아버지는 어머니가 말을 듣지 않고 멋대로 결혼한 것에 너무 화가 난 나머지, 돌아가실 때 어머니한테 한 푼의 유산도 남기지 않으셨단다.

부모님이 결혼하고 일 년이 지났을 무렵, 아버지는 가난한 사람들의 집을 찾아다니다가 심한 독감에 걸렸다. 어머니도 곧 아버지한테서 병이 옮아, 겨우 한 달 간격으로 두 분 모두 돌아가셨다고 했다.

베시가 그 이야기를 듣고 불쌍하다는 듯이 말했다.

"제인 아가씨가 너무 안됐어."

"맞아요. 하지만 너무 미운 짓만 골라 하니까 정이 안 가요. 귀엽게라도 굴면 불쌍하게 여길 텐데."

애보트가 대답했다. 잠시 후 두 사람은 방에서 나갔다.

제 3 장

게이츠헤드를 떠나다

베시와 애보트가 주고받은 대화를 듣고 난 후, 나는 빨리 건강해져야겠다는 생각을 했다. 그리고 하루빨리 새로운 생활이 시작되기를 바랐다. 그로부터 몇 주가 지나갔다. 그동안 나는 서서히 건강을 되찾았지만 아무것도 달라지지 않았다.

리드 부인은 내가 병을 앓고 난 다음부터 나를 더욱 멀리했다. 나는 조그만 방에서 다른 아이들과 떨어져 지내며 잠도 혼자 자고 식사도 혼자 했다. 일라이자와 조지아나도 나한테 말을 걸지 않았다. 한번은 존이 주먹질을 하려고 하기에, 곧바로 덤벼들어 코를 힘껏 후려쳤다. 그 애는 질질 짜면서 곧장 리드 부인한테 달려가 일러바쳤다. 그러나 리드 부인은 존의 말을 가로막으며 차갑게 말했다.

"존, 저 애한테 신경 쓰지 마라. 어울리지도 말고 가까이 가지도 마. 저 애는 상대할 가치도 없으니까."

나는 그 말을 듣고 고래고래 소리를 질렀다.

"그 애야말로 나와 상대할 자격이 없어요!"

그러자 리드 부인은 다짜고짜 나를 잡아끌고 아이들 방으로 갔다. 그녀는 나를 침대 쪽으로 밀치고는 야단을 치기 시작했다. 순간, 나도 모르게 내 입에서 이런 말이 터져 나오고 말았다.

"외삼촌이 살아 계셨다면 뭐라고 하실까요?"

"뭐라고?"

리드 부인은 몹시 당황하여 더 이상 아무 말도 못하고 나를 빤히 내려다보았다. 그러다 곧 기운을 차리는가 싶더니, 내 뺨을 세차게 때린 다음 휙 나가 버렸다. 그 후 베시가 나처럼 못된 아이는 처음 보았다며 무려 한 시간 동안이나 설교를 늘어놓았다. 나는 베시의 말이 어느 정도는 맞다는 생각이 들어서 잠자코 듣고만 있었다.

어느새 1월도 절반이 지나갔다. 게이츠헤드 저택에서는 언제나 그렇듯이 크리스마스와 새해를 아주 흥겨운 분위기 속에서 보냈다. 그러나 나는 그 모든 흥겨움에서 제외된 채 일라이자와 조지아나가 예쁘게 차려입는 모습을 보거나 손님들이 나누는 이야기를 엿듣는 것으로 만족해야 했다.

1월 15일 아침 아홉 시 무렵이었다. 베시가 나한테 자기가 돌아올 때까지 침대를 정리해 놓으라고 명령하고는 아래층으로 내려갔다. 그 즈음 베시는 나를 자신의 조수쯤으로 취급했다. 침대 정리를 끝낸 후 흩어져 있는 물건들을 정리하려고 하는데, 조지아나가 대뜸 자기 물건을 만지지 말라고 소리를 질렀다.

달리 할 일이 없자, 유리창에 입김을 후후 불어 가며 성에를 녹이기 시작했다. 밖이 훤히 보일 만큼 성에가 녹아 내렸을 때, 창 너머로 마차 한 대가 집 쪽으로 달려오는 모습이 보였다. 원래 게이츠헤드에는 마차가 자주 드나들었다. 하지만 나와 관련이 있을 만한 사람은 아무도 없었기에, 그저 무심히 바라보고만 있었다. 마차가 집 앞에 멈춰 서고 초인종이 울리더니, 낯선 사람이 안으로 들어왔다.

그때 베시가 아이들 방으로 달려왔다.

"제인 아가씨, 뭐하고 있어요? 세수는 한 거예요? 어서 그 앞치마 벗어요."

베시는 서둘러 내 얼굴을 씻기고 머리를 빗어 주더니, 당장 아래층으로 내려가라고 했다. 리드 부인이 손님과 함께 작은 거실에서 나를 기다리고 있다는 것이었다. 나는 천천히 아래층으로 내려갔다. 누가 나를 찾는 것일까? 리드 부인한테 불려 가는 것은 정말로 오랜만이었다. 오랫동안 혼자서만 지내서 그런지 작은 거실로 들어가는 것이 두려워서 문 앞에 잠시 서 있었다.

'이 방 안에 외숙모 말고 또 누가 있는 거지?'

나는 손잡이를 돌려 문을 열고 조심스레 안으로 들어갔다. 그러고는 허리를 숙여 공손히 인사를 한 다음 고개를 들었다. 검은색 기둥! 양탄자 위에 똑바로 서 있던 길고 곧은 형체는 첫눈에 그렇게 보였다. 기둥 맨 위에 붙어 있는 엄하게 생긴 얼굴은 돌로 깎아 놓은 듯 차가워 보였다.

리드 부인은 평소처럼 난롯가에 앉아 있었다. 그녀는 내게 가까이 오라고 손짓을 하고는 낯선 사람에게 말했다.

"이 아이가 제가 편지로 말씀드린 아이예요."

그는(검은색 기둥은 남자였다.) 천천히 머리를 돌려 나를 이리저리 살펴보더니 굵직한 목소리로 말했다.

"아이가 꽤 작군요. 몇 살입니까?"

"열 살이에요."

"아니, 그렇게 많습니까?"

남자는 믿을 수 없다는 듯한 표정으로 말했다. 그러더니 다시 나를 찬찬히 뜯어보다가 말을 걸었다.

"이름이 뭐지?"

"제인 에어입니다."

"그래, 제인 에어. 넌 착한 아이지?"

나는 아무 말도 하지 않고 가만히 있었다. 그러자 리드 부인이 고개를 저으며 대신 대답했다.

"그 점은 이야기하지 않는 게 좋을 것 같군요."

"정말 안됐군요! 이 아이와 이야기를 좀 해야겠습니다."

그는 안락의자에 앉으며 나한테 자기 앞으로 다가오라고 했다. 가까이에서 보니 아주 못생긴 얼굴이었다. 코가 엄청나게 큰데다 이는 앞으로 툭 튀어나와 있었다.

"못된 아이를 보는 것만큼 슬픈 일은 없지. 못된 사람이 죽으면 어디로 가는지 아니?"

"지옥에 가요."

나는 망설이지 않고 대답했다.

"그래, 지옥은 불이 활활 타오르는 아주 무서운 곳이지. 그렇게 무서운 곳에서 영원히 불에 타고 싶니?"

"아니요."

"그래? 그럼 지옥에 가지 않으려면 어떻게 해야 할까?"

나는 잠시 동안 곰곰이 생각한 다음 대답했다.

"몸을 튼튼하게 해서 죽지 않으면 돼요."

"뭐라고? 어떻게 죽지 않을 수가 있니? 너보다 어린 아이들도 매일 죽어 가는데 말이야."

나는 빨리 이 자리에서 벗어나고 싶다고 생각하며 한숨을 내쉬었다.

"아침저녁으로 기도를 드리니?"

"네."

"그럼 성경은 읽니?"

"가끔 읽어요. 요한계시록이랑 창세기, 사무엘을 좋아해요. 그리고 출애굽기랑 역대기를 읽을 때도 있고요."

"시편은? 시편은 어떠냐?"

"그건 재미없어서 읽지 않아요."

"뭐라고? 그게 바로 네가 못된 아이라는 증거다. 그런 마음이 들지 않게 해 달라고 기도해야 한다."

그때 리드 부인이 대화에 끼어들었다.

"브로클허스트 씨, 제가 삼 주 전에 보낸 편지에서 알려 드렸듯이 이 아이는 전혀 아이답지 않아요. 로우드 학교에서 이 아이의 입학을 허락해 주시고, 선생님들께서 엄격하게 대해 주시면 감사하겠습니다. 무엇보다도 이 아이의 가장 큰 단점인 눈속임을 조심하셔야 할 겁니다."

내가 리드 부인을 두려워하는 데는 그럴 만한 이유가 있었다. 그녀는 항상 잔인한 방법으로 내 마음에 상처를 주었다. 낯선 사람 앞에서 그런 비난을 받으니 심장이 갈기갈기 찢기는 듯한 느낌이 들었다. 리드 부인은 내가 간절히 바라는 새로운 생활을 망쳐 놓으려고 안간힘을 쓰는 것 같았다.

브로클허스트 씨가 말했다.

"아이들에게 눈속임이란 참으로 안타까운 단점이지요. 리드 부인, 이 아이를 눈여겨보겠습니다. 템플 선생과 다른 선생들한 테도 이야기해 두지요.”

리드 부인은 이런 말을 덧붙이는 것도 잊지 않았다.

“이 아이가 제 분수에 맞게, 여러 가지 덕목을 갖춘 쓸모 있는 아이로 자랐으면 합니다. 괜찮으시다면 방학과 휴일 모두 로우 드 학교에서 보낼 수 있게 해 주세요.”

“부인, 아주 현명한 결정을 하셨습니다. 그럼 이만 가 보겠습 니다. 전 일주일이나 이 주일 뒤에 학교로 돌아갈 생각입니다. 템플 선생한테 새 학생이 갈 거라는 전갈을 보내 두지요. 자, 제 인, 여기 《어린이의 지침서》라는 책을 주마. 기도할 때 읽거라. 특히 거짓말쟁이 마사가 벌을 받고 갑자기 죽어 버린 대목을 열 심히 읽어 보도록 해라.”

브로클허스트 씨가 나가자 방 안에는 리드 부인과 나만 남았 다. 긴장된 침묵 속에 몇 분이 흘렀다. 리드 부인은 계속 바느질 을 하고, 나는 그 모습을 바라보고 있었다. 그녀는 어깨가 떡 벌 어지고 아주 건장한 몸집이었다. 살이 조금 찌기는 했지만, 멋진 옷을 입으면 돋보이는 몸매였다. 나는 몇 미터 떨어져 있는 의 자에 앉아서, 그녀의 모습을 꼼꼼히 뜯어보았다. 내 손에는 브로 클허스트 씨가 준 책이 들려 있었다. 그 책을 보니 리드 부인이 나를 두고 브로클허스트 씨에게 한 말이 떠올라 가슴속 깊은 곳 에서부터 분노가 이글이글 끓어올랐다.

리드 부인이 문득 고개를 들어 나를 보더니, 바느질하던 손을 멈추고 말했다.

"이 방에서 나가거라. 방으로 돌아가란 말이야."

내 표정이 신경에 거슬린 모양이었다. 나는 일어나서 문 쪽으로 가다가, 다시 몸을 돌려 리드 부인에게 가까이 다가갔다. 무슨 말이든 해야 했다. 그렇게 심하게 짓밟혔으니 어떻게든 돌려주어야 했다. 하지만 내가 무슨 힘으로 이렇게 강한 적에게 보복할 수 있단 말인가? 나는 온 힘을 그러모아 대들기 시작했다.

"난 누구도 속이지 않았어요. 내가 거짓말을 잘 한다면 외숙모를 사랑한다고 말했을 거예요. 하지만 분명히 말씀드리는데, 난 외숙모를 사랑하지 않아요. 이 세상에서 존 다음으로 외숙모가 싫어요. 그리고 거짓말쟁이가 나온다는 이 책은 조지아나한테나 주세요. 거짓말쟁이는 내가 아니라 그 애니까요."

리드 부인의 두 손이 바느질감 위에서 그대로 얼어붙어 버렸다. 얼음처럼 싸늘한 그녀의 눈은 나를 향하고 있었다.

"아직 할 말이 남았니?"

리드 부인은 어린아이한테 말하는 것이 아니라 자기와 비슷한 연배의 어른을 대하는 말투로 물었다. 그 눈빛과 말투가 내 안의 모든 반항심을 자극했다. 나는 흥분을 억누르지 못하고 머리끝에서 발끝까지 부들부들 떨면서 계속 쏘아붙였다.

"당신이 나와 아무 상관이 없다는 게 정말 다행이에요. 이제 다시는 당신을 외숙모라고 부르지 않을 거예요. 누가 당신이 어떤 사람이냐고 묻거나 나를 어떻게 대했는지 물으면, 비참할 정도로 잔인하게 대했다고 말할 거예요. 당신은 피도 눈물도 없는 사람이라고요!"

"제인 에어! 어떻게 감히 그런 말을!"

"어떻게 감히 그런 말을 하냐고요, 리드 부인? 그게 사실이니까요. 당신은 내가 감정도 없고, 사랑 따위는 눈곱만큼도 필요하지 않다고 생각하겠지요? 하지만 그렇지 않아요. 너무 무서워서 한 번만 봐 달라고 그렇게 애원했는데도 당신은 나를 붉은 방에 가두어 버렸어요. 절대로 잊지 않을 거예요. 당신의 못된 아들이 아무 잘못도 없는 나를 때리고 넘어뜨렸는데, 당신은 오히려 나한테 벌을 주었어요. 사람들은 당신을 좋은 사람이라고 생각할지 모르지만, 당신은 찔러도 피 한 방울 안 나오는 매정한 사람이에요!"

이렇게 퍼붓고 나니, 말이 채 끝나기도 전에 지금까지 경험해 보지 못한 묘한 쾌감이 느껴졌다. 그런 느낌이 드는 데는 이유가 있었다. 리드 부인이 겁에 질린 듯한 표정을 짓고 있었던 것이다. 바느질감이 그녀의 무릎에서 바닥으로 떨어졌다. 그녀의 얼굴은 금방이라도 울음을 터뜨릴 듯이 일그러졌다.

"제인, 네가 오해하는 거야. 도대체 왜 이러니? 왜 그렇게 심하게 떨고 있지? 물이라도 좀 마실래?"

"아니요."

"그럼 뭐 다른 거라고 갖다 줄까? 애야, 난 네 친구가 되고 싶단다."

"아니요, 친구가 될 수 없어요. 당신은 브로클허스트 씨한테 내가 다른 사람을 속이는 아주 못된 애라고 했어요. 로우드 학교에 가면 사람들한테 모조리 말해 버릴 거예요. 당신이 어떤 사람인지, 나를 어떻게 대했는지 말이에요."

"제인, 아이들의 잘못은 바로잡아 줘야 하는 거야."

"나는 아무도 속이지 않았어요!"

"하지만 네가 사나운 건 사실이잖니? 애야, 착하지, 이제 방으로 가서 좀 쉬거라."

"난 당신의 착한 아이가 아니에요. 빨리 학교에 보내 주세요. 여기서 사는 게 끔찍해요."

"정말 빨리 학교에 보내 버려야겠군."

리드 부인은 혼잣말처럼 나직하게 중얼거리더니, 바느질감을 집어 들고는 방에서 획 나가 버렸다. 나는 승리자가 되어 혼자 남았다. 리드 부인과의 싸움에서 처음으로 이긴 것이었다. 너무나 기뻤다. 우쭐한 기분이 들어 나도 모르게 큰 소리로 웃어 댔다. 그러나 기쁨은 금세 잦아들고, 곧 허무감과 후회가 몰려왔다. 내가 얼마나 함부로 행동했는지, 미워하고 미움받는 내 처지가 얼마나 보잘것없는지를 깨달았던 것이다. 리드 부인에게 가서 용서해 달라고 말하고 싶었다. 그렇지만 리드 부인은 절대로 받아 주지 않을 것이고, 그러면 또 반항심이 생겨 대들고 말 것이 분명했다.

우울함을 달래 보려고 책장에서 책을 꺼내 들었다. 그러나 자꾸 다른 생각이 끼어들어 글자가 눈에 들어오지 않았다. 책을 덮은 후 작은 거실의 유리문을 열고 밖으로 나갔다. 정원은 고요하고 싸늘했다. 하늘은 금방이라도 눈을 뿌릴 듯 더없이 우중충했다. 나는 비참한 기분에 사로잡힌 채 문에 기대어 텅 빈 들판을 바라보았다.

그때 나를 부르는 베시의 명랑한 목소리가 들렸다.

"제인 아가씨, 어디 있어요?"

베시가 경쾌한 발걸음으로 나를 향해 다가왔다.

"이런 말썽꾸러기! 부르는데 왜 대답을 안 하는 거예요?"

베시의 목소리에는 얼마간의 짜증이 배어 있었지만, 나는 이런 우울한 순간에 베시가 와 준 것이 도리어 고맙게 느껴졌다. 그래서 두 팔로 베시를 껴안으며 말했다.

"베시, 야단치지 말아요."

평소에는 생각지도 못했던 솔직하고 대담한 행동이었다. 베시는 그 행동이 좋았던 모양이다.

"아가씨는 참 이상해요. 늘 이리저리 겉돌기만 하죠. 이제 학교에 간다면서요? 베시랑 헤어지게 돼서 섭섭하지 않으세요?"

"베시는 나한테 관심도 없잖아요. 매일 혼내기만 하면서."

"아가씨가 늘 겁에 질려 있고, 주눅 들어 있으니까 그렇죠. 좀 더 배짱 있게 행동하세요."

"그러다가 더 혼나라고요?"

"그게 무슨 소리예요! 하지만 아가씨가 구박을 받고 있는 건 사실이에요. 자, 들어가요. 좋은 소식이 있어요. 마님과 아가씨들, 그리고 존 도련님이 마차를 타고 나가셨어요. 나랑 같이 가서 차를 마셔요. 요리사한테 케이크도 좀 달라고 하고요. 그런 다음 둘이서 아가씨 짐을 정리해요."

"이젠 베시가 무섭지 않아요. 익숙해졌으니까. 그렇지만 또 무서운 사람이 생기겠죠?"

"아가씨가 자꾸 무서워하면 그 사람들도 아가씨를 싫어할 거예요."

"베시처럼요?"

"어머, 아니에요. 전 누구보다도 아가씨를 좋아하는걸요."

우리는 서로를 껴안았다. 그날 오후는 더없이 평화롭고 조용하게 저물어 갔다. 나에게도 가끔은 햇살이 비칠 때가 있었다.

제 4 장

로우드 학교

1월 19일 새벽, 괘종시계가 다섯 시를 알리자마자 베시가 촛불을 들고 들어왔다. 나는 진작에 일어나서 옷을 차려입고 떠날 준비를 마쳤다. 그날 아침 여섯 시에 집 앞을 지나가는 마차를 타고 게이츠헤드를 떠나기로 되어 있었다.

베시는 아이들 방에 불을 피우고 내가 먹을 만한 것을 준비하기 시작했다. 여행을 앞두고 몹시 들떠 있을 때 음식을 제대로 삼킬 수 있는 아이는 거의 없을 것이다. 나 역시 그랬다. 베시는 따뜻한 빵과 우유를 조금이라도 먹이려고 애썼다. 하지만 뜻대로 되지 않자, 비스킷 몇 개를 종이에 싸서 내 가방에 넣어 주었다. 그녀는 내가 외투를 입고 모자 쓰는 것을 도와준 다음 자기도 외투를 걸쳤다. 아이들 방에서 나와 리드 부인의 침실 앞을 지나갈 때 베시가 말했다.

"들어가서 마님께 작별 인사를 드려야죠?"

"그럴 필요 없어요. 어젯밤에 리드 부인이 내 침대로 와서 말했어요. 아침에 자기나 사촌들을 깨우지 말고 조용히 떠나라고요. 그리고 자기는 언제나 가장 좋은 친구였다는 사실을 잊지 말고, 사람들한테도 그렇게 말하라고 했어요."

"그래서 뭐라고 대답했어요?"

"아무 말도 안 했어요. 그냥 이불을 뒤집어쓰고 벽 쪽으로 돌아누워 버렸죠. 리드 부인은 내 친구가 아니니까요."

"그러면 못써요."

베시가 혀를 끌끌 찼다.

"안녕, 게이츠헤드!"

나는 복도를 지나 현관문을 나서면서 큰 소리로 외쳤다. 밖이 아직 깜깜해서 베시가 등불을 들고 나왔다. 비가 추적추적 내리는 싸늘한 겨울 아침이었다. 우리는 서둘러 대문으로 갔다. 전날 밤 미리 대문 앞에 갖다 두었던 가방이 그대로 있었다.

여섯 시를 알리는 종이 치고 얼마 지나지 않아 멀리서 마차의 바퀴 소리가 들려왔다. 곧 네 마리의 말이 끄는 마차가 대문 앞에 멈춰 섰다. 마차에는 이미 사람들이 타고 있었다. 마부가 내 가방을 들어 마차에 실으면서 서두르라고 외쳤다. 내가 베시의 목에 매달려 작별의 입맞춤을 하고 있는데 마부가 억지로 나를 떼어 냈다. 그는 나를 번쩍 안아 올려 마차 안에 태웠다.

베시가 마부한테 소리쳤다.

"아가씨를 잘 부탁해요."

마차 문이 쾅 닫히고 드디어 움직이기 시작했다. 이렇게 해서 나는 게이츠헤드와 작별하고 미지의 세계로 향했다. 내게는 너무나 멀게만 느껴지는 알 수 없는 곳으로…….

그 여행에 대해서는 기억나는 것이 거의 없다. 수백, 수천 킬로미터나 되는 거리를 여행하는 것 같았고, 그저 하루가 끝없이 계속되는 듯한 느낌밖에. 그렇게 얼마나 달렸을까? 여러 마을을 지난 후, 제법 커 보이는 어느 마을에서 마차가 멈춰 섰다. 말들이 마차에서 풀려나고, 승객들은 간단하게나마 요기를 하려고 마차에서 내렸다. 마부가 나를 작은 여관으로 데리고 가더니 뭘 좀 먹으라고 했다. 그러나 나는 아무것도 먹고 싶지 않았다.

마부는 나를 아주 넓은 방에 데려다 두고는 그대로 나가 버렸다. 나는 기분이 몹시 이상했다. 누가 나를 납치라도 할까 봐 덜컥 겁이 났다. 베시가 들려준 수많은 이야기들 가운데는 유괴된 아이들 이야기도 있었기 때문이다. 그러나 얼마 지나지 않아 마부가 돌아왔다. 그는 나를 다시 마차에 태웠다.

마차는 계속 달려갔다. 비가 주룩주룩 내리는 안개 낀 오후가 어둠 속에 조용히 묻히기 시작했다. 이제 더 이상 마을은 보이

지 않았고, 저 멀리 거대한 잿빛 언덕이 모습을 드러냈다. 마차
는 숲이 우거진 어두컴컴한 골짜기를 쉬지 않고 달렸다.

어느새 나는 잠에 빠져 들었다. 그러나 오래지 않아 마차가 멈
추는 바람에 잠에서 깨어났다. 마차 문이 열리자 등불을 들고
문 옆에 서 있는 어떤 여자의 모습이 보였다. 불빛에 비친 여자
의 얼굴과 옷차림으로 보아 하녀 같았다. 그녀가 물었다.

"제인 에어라는 아이가 여기 있나요?"

"저예요."

내가 대답하자 마부가 나를 들어 내려 주었다. 마차는 내 가방
을 내려놓자마자 이내 떠나 버렸다.

너무 오랫동안 앉아 있어서 몸이 뻣뻣해진 데다 마차의 진동
과 소음에 시달린 탓에 정신이 하나도 없었다. 가까스로 정신을
가다듬고 주위를 둘러보았다. 비와 바람, 그리고 칠흑 같은 어
둠이 사방을 가득 메우고 있었지만, 앞쪽에 출입문이 열려 있는
것이 희미하게 보였다.

나는 하녀를 따라 그 문으로 들어갔다. 그러자 멀리까지 길게
뻗은, 창이 많은 건물이 눈앞에 나타났다. 그 가운데에는 불빛이
새어 나오는 창문도 더러 있었다. 우리는 철벅거리는 자갈길을
걸어 건물 안으로 들어갔다. 하녀는 나를 난롯불이 이글거리는
방으로 데리고 들어가더니, 혼자 남겨 두고 나가 버렸다.

나는 얼어붙어 곱은 손가락을 난롯불의 온기로 녹이면서 방

안을 둘러보았다. 그 방은 응접실 같았는데, 게이츠헤드에 있는 것만큼 화려하지는 않았지만 자못 아늑한 느낌이 들었다. 벽에 걸린 그림을 보고 있을 때, 키가 큰 여자 한 명이 촛불을 들고 들어왔다. 곧이어 또 다른 여자가 따라 들어왔다. 키 큰 여자는 스물아홉 살 혹은 서른 살쯤 되어 보였는데, 얼굴에는 위엄이 서려 있었으며 자세는 무척이나 꼿꼿했다. 그녀는 탁자 위에 촛불을 내려놓으면서 말했다.

"이렇게 어린아이를 여기까지 혼자 보내다니……."

그러고는 잠깐 나를 바라보다가 내 어깨에 손을 얹으며 다시 입을 열었다.

"빨리 재우는 게 좋겠어. 피곤해 보이네. 애야, 피곤하지?"

"조금요."

"틀림없이 배도 고프겠구나. 밀러 선생님, 잠자리로 안내하기 전에 저녁을 좀 먹이세요. 애야, 부모님을 떠나 학교에 온 건 처음이니?"

"부모님은 돌아가셨어요."

그녀는 부모님이 돌아가신 지 얼마나 되었는지 묻고 나서, 내 나이와 이름을 물었다. 또 글을 읽고 쓸 줄 아는지, 바느질을 할 줄 아는지도 물었다. 그런 다음 손가락으로 내 얼굴을 부드럽게 쓰다듬으며 말했다.

"착한 아이가 되기를 바란다. 밀러 선생님, 이 아이를 데려가세요."

　나중에 알게 되었지만, 그때 내가 만난 키 큰 여자는 그 학교의 교장인 템플 선생님이었다. 뒤따라 들어온 밀러 선생님은 하급반 교사였다. 템플 선생님보다 젊고 수수해 보였지만, 늘 피곤한 표정인 데다 할 일이 잔뜩 쌓인 사람처럼 다급하게 움직였다. 나는 밀러 선생님을 따라 여러 개의 방과 복도를 지난 후, 많은 목소리들이 웅성거리고 있는 넓고 긴 방으로 들어갔다.

　그 방에는 어마어마하게 큰 탁자가 두 개 놓여 있었는데, 탁자 위에는 촛불이 두 자루씩 켜져 있었다. 탁자 주위에는 아홉 살에서 스무 살까지 다양한 나이의 소녀들이 짝을 지어 빙 둘러앉아 있었다. 그들은 모두 유행에 맞지 않는 갈색 옷을 입고 있었으며, 자습 시간인지 무언가를 열심히 외우는 중이었다.

　밀러 선생님은 나에게 문가 쪽에 있는 빈 의자에 앉으라고 손짓을 하고는 앞으로 걸어 나가서 큰 소리로 말했다.

　"자, 반장들은 교과서를 모두 걷어서 치우세요."

　그러자 각 탁자에서 키가 큰 소녀 네 명이 일어나 돌아다니면서 책을 걷어서 치웠다. 밀러 선생님이 다시 명령했다.

　"가서 저녁 식사를 가져오도록 해요."

　키 큰 소녀들이 밖으로 나가더니, 잠시 후 조그마한 빵이 가지런히 담긴 쟁반을 들고 들어와 탁자 위에 내려놓았다. 쟁반 한쪽에는 주전자가 놓여 있었다. 한 사람 앞에 하나씩 빵이 돌아가고 곧 식사가 시작되었다. 물을 먹고 싶은 사람은 모두가 함께 쓰는 컵으로 먹을 만큼씩 따라 마셨다.

나는 목이 말라서 물을 조금 마셨을 뿐 빵은 먹지 않았다. 너무나 피곤한 탓인지 입맛이 없었다. 식사가 끝나고 밀러 선생님이 기도문을 읽은 다음, 학생들은 둘씩 짝을 지어 차례대로 이층에 있는 침실로 올라갔다.

나는 눈을 뜰 수조차 없을 만큼 졸려서, 침실이 어떻게 생겼는지 눈에 들어오지도 않았다. 그저 조금 전에 들어갔던 교실처럼 아주 길다는 것만 알 수 있었다. 얼마 안 있어 길게 늘어선 침대에 두 사람씩 들어가 눕기 시작했다. 그리고 십 분 후에는 마지막까지 남아 있던 등불이 꺼졌다.

밤은 눈 깜짝할 사이에 지나갔다. 너무나 피곤해서 꿈도 꾸지 않았다. 요란한 종소리에 눈을 떠 보니, 학생들이 모두 일어나서 옷을 입고 있었다. 아직 해가 뜨지 않은 터라 방 안에는 촛불이 하나 켜져 있었다. 나도 마지못해 일어나 옷을 껴입었다. 몸이 덜덜 떨릴 만큼 몹시 추운 날이었다. 방 한가운데에 세면대가 있었는데, 대야 하나로 여섯 명이 써야 했기 때문에 내 차례가 될 때까지 한참을 기다려야 했다.

다시 종이 울리자, 학생들은 두 명씩 짝을 지어 한 줄로 섰다. 그러고는 차례차례 아래층으로 내려가서 희미하게 불이 켜진 교실로 들어갔다. 그곳에서 기도를 마치자 밀러 선생님이 큰 소리로 말했다.

"모두 수업 준비!"

그러자 몇 분 동안 귀가 따가울 만큼 시끌벅적하고 어수선한 소란이 이어졌다. 밀러 선생님은 큰 소리로 몇 번이나 "조용히!", "질서를 지켜요!"라고 소리쳤다.

소동이 가라앉자 학생들은 어느덧 네 개의 탁자와 의자로 반원을 만든 뒤 둥글게 모여 있었다. 각 탁자 위에는 커다란 책이 놓여 있었다. 그러고 나서 잠깐 동안 숨이 막힐 듯 조용하다가 금세 여기저기서 나직하게 웅성거리기 시작했다. 밀러 선생님은 교실 안을 돌아다니며 웅성거림을 잠재웠다.

멀리서 종소리가 울렸다. 곧 선생님 세 분이 교실로 들어와 각기 한 탁자씩을 맡았다. 밀러 선생님은 가장 어린 학생들이 기다리고 있는 네 번째 탁자로 갔다. 나는 그 탁자로 불려 가서 맨 끝자리에 앉았다.

수업은 성경을 읽는 것으로 시작되었는데, 무려 한 시간이나 계속되었다. 성경 읽기가 끝나 갈 무렵이 되자 날이 환하게 밝아 있었다. 또다시 종소리가 들려왔다. 그러자 학생들이 자리에서 일어나더니 아침을 먹으러 식당으로 줄지어 갔다. 무언가를 먹게 되어서 얼마나 기뻤던지! 전날 먹은 것이 거의 없었던 탓에 배가 고파 헛구역질이 날 지경이었다.

식당으로 가니, 식탁 위에 김이 무럭무럭 나는 큰 그릇이 여러 개 놓여 있었다. 하지만 이상하게 역한 냄새가 풍겨 와 입맛을 떨어뜨렸다. 그 냄새를 맡은 다른 학생들의 얼굴에도 불만스러운 기색이 역력했다.

키가 큰 상급반 학생들이 나지막하게 투덜거렸다.

"아유, 짜증 나! 수프가 또 탔잖아!"

"모두 조용히 해!"

한 선생님이 꾸짖었다. 나는 전날 밤에 만난 선생님을 찾아보려고 주위를 두리번거렸지만 그 어디에도 보이지 않았다. 식사 전 기도가 끝나자 하녀가 교사들에게 차를 날라다 주었고, 마침내 식사가 시작되었다.

나는 텅 빈 속을 달래려고 수프를 한 숟가락 떠서 허겁지겁 입에 넣었다. 맛까지 신경 쓸 겨를이 없었다. 하지만 허기가 조금 가시자 구역질이 나서 더 이상 먹을 수가 없었다. 주위에 있는 학생들을 보니, 다들 숟가락을 느릿느릿 움직였다. 모두가 억지로 삼키려고 애쓰는 것 같았다. 하지만 대부분 금방 숟가락을 내려놓고 말았다.

그날 아침을 제대로 먹은 사람은 아무도 없었다. 아침 식사를 마친 후, 감사 기도를 하고 나서 다시 교실로 돌아왔다. 나는 식당에서 나가다가, 한 선생님이 수프를 맛보고 있는 모습을 보았다. 그 선생님이 찌푸린 얼굴로 다른 선생님들을 쳐다보자, 모두가 기분 나쁘다는 표정을 지었다.

다음 수업까지는 십오 분이 남아 있었다. 그사이 학생들은 큰 소리로 마음껏 떠들어 댔다. 모든 대화가 아침 식사에 관한 것이었다. 누군가의 입에서 브로클허스트 씨의 이름이 나왔다. 밀러 선생님은 못마땅한 듯 고개를 저었지만, 학생들의 불평을 굳이 막으려 들지는 않았다. 밀러 선생님도 우리와 같은 생각을 하고 있는 게 분명했다.

아홉 시가 되자 밀러 선생님이 조용히 하라고 소리쳤다. 학생들은 일제히 입을 다물고 의자에 똑바로 앉았다. 나는 학생들과 교사들을 요모조모 뜯어보고 있었는데, 갑자기 모두가 자리에서 벌떡 일어섰다. 아무것도 모르는 내가 어리둥절해 있는 사이, 다들 다시 자리에 앉았다. 모두의 눈길이 교실로 들어온 템플 교장 선생님에게로 향해 있었다.

그분은 천천히 교실 앞쪽으로 걸음을 옮겼다. 그 우아한 모습을 넋을 잃고 바라보던 기억이 아직도 생생하다. 템플 선생님은 키가 크고 날씬했다. 하얀 이마와 눈빛은 온화해 보였지만, 태도와 몸짓에는 위엄이 서려 있었다.

템플 선생님은 상급반 학생들을 자기 주위로 불러 모은 다음, 세계 지리 수업을 시작했다. 하급반 학생들은 다른 선생님들과 역사와 문법을 공부한 후, 쓰기와 덧셈 공부를 했다. 나이 많은 학생들 중 몇몇은 템플 선생님에게서 음악 수업을 받았다.

시계가 열두 시를 치자 템플 선생님이 자리에서 일어나서 말했다.

"여러분들한테 할 말이 있어요. 오늘 아침 식사는 도저히 먹기 힘든 음식이었지요? 모두 배가 몹시 고플 거예요. 그래서 특식으로 빵과 치즈를 준비했습니다."

선생님들이 놀란 눈으로 템플 선생님을 바라보았다.

"제가 책임질 테니까 걱정하지 마세요."

템플 선생님은 이렇게 덧붙이고 나서 교실에서 나갔다. 곧 빵과 치즈가 들어오자, 학생들은 환호성을 지르며 빵을 돌렸다. 식사가 끝나자 다시 명령이 떨어졌다.

"정원으로 가세요!"

나는 학생들을 따라 밖으로 나갔다. 사방이 높은 담으로 둘러싸인 정원은 생각보다 넓었으며, 가운데에는 작고 네모난 꽃밭들이 있었다. 학생들이 꽃밭을 하나씩 맡아서 돌보는 것이었다. 꽃이 잔뜩 피어 있을 때는 정말 아름다웠겠지만, 지금은 겨울이라 모든 것이 시들고 말라서 시커멓게 죽어 있었다.

건강한 학생들은 정원을 뛰어다니며 활동적인 놀이를 했다. 하지만 얼굴에 핏기가 없고 비쩍 마른 학생들은 교정 뒤쪽의 베란다에 옹기종기 모여 앉아 추위를 견뎠다. 짙은 안개 속에서 학생들의 기침 소리가 간간이 들리기도 했다.

나는 아직 그 누구와도 이야기를 나눠 보지 못했다. 나한테 말을 거는 사람도 없었다. 나는 베란다 기둥에 기대어 서서, 이것

저것 살피며 추위를 잊어 보려고 애를 썼다. 마치 수도원처럼 적막한 정원을 둘러보고 나서 머리를 들어 학교 건물을 올려다 보았다. 문 위에 걸려 있는, 돌로 된 현판이 눈에 들어왔다. 현판 에는 이런 글이 새겨져 있었다.

로우드 자선 학교
이 학교는 ○○○○년에 브로클허스트 가의
나오미 브로클허스트 여사가 건립하였음.

그 글을 여러 번 읽어 보았다. 아무리 읽어도 '자선 학교'라는 말의 의미를 제대로 이해할 수가 없었다. 그때 내 뒤에서 기침 소리가 들렸다. 고개를 돌려 보니 한 소녀가 돌 위에 앉아 책을 읽고 있었다. 그 아이가 책장을 넘기다가 우연히 고개를 들자, 나는 용기를 내어 말을 걸어 보았다.
"그 책, 재미있니?"
그 아이는 잠깐 나를 살펴보더니 대답했다.
"응, 재미있어."
"무슨 책인데?"
모르는 사람한테 말을 걸 용기가 어디서 났는지 나도 모르겠 다. 하지만 나도 책 읽기를 좋아했기 때문에, 그 아이가 책에 푹 빠져 있는 모습에 공감을 느꼈던 모양이다.

"네가 직접 봐."

그 아이가 책을 내밀었다. 책을 받아 들고 살펴보니, 나한테는 너무 어려운 수준의 것이었다. 나는 그 책을 돌려주었다. 그 아이는 아무 말 없이 책을 받더니, 이내 책 위로 눈길을 돌렸다. 나는 다시 말을 걸었다.

"저 문 위에 걸린 돌에 써 있는 말이 무슨 뜻인지 알려 줄 수 있어? 로우드 자선 학교라고 되어 있던데, 자선 학교가 무슨 뜻이야?"

"자선을 베푸는 학교란 뜻이야. 여기 있는 아이들은 모두 불쌍한 고아들이지. 너도 고아인 것 같은데, 맞지?"

"응, 부모님 두 분 다 내가 기억할 수도 없을 만큼 어릴 때 돌아가셨어."

"이 학교에 있는 아이들은 모두 부모님이 안 계시거나, 한 분만 있는 아이들이야. 이곳은 고아들을 가르치는 학교이고."

"그럼 돈은 안 내니? 여기서 우리를 공짜로 맡아 주는 거야?"

"돈을 내지. 학생들이 내거나 아니면 후원자들이 일 년에 십오 파운드씩을 내. 하지만 그것만으로는 부족해서, 이 근방이나 런던에 사는 마음씨 좋은 부자들이 내는 기부금으로 메우는 거야. 그래서 자선 학교라 하는 거지."

"나오미 브로클허스트 여사가 누구야?"

"이 학교를 세우신 분이야. 지금은 그분의 아들이 학교의 모든 것을 관리해.”

“그럼 이 학교 주인은 아까 우리한테 빵과 치즈를 주라고 한, 그 키 큰 선생님이 아니란 말이야?”

“템플 선생님? 아니! 나도 그랬으면 좋겠어. 템플 선생님은 브로클허스트 씨를 대신해서 이곳에서 생기는 모든 일을 책임지고 있어. 우리가 먹는 음식과 옷들은 모두 브로클허스트 씨가 사 주는 거야.”

“그분은 좋은 사람이니?”

“목사님이셔. 좋은 일을 많이 한다고들 해.”

“그 키 큰 선생님이 템플 선생님이라고 했지? 다른 선생님들 이름도 알려 줄 수 있어?”

“뺨이 붉은 선생님은 공부도 가르치고 바느질도 가르치는 스미스 선생님이야. 까만 머리에 체구가 작은 분은 스캐처드 선생님이고. 역사와 문법을 가르치셔. 그리고 숄을 두르고 노란 리본을 허리에 묶고 있는 분은 프랑스 어를 가르치는 피에로 선생님이야.”

“넌 여기 선생님들을 좋아하니?”

“그런대로.”

“이곳에 있은 지는 얼마나 된 거야?”

“이 년 정도.”

“이곳 생활은 어때? 행복하니?”

"넌 궁금한 게 너무 많구나. 난 이제 책을 읽고 싶어."

바로 그때 점심 식사 시간을 알리는 종이 울렸다. 우리는 모두 건물 안으로 들어갔다. 점심 식사는 커다란 양은 그릇 두 개에 담겨 나왔다. 음식에서는 아침 식사 때보다 별로 낫다고 할 수 없는 고약한 기름 냄새가 강하게 풍겼다. 기름기가 많은 갈색 고기 조각에 회색빛이 감도는 오래된 감자를 아무렇게나 섞어 놓은 것이었다. 먹을 수 있는 한 먹기는 했지만, 식사가 계속 이런 식으로 나오는지 궁금해졌다.

점심 식사가 끝난 후 수업이 다시 시작되어 다섯 시까지 이어졌다. 오후에 일어난 유일한 사건은, 정원에서 내가 말을 걸었던 소녀가 역사 시간에 스캐처드 선생님한테 야단을 맞고서 넓은 교실 한가운데에 서 있었던 것이다. 내 눈에는 자존심에 깊은 상처를 주는 심한 벌로 비쳤다. 다 큰 여자애한테는 특히 더 그럴 거라고 생각되었다. 그 소녀는 열세 살도 넘어 보였다. 그러나 놀랍게도 그녀는 아무렇지도 않은 표정이었다. 울기는커녕 당황해서 얼굴이 빨개지지도 않았다.

나는 속으로 생각했다.

'어떻게 저렇게 말없이 참아 낼 수 있을까? 마치 모든 것을 초월한 사람 같아. 저 애는 여기 우리와 함께 있는 게 아니라 자기만의 세계에 빠져 있어. 저 애는 대체 어떤 아이일까?'

다섯 시가 지나자 저녁 식사 시간이 되었다. 이번에는 커피 한 잔과 갈색 빵 반쪽이 나왔다. 맛있게 먹기는 했지만 양이 너무 적어서 아쉬웠다. 여전히 배가 고팠다. 쉬는 시간이 삼십 분 가량 이어진 후, 다시 수업이 시작되었다. 그런 다음 물 한 잔과 빵 한 조각을 먹고 기도를 드리자 곧 취침 시간이 되었다. 로우드 학교에서의 첫날은 그렇게 지나갔다.

제 5 장
헬렌 번스

다음 날도 전날과 똑같이 시작되었다. 해가 뜨기 전에 일어나 희미한 불빛을 의지 삼아 옷을 입었다. 하지만 그날 아침은 세수를 할 수 없었다. 너무 추운 날이라 물이 꽁꽁 얼어 버렸기 때문이다. 성경 읽기 시간이 한 시간 반 동안 지루하게 이어지는 내내 추워서 얼어 죽을 것만 같았다. 드디어 아침 식사 시간, 그날 아침에는 수프를 태우지 않아 만족스러웠지만 양이 너무 적었다. 내 몫이 두 배였으면 하고 얼마나 간절히 바랐던지!

그날 나는 4학년 반에 들어갔고, 해야 할 공부와 할 일들이 정해졌다. 첫날은 학교에서 진행되는 일들을 구경하는 입장이었지만, 이제부터는 그 안에서 함께해야 했다.

처음에는 암기에 익숙하지 않아 수업이 지루하고 어려웠다. 과목이 수시로 바뀌는 것도 너무나 혼란스러웠다. 그래서였는지 오후 세 시쯤, 스미스 선생님이 내 손에 바느질감을 쥐어 주며 교실의 한쪽 구석으로 보냈을 때는 정말로 기뻤다. 그 시간에는 다른 반들도 대부분 바느질을 했는데, 딱 한 반만 스캐처드 선생님 주위에 둘러서서 역사책을 읽었다. 교실이 워낙 조용했기 때문에 그 반의 수업 내용이 고스란히 다 들렸다.

전날 나와 이야기를 나눴던 소녀가 그 반의 맨 앞에 서 있었다. 하지만 발음이 틀리거나 제때에 대답하지 않는다는 이유로 바로 맨 뒤로 보내졌다. 스캐처드 선생님은 그 아이를 뒤로 보내면서 계속 다그쳤다.

"번스(그 아이의 성이었다. 이곳에서는 모두 이름 대신 성을 불렀다.), 신발을 제대로 신지 않았잖니? 당장 똑바로 신지 못해?"

"번스, 고개를 들고 있으라고 했지?"

"번스, 턱을 안으로 당겨라."

한 장을 두 번 읽고 난 다음, 스캐처드 선생님은 학생들에게 수업 내용을 질문했다. 학생들 대부분은 대답을 하지 못했지만 번스는 아무리 어려운 질문에도 바르게 대답했다. 나는 이제 스캐처드 선생님이 그 아이를 칭찬할 거라고 생각했다. 하지만 선생님은 오히려 소리를 버럭 질렀다.

"이 지저분한 계집애 같으니! 손톱이 왜 이렇게 더러운 거야?

오늘 아침에 세수도 하지 않았지?"

번스는 아무런 대답도 하지 않았다. 나는 그 아이가 잠자코 있는 게 너무 답답했다.

'왜 물이 얼어서 세수를 못했다고 말하지 않는 거지?'

이런 생각을 하고 있는데, 스미스 선생님이 나에게 실패를 가져오라고 하는 바람에 그쪽으로 주의를 돌렸다. 내 자리로 돌아왔을 때 번스는 스캐처드 선생님의 명령에 따라 막 방에서 나가는 참이었다.

잠시 후 번스가 회초리를 잔뜩 묶은 다발을 들고 돌아와서는 스캐처드 선생님에게 공손히 내밀었다. 스캐처드 선생님은 곧바로 회초리를 번쩍 들어 번스의 목을 열두 번이나 내려쳤다. 그 광경을 보자 나도 모르게 화가 치밀어 손가락이 부들부들 떨렸다. 그러나 번스는 표정 하나 변하지 않았다.

그날 저녁 쉬는 시간에 나는 난로 쪽으로 갔다. 번스는 난로 옆에 무릎을 꿇고 앉아, 희미한 불빛에 의지한 채 책을 읽고 있었다. 내가 물었다.

"어제 읽던 책이야?"

"응, 지금 막 다 읽었어."

번스는 책을 덮었다. 나는 이제 이야기를 나눌 수 있겠다 싶어 그 아이 옆에 앉았다.

"성 말고 이름이 뭐야?"

“헬렌.”

“고향이 어디야?”

“여기서 멀어. 스코틀랜드 국경 근처야.”

“로우드 학교에서 나가고 싶겠다.”

“아니, 나는 교육을 받기 위해 이곳에 왔어. 그런데 공부를 마치기도 전에 떠날 수는 없지.”

“하지만 스캐처드 선생님이 너무 심하게 대하잖아.”

“심하다고? 전혀 그렇지 않아! 엄하신 거지. 내 단점들을 싫어하시는 거야.”

“내가 너라면 당장 회초리를 빼앗아 선생님 눈앞에서 부러뜨려 버릴 거야.”

“만약 그런다면 브로클허스트 씨가 학교에서 쫓아내 버릴걸. 그러면 너를 후원해 주는 분들이 얼마나 속상해 하겠니?”

“하지만 모두가 보는 앞에서 매를 맞는 건 너무나 창피한 일이잖아.”

“피할 수 없다면 참아야지. 네가 견뎌 내야 하는 것을 견딜 수 없다고 말하는 건 나약하고 어리석은 짓이야.”

나는 그런 헬렌의 태도에 몹시 놀랐다. 자기를 벌 준 사람을 너그럽게 용서하는 것이 도무지 이해가 되지 않았다. 왠지 헬렌은 나한테는 보이지 않는 빛에 의지해 사물을 바라보는 것 같은 느낌이 들었다. 헬렌이 옳고 내 생각이 틀렸는지도 몰랐다.

“그런데 너한테 무슨 단점이 있다는 거야? 내가 보기에는 굉장히 잘하는 것 같은데.”

“스캐처드 선생님 말씀처럼 난 조심성이 없고 깔끔하지도 않아. 물건을 제자리에 두는 법이 없고 규칙도 잘 잊어버리지. 그리고 수업 시간에 다른 책을 읽거나 딴 생각을 할 때가 많거든.”

“템플 선생님도 스캐처드 선생님처럼 엄하게 대하셔?”

그러자 헬렌의 얼굴에 부드러운 미소가 퍼졌다.

“템플 선생님은 좋은 점이 참 많은 분이야. 내 단점을 보고도 부드럽게 타일러 주시거든. 그리고 내가 잘하는 일이 있으면 아낌없이 칭찬해 주시고.”

“그럼 템플 선생님 수업 시간에도 딴 생각을 하니?”

“아니, 거의 안 해. 템플 선생님은 새로운 것들을 많이 알려 주시니까. 그리고 그 대부분은 내가 굉장히 흥미를 느끼는 것들이거든.”

“그럼 템플 선생님하고는 잘 지내는 거네?”

“그렇지, 하지만 특별히 노력을 하는 건 아니니까 딱히 좋은 학생이랄 것도 없지.”

“아니야, 아주 훌륭해. 잘해 주는 사람한테는 똑같이 잘해 주자는 게 내 생각이야. 못된 사람들한테 고분고분하게 굴면, 그 사람들은 점점 더 제멋대로 할 거야. 그러니까 아무 이유 없이 매를 맞는다면 몇 배로 받아쳐 줘야지.”

“미움을 이기는 최선의 방법은 폭력이 아니야. 복수를 한다고 해서 상처가 아무는 것도 아니고. 예수님 말씀처럼 원수를 사랑하고 그들이 잘되기를 빌어 주려고 노력해야 돼.”

“그럼 난 리드 부인과 존을 사랑하고 축복해야겠네. 하지만 그건 불가능해.”

헬렌은 왜 그런 말을 하는지 설명해 달라고 했다. 나는 예전에 겪었던 가슴 아픈 이야기들을 쏟아 냈다. 헬렌은 내 이야기를 끝까지 참을성 있게 들어 주었다.

나는 말을 마친 후, 흥분을 누르지 못한 채 물었다.

“이래도 리드 부인이 모질고 나쁜 사람이 아니란 말이야?”

“리드 부인이 너를 심하게 대한 건 분명해. 네 성격이 싫어서 그랬겠지. 스캐처드 선생님이 날 싫어하는 것처럼 말이야. 그런데 넌 그분이 한 말이나 행동을 너무 자세하게 기억하고 있는 것 같아. 부당한 대우나 가슴 아픈 기억들은 빨리 잊어버리려고 노력하는 게 더 행복하지 않을까? 억울한 일들을 생각하면서 허비하기에는 인생이 너무 짧아. 우리 모두에게는 단점이 있지. 하지만 언젠가 육체와 함께 사라져 버리고, 결국에는 순수한 영혼만이 남게 될 거야.”

이 말을 마치고 헬렌은 고개를 푹 수그렸다. 헬렌의 표정에서 더 이상 이야기하고 싶지 않다는 뜻을 읽을 수 있었다. 자신의 마음과 대화를 나누고 싶어 하는 것 같았다. 하지만 그것도 오

래가지는 못했다. 곧 몸집이 크고 험악하게 생긴 반장이 다가와
서 소리쳤다.

"헬렌 번스, 지금 당장 가서 서랍 정리해! 안 그러면 스캐처드
선생님한테 이를 거야!"

헬렌은 얼른 자리에서 일어나 반장이 시키는 대로 했다.

로우드 학교에 온 지 삼 주째 되는 어느 날 오후, 나는 석판을
들고 앉아 나눗셈 문제와 씨름하고 있었다. 그때 우연히 창문
쪽으로 고개를 돌렸다가 누군가가 그 앞을 지나가고 있는 것을
보았다. 그 사람이 누군지 한눈에 알아보았다.

잠시 후 갑자기 교사와 학생들이 모두 자리에서 벌떡 일어났
다. 그들이 왜 일어났는지는 보지 않고도 짐작할 수 있었다. 교
실로 성큼 들어선 이는 게이츠헤드의 작은 거실에서 싸늘하고
엄한 눈길로 나를 내려다보던 바로 그 시커먼 기둥, 브로클허스
트 씨였다.

브로클허스트 씨의 등장은 나를 당황하게 만들었다. 나는 브
로클허스트 씨가 나타나서 리드 부인과 했던 약속을 실행에 옮
길까 봐 두려워하고 있었기 때문이다. 그가 템플 선생님에게 조
용한 목소리로 말을 할 때마다 내 이야기를 하는 게 아닌가 싶
어서 속이 탔다. 다행히도 교실 앞쪽에 앉아 있었던 덕분에 두
사람이 나누는 이야기를 다 들을 수 있었다. 나와는 전혀 상관

없는 이야기를 하는 중이었다.

"양말 관리에 좀 더 신경을 썼으면 좋겠소. 지난번 여기에 왔을 때 빨랫줄에 널려 있던 옷들을 살펴보니 구멍이 크게 뚫린 양말들이 많더군요. 그런 것들은 즉시 손을 봐야 하지 않겠소?"

"말씀대로 하겠습니다."

"그리고 세탁부에서 그러는데, 지난주에 깨끗한 옷깃을 두 개나 쓴 학생들이 있었다고 하더군요. 그건 너무 지나쳐요. 규칙대로라면 일주일에 하나만 써야 할 텐데요."

"그럴 수밖에 없었던 이유를 말씀드리죠. 학생 두 명이 지난주 목요일에 차를 마시는 자리에 초대를 받았습니다. 그래서 제가 깨끗한 옷깃을 쓰라고 허락했습니다."

"글쎄, 한 번은 허락할 수도 있겠지요. 하지만 그런 일이 너무 자주 일어나지 않게 해 주시오. 아, 그리고 회계 장부를 결산하면서 보니까, 지난달에 학생들한테 빵과 치즈가 제공된 적이 있더군요. 그것도 식사 시간이 아닌 때에 말이오. 도대체 어찌 된 일입니까? 누구의 지시를 받고 이런 일을 한 거요?"

템플 선생님이 대답했다.

"그 일은 제 책임입니다. 그날 아침 식사는 도저히 먹을 수가 없을 정도로 엉망이었습니다. 학생들을 점심 시간까지 굶길 수가 없었습니다."

그러자 브로클허스트 씨는 한심하다는 듯이 말했다.

"이봐요, 템플 선생. 내 교육 이념은 학생들이 사치스럽고 풍요로운 생활 습관을 갖지 않도록 하는 것이라는 사실을 잘 알고 있을 텐데요? 어쩌다 음식 맛이 좀 없더라도 불평 없이 허기를 견딜 수 있게 해야지, 더 좋은 것을 주어 육체의 욕망을 채우는 것은 이 학교의 교육 목표와 너무나 거리가 멀어요. 그럴수록 학생들이 영적으로 교화되도록 해야 할 것이오."

템플 선생님은 앞만 바라보고 있었다. 창백한 얼굴은 감정을 전혀 드러내지 않은 채 차갑게 굳어 있었다. 브로클허스트 씨는 뒷짐을 진 채 학생들을 휘둘러보았다. 그러다 뭔가 충격적인 장면이라도 본 듯 갑자기 눈을 감았다가 떴다. 그러고는 템플 선생님을 돌아보며 아까보다 더 빠르게 말했다.

"템플 선생, 템플 선생, 저 아이가 머리카락을 볶은 거요? 머리카락이 온통 곱슬거리는 저 빨간 머리 말이오!"

그는 지팡이로 한 아이를 가리키며 손을 부들부들 떨었다.

템플 선생님이 조용히 대답했다.

"줄리아는 원래 곱슬머리입니다."

"원래 그렇다고? 좋아요, 하지만 왜 저렇게 머리카락이 긴 거요? 학생들의 머리카락을 단정하게 잘라야 한다고 입이 닳도록 말했잖소. 템플 선생, 저 학생의 머리카락을 당장 자르시오. 머리카락이 너무 긴 학생들이 또 눈에 띄는군. 상급반 학생들은 모두 벽을 보고 서라고 해요."

템플 선생님은 웃음이 나오는 것을 참으려는 듯 입술을 꽉 다물었다. 나는 의자에 등을 기대고 앉아 있었기 때문에 학생들의 얼굴에서 불쾌한 표정을 일일이 읽을 수 있었다. 브로클허스트 씨는 그들의 뒤통수를 검사하고 나서 이렇게 명령했다.

"모두 머리카락을 자르도록 하시오."

템플 선생님이 뭔가 이야기를 하려고 했지만, 브로클허스트 씨가 말을 가로막았다.

"템플 선생, 내 임무는 학생들이 허영심을 버리고 육체적인 욕망을 절제하도록 가르치는 것이오. 그런데 이 학생들은 허영심에 사로잡혀 머리카락을 땋아 내리고 있군요. 당장 자르게 하시오. 머리카락을 땋느라 시간을 낭비한다고 생각하면……."

브로클허스트 씨는 여기까지 말하다가 그만두었다. 비단옷과 모피로 치장한 숙녀 세 명이 교실로 들어왔기 때문이다. 그들이야말로 좀 더 일찍 와서 브로클허스트 씨의 설교를 들었어야 했다. 머리카락을 물결치듯 곱슬곱슬하게 말아 정성껏 손질하고, 화려한 모자를 쓰고 있었기 때문이다. 그 여자들은 바로 브로클허스트 씨의 부인과 두 딸이었다. 그들은 학생들의 침실을 검사하고 와서는, 방 상태가 얼마나 심각한지 잔소리를 해 대기 시작했다.

나는 눈앞에서 벌어지는 광경을 흥미롭게 지켜보면서도, 최대한 의자에 등을 기대앉은 채 얼굴을 가릴 요량으로 석판을 들고 있었다. 만약 그 석판이 손에서 미끄러지지만 않았더라면 들키지 않고 그냥 넘어갈 수 있었을 것이다. 하지만 석판이 큰 소리를 내며 떨어지는 순간, 모두의 눈길이 나한테로 향했다. 나는 모든 것이 끝장났다는 생각을 하며, 몸을 숙여 석판을 집어 들었다. 브로클허스트 씨가 나를 노려보며 말했다.

"조심성 없는 아이 같으니라고! 그러고 보니 새로 온 학생이구면. 아참, 저 학생에 관해 할 말이 있었지. 저 아이를 앞으로 나오라고 하시오."

나는 얼어붙은 듯 꼼짝할 수가 없었다. 그러자 옆에 앉아 있던 학생 두 명이 나를 일으켜 세우더니 무시무시한 재판관 앞으로 밀어냈다. 브로클허스트 씨가 의자 하나를 가리키며 말했다.

"저 의자를 가져와서 그 위에 아이를 세워요."

누군가가 나를 의자 위로 올렸다. 높은 의자에 올라서니 브로클허스트 씨와 눈높이가 같아졌다.

"템플 선생, 그리고 여러 선생들과 학생 여러분, 다들 이 아이가 보입니까? 이 아이는 아주 어려요. 그런데 이 아이가 악마의 종이라고 누가 감히 짐작이나 할 수 있겠습니까? 여러분들은 이 아이와 가까이해서는 안 돼요. 함께 노는 건 고사하고 말도 걸지 마세요. 선생들은 이 아이를 주의 깊게 잘 감시해야 합니다. 행동 하나하나를 잘 따져 보고 잘못을 저지르면 엄하게 벌을 주세요. 그렇게라도 해서 영혼을 구해야 합니다. 왜냐하면 이 아이는 심각한 거짓말쟁이이기 때문이오!"

브로클허스트 씨는 잠깐 말을 멈추었다. 잠시 침묵이 흘렀다. 그사이에 나는 정신을 차리고 이 상황을 꿋꿋하게 견뎌 내야 한다고 다짐했다. 브로클허스트 집안의 여자들이 고개를 설레설레 흔들며 소곤거렸다.

"이렇게 수치스러울 수가!"

브로클허스트 씨가 다시 이야기를 시작했다.

"이 아이의 후견인한테 들어서 알게 된 사실이오. 이 아이를 친딸처럼 키워 준 자비로운 분이지요. 그런데 이 아이가 그 은혜도 모르고 못되게 구는 바람에, 고귀한 부인은 자기 자식들과 떼어 놓을 수밖에 없었어요. 이 아이의 버릇없는 행동이 부인의 순수한 아이들에게 나쁜 영향을 미칠까 봐서 말입니다."

브로클허스트 씨는 말을 끝낸 후, 자기 가족과 함께 자리에서 일어났다. 그는 템플 선생님에게 인사를 한 후 교실에서 나가면서 마지막으로 당부했다.

"저 아이를 의자 위에 한 시간쯤 더 세워 두고, 오늘 하루 동안은 아무도 말을 걸지 못하게 하시오."

나는 의자 위에 홀로 서 있었다. 교실 한가운데에 서 있는 수치는 견딜 수 없을 거라고 말했던 내가 공개적으로 망신을 당하게 된 것이었다. 그 어떤 말로도 내 기분을 설명할 수 없었다. 여러 가지 감정이 밀려와 숨이 막힐 것만 같을 때, 헬렌이 내 옆을 지나가면서 나에게 미소를 지어 보였다. 그 눈에 얼마나 특별하고 고귀한 빛이 서려 있었는지! 그 눈빛은 헬렌의 용기와 지혜에서 비롯된 것 같았다. 그 짧은 순간 나에게 힘을 나누어 준 그 미소를 아직도 잊을 수가 없다.

한 시간 전에 헬렌은 스캐처드 선생님한테 꾸지람을 듣고 점심은 물과 빵만 먹으라는 벌을 받았다. 스캐처드 선생님은 아주 사소한 단점만 볼 뿐, 그보다 큰 장점은 알아보지 못하는 것 같았다. 나는 헬렌의 눈빛에 용기를 얻어, 고개를 들고 꿋꿋하게 의자 위에 서 있었다.

제 6 장

헬렌을 떠나보내다

삼십 분이 채 지나기 전에 다섯 시를 알리는 종이 울리며 수업이 끝났다. 모두들 차를 마시러 식당으로 갔다. 나는 의자에서 내려와 교실의 한쪽 구석으로 가서 쪼그려 앉았다. 벌써 해가 지고 어둠이 깔리기 시작했다.

나를 지탱해 주던 용기가 서서히 사그라지기 시작했다. 나는 참담한 기분으로 바닥에 엎드려 소리 내어 울었다. 나는 로우드 학교에서 정말 좋은 학생이 되기 위해 노력했다. 사랑받고 존중받는 사람이 되고 싶었다. 그래서 공부도 열심히 했고 친구들도 많이 사귀었다. 선생님들은 진심으로 나를 칭찬했고, 학생들도 나한테 호감을 보였다.

그런데 이제 잔인하게 짓밟혀 모든 희망이 사라져 버렸다. 정말이지 죽고 싶다는 생각밖에 들지 않았다. 그때 누군가가 다가오는 소리가 들려서 자리에서 벌떡 일어났다. 헬렌이 커피와 빵을 들고 다가오고 있었다.

"이것 좀 먹어 봐."

헬렌이 커피와 빵을 내밀었지만 나는 먹을 수가 없었다. 침착하려고 무진 애를 썼으나, 금세 울음이 터지고 말았다.

"헬렌, 넌 왜 모두가 거짓말쟁이라고 생각하는 사람과 함께 있으려는 거야? 모두가 싫어하는 아인데."

"제인, 네가 잘못 생각하는 거야. 이 학교에서 너를 싫어하거나 흉보는 아이는 아무도 없을걸. 많은 친구들이 너를 불쌍하게 여길 거야, 정말이야."

"브로클허스트 씨가 그런 식으로 말했는데 어떻게 날 싫어하지 않을 수 있겠어?"

"브로클허스트 씨는 신이 아니잖아. 게다가 그분은 존경받는 사람도 아니야. 로우드 학교에서 그분을 좋아하는 사람은 거의 없어. 만약 그분이 네게 특별히 호감을 보였다면 오히려 아이들이 널 싫어하게 될걸. 하루 이틀 정도는 선생님들이나 아이들이 너한테 냉정하게 굴 수도 있겠지. 하지만 마음속으로는 널 좋아해. 게다가 제인……."

헬렌이 말을 잠깐 멈추었다가 다시 말을 이었다.

"세상 사람들이 모두 너를 미워하고 못된 아이라고 생각해도, 너 스스로 떳떳하고 양심에 거리낄 게 없다면 네 곁엔 항상 친구가 있을 거야."

나는 아무 말도 하지 않았다. 헬렌의 말 덕분에 마음이 가라앉았다. 헬렌은 자기 어깨 위에 내 머리를 기대게 한 다음 팔로 내 허리를 감싸 안아 주었다. 그렇게 앉아 있는데, 템플 선생님이 들어왔다.

"제인, 널 찾으러 왔단다. 내 방으로 가자. 헬렌도 함께 오렴."

우리는 템플 선생님을 따라 아늑하고 따뜻한 교장실로 갔다. 선생님은 자기 옆으로 오라고 하더니 내 얼굴을 내려다보며 물었다.

"이제 다 울었니? 슬픔이 사라질 만큼 실컷 울었어?"

"슬픔이 사라지는 일은 없을 거예요."

"왜?"

"저는 억울하게 비난을 받았고, 선생님과 다른 학생들 모두 저를 나쁜 아이라고 생각할 테니까요."

"제인, 우리는 네가 보여 주는 모습대로 널 믿을 거야. 착한 아이답게 행동한다면 아무도 실망하지 않아."

"그럴 수 있을까요, 선생님?"

"물론이지. 제인, 범죄자가 재판을 받을 때 항상 자신을 변호할 기회를 얻는다는 사실을 알고 있을 거야. 너는 거짓말을 했다는 이유로 비난을 받았어. 그러니 지금 너 스스로 자신을 변호해 보렴. 진실이라고 생각하는 것이면 무엇이든 말해 봐. 꾸미거나 보태지는 말고."

나는 그 말에 용기를 얻어 잠시 생각에 잠겼다. 내가 겪었던 일들을 머릿속에서 차근차근 정리한 다음, 천천히 이야기하기 시작했다. 사람을 원망하지 말라는 헬렌의 말을 떠올리며 가능한 한 감정을 억제하려고 노력했다. 이야기를 하는 동안, 나는 템플 선생님이 나를 전적으로 믿고 있는 듯한 느낌을 받았다.

내가 기절을 하는 바람에 로이드 씨가 왕진을 왔다는 이야기도 빼놓을 수 없었다. 붉은 방에 갇혔던 그 끔찍한 일을 절대로 잊을 수 없었기 때문이다. 그 일을 자세하게 설명하다 보니, 나도 모르는 사이에 조금은 흥분하고 말았다.

마침내 이야기를 마치자, 템플 선생님은 잠시 동안 아무 말 없이 나를 바라보았다. 그러고는 이렇게 말했다.

"로이드 씨라면 나도 좀 알고 있어. 내가 편지를 쓸게. 그분의 대답이 만족스러우면 너는 누명을 벗게 될 거야. 나는 네가 죄가 없다는 걸 믿어."

템플 선생님은 나에게 입을 맞추었다. 그러고는 나를 계속 자기 옆에 세워 둔 채 헬렌을 바라보며 말했다.

"헬렌, 좀 어떠니? 오늘도 기침을 많이 했니?"

"그렇게 많이 한 것 같지는 않아요."

"가슴의 통증은?"

"좀 나아졌어요."

템플 선생님은 잠깐 근심스러운 표정을 지으며 생각에 잠겼다. 그러다가 다시 밝은 얼굴로 말했다.

"너희는 오늘 내 손님이야. 그러니 대접을 해야겠구나."

선생님은 종을 울려서 차를 가져오라고 했다. 곧 하녀가 차와 맛있는 토스트를 가져왔다. 그러나 토스트의 양이 얼마 되지 않아 세 사람이 먹기에는 턱없이 모자랐다. 그러자 템플 선생님은 서랍 안에서 케이크를 꺼내 놓았다. 우리한테는 복권에 당첨되는 것만큼이나 보기 드문 행운이었다.

템플 선생님은 흐뭇한 미소를 지으며 우리가 맛있게 먹는 모습을 지켜보았다. 그 미소는 우리한테도 커다란 기쁨이 되었다. 차를 마시고 난 후 템플 선생님은 우리를 난롯가로 데리고 갔다. 우리는 선생님의 양 옆에 앉았다. 나는 존경심과 애정을 가지고 선생님과 헬렌이 나누는 이야기를 조용히 들었다.

헬렌은 환한 불빛과 음식, 그리고 자기를 지극히 사랑하는 선생님 곁에 있다는 사실에 흥분했는지 평소와는 다르게 많은 이야기를 했다. 내가 한 번도 들어 본 적이 없는, 아주 오래전에 존재했던 나라와 머나먼 외국 땅, 그리고 유명한 책과 작가에 관한 이야기가 끝없이 펼쳐졌다. 템플 선생님과 이야기하는 동안, 헬렌의 섬세한 이목구비에 생기가 넘쳤으며 이지적인 눈은 반짝반짝 빛이 났다. 두 사람은 깜짝 놀랄 만큼 많은 것을 알고 있었다. 또 그들이 읽은 책은 얼마나 많던지!

헬렌이 라틴 어 책을 해석하는 것을 보고 놀라워하고 있을 때, 취침 시간을 알리는 종소리가 울렸다. 조금이라도 늦으면 안 되기 때문에 더 이상 머무를 수가 없었다. 템플 선생님은 우리 둘한테 입을 맞추면서 이렇게 말했다.

"하느님의 은총이 있기를, 사랑하는 내 아이들!"

그 일이 있은 지 일주일쯤 지난 후였다. 템플 선생님이 로이드 씨한테서 답장을 받았다. 템플 선생님은 전교생을 불러 모은 다음, 제인 에어가 받았던 비난에 대해 조사해 본 결과 잘못한 게 전혀 없다는 사실이 밝혀졌다고 말했다. 아울러 이 사실을 모두에게 알릴 수 있어 정말 기쁘다고 덧붙였다. 그러자 선생님들은 나와 악수를 했고, 학생들은 기뻐하며 박수를 쳤다.

마침내 마음을 짓누르던 무거운 짐을 벗게 되자, 모든 일을 내 손으로 해결해 나가야겠다는 결심이 섰다. 그 결심을 바탕으로 열심히 공부한 덕에 오래지 않아 우수한 성적을 거두게 되었다. 나는 몇 주 만에 상급반으로 올라갔다. 그리고 두 달이 채 안 되어 프랑스 어와 그림을 배울 수 있게 되었다. 나 자신을 발전시키려는 의지는 더욱 강하게 불타올랐다. 생활하는 데 불편함은 어느 정도 있었지만, 게이츠헤드에서의 안락함을 모두 준다 해도 로우드 학교와 바꿀 생각은 전혀 없었다.

봄이 다가오자 로우드 학교에서 지내는 동안 느꼈던 고생스
러움이 조금씩 줄어들기 시작했다. 눈은 다 녹아 버렸고, 밤이
되어도 그다지 춥지 않았다. 칼날같이 차갑던 바람 역시 어느새
제법 부드러워져 있었다. 혹독한 냉기에 꽁꽁 얼어붙었던 내 발
도 4월의 온화한 바람결에 차츰 나아졌다.

이제 우리는 교정에 나가 놀 수 있게 되었다. 목요일 오후(그
날은 수업이 오전에만 있었다.)가 되면 산책을 나갔다. 나는 처음
으로 학교 담장 밖을 벗어나, 짙푸른 나무가 우거진 골짜기에서
멋진 경치를 감상하는 즐거움을 맛보았다. 온갖 종류의 나무와
아름다운 꽃들, 그리고 경쾌하게 흐르는 시냇물이 나에게 더없
는 기쁨을 안겨 주었다.

나는 이 모든 것을 아무런 통제도 받지 않고 마음껏 즐겼다.
그런 자유를 누리게 된 데에는 그만한 이유가 있었다. 로우드
학교가 자리한 숲 속 골짜기는 안개가 무척 심해 건강에 좋지
않은 영향을 미쳤다. 그 때문에 날씨가 풀리는데도 학생들의 건
강이 점점 나빠지더니, 결국 열병이 돌아 학교가 병원으로 변해
버리고 말았다.

학생들은 제대로 된 음식을 먹지 못한 데다 추위에 그대로 방
치된 탓에 쉽게 병에 걸렸다. 여든 명 가운데 마흔다섯 명이 앓
아 누웠다. 수업은 엉망이 되었고 모든 규칙이 사라졌다. 병에
걸리지 않은 학생들은 거의 무제한의 자유를 누릴 수 있었다.

의사가 학생들이 건강을 유지하려면 햇빛을 받으며 운동을 자주 해야 한다고 강조했기 때문이다. 사실 아프지 않은 학생들을 관리할 만큼 한가한 선생님이 없기도 했다.

템플 선생님은 모든 관심을 병에 걸린 학생들에게 쏟았다. 개중에는 이 위험한 곳에서 빼내 줄 친척이나 후원자가 있는 운 좋은 학생들도 있었다. 선생님들은 그 학생들이 짐을 꾸려서 떠나는 것을 도와주느라 정신이 없었다. 하지만 학생들의 대부분은 그저 죽는 날만을 기다리며 누워 있어야 하는 처지였다.

나를 비롯해서 병에 걸리지 않은 학생들은 아름다운 계절을 마음껏 즐기며 온 숲을 쏘다녔다. 브로클허스트 씨와 그 가족은 로우드 학교 근처에는 얼씬도 하지 않았다. 환자가 많은 데다 먹을 사람까지 줄어들어서 우리가 먹을 음식은 언제나 충분했다. 우리는 커다란 파이나 빵을 들고 나가 하루 종일 밖에서 지내기도 했다.

그때 헬렌은 어디에 있었을까? 왜 난 그토록 자유롭고 행복한 나날들을 헬렌과 함께 보내지 않았을까? 헬렌 역시 병에 걸린 탓이었다. 헬렌은 이층에 있는 어느 방으로 옮겨져 몇 주 동안 눈에 띄지 않았다. 결핵을 앓고 있다는 소문이 돌았다.

나는 결핵이 간호만 잘해 주면 나을 수 있는 병인 줄 알고 있었다. 햇살이 따뜻한 날 오후, 헬렌이 템플 선생님의 손에 이끌려 교정으로 나온 것을 한두 번 본 이후로는 더욱더 그렇게 생

각했다. 하지만 그때도 헬렌한테 다가가서 이야기를 나누는 것
은 허락되지 않았다.

어느 날 늦은 저녁 시간, 평소와 다른 시간에 의사가 왕진을
왔다. 누군가가 몹시 아프다는 뜻이었다. 의사가 떠날 때 나는
현관문 근처에 있었다. 간호사가 의사를 배웅하고 문을 닫으려
고 할 때, 그쪽으로 달려가서 물어보았다.

"헬렌은 어때요?"

"몸이 몹시 약해졌단다."

"의사 선생님이 헬렌을 보러 오신 거예요? 뭐라고 하셨어요?
헬렌은 괜찮대요?"

"이곳에 오래 있지 못할 거라고 하셨어."

보통 때였다면 헬렌이 집으로 갈 것이라는 말로 받아들였을
것이다. 하지만 나는 그 말뜻을 바로 알아들었다. 가슴이 무너지
는 것 같았다. 곧이어 강렬한 슬픔이 밀려오더니 그다음엔 어떤
절실한 감정이 치밀어 올랐다. 그것은 헬렌을 만나고 싶다는 소
망이었다. 나는 헬렌이 어느 방에 있는지 물었다.

"템플 선생님 방에 있어."

"가서 이야기를 좀 나눠도 돼요?"

"그건 안 돼. 자, 이제 그만 방으로 돌아가."

간호사가 아주 엄한 목소리로 말하는 바람에 할 수 없이 방으
로 돌아왔다. 아홉 시가 되자 밀러 선생님이 취침 명령을 내렸

다. 나는 다른 학생들과 함께 잠자리에 들었다.

그러다 두 시간쯤 후, 조용히 자리에서 일어났다. 도무지 잠이 오지 않았다. 살그머니 침대에서 빠져 나온 다음, 발소리를 죽이고 건물을 가로질러 템플 선생님 방을 찾아갔다. 건물 맨 끝에 있는 방이었지만, 가는 길은 어렵지 않게 찾을 수 있었다. 열병 환자들이 누워 있는 방 앞을 지나갈 때는 간호사한테 들킬까 봐 겁이 나서 재빨리 지나갔다.

템플 선생님의 방문은 살짝 열려 있었다. 방 안으로 들어가자, 선생님의 침대 옆에 커튼으로 반쯤 가린 작은 침대가 하나 놓여 있는 것이 보였다. 아까 현관문 앞에서 이야기를 나누었던 간호사가 의자에 앉은 채 잠들어 있었다.

템플 선생님은 보이지 않았다. 나중에 알게 된 일이지만, 그때 선생님은 다른 학생들의 병실에 가 있었다. 나는 커튼을 붙잡고 잠시 주춤거렸다. 조금은 두려웠다. 마침내 나지막한 목소리로 속삭였다.

"헬렌, 자니?"

헬렌이 몸을 약간 움직여 커튼을 젖히자 평온하고 창백한 얼굴이 드러났다.

"제인?"

'오, 헬렌! 넌 죽지 않을 거야. 사람들이 잘못 생각한 거라고. 죽어 가는 사람이 어쩌면 이렇게 평온해 보일 수가 있겠어.'

나는 그런 생각을 하며 희망을 가지려고 애썼다. 그러나 헬렌의 몸은 싸늘했고 뺨은 많이 야위어 있었다. 미소만이 예전 그대로 빛날 뿐이었다.

"제인, 여긴 어쩐 일이야? 열한 시가 넘었어. 조금 전에 괘종시계가 울리는 걸 들었거든."

"널 보러 왔어. 네가 몹시 아프다는 말을 들었거든. 너와 이야기를 나누기 전에는 잠을 잘 수 없을 것 같아서."

"그럼 작별 인사를 하러 온 거구나. 때마침 잘 왔어."

"어디 가는데? 집으로?"

"응, 내가 영원히 머물 집으로."

"안 돼, 안 돼, 헬렌!"

나는 너무나 절망스러워서 더 이상 아무 말도 할 수 없었다. 눈물을 참으려고 애를 쓰는데 헬렌이 밭은 기침을 하기 시작했다. 기침이 멎자 헬렌은 기진맥진했다. 오랜 침묵 끝에 헬렌이 속삭였다.

"제인, 난 정말 행복해. 그러니 내가 죽었다는 소식을 들어도 슬퍼하지 마. 사람은 누구나 언젠가는 죽게 되는 거야. 내 병은 서서히…… 나를 데려가고 있어서 그다지 고통스럽지 않아. 내 마음은 그 어느 때보다 편안해. 내가 죽더라도 슬퍼할 사람은 없으니까. 나한테 가족이라고는 아버지 한 분뿐인데, 얼마 전에 재혼을 하셨으니 내가 없어도 많이 그리워하지는 않을 거야. 일찍 죽으니 더 큰 고통은 겪지 않아도 되겠지.”

헬렌은 힘이 들었는지 잠깐 멈추었다가 다시 말을 이었다.

“지금 난 얼마나 편안한지 몰라! 조금 전에 기침을 했더니 좀 피곤하네. 잠을 잘 수 있을 것 같은 기분이야. 하지만 제인, 날 떠나지 마. 내 곁에 있어 주면 좋겠어.”

“사랑하는 헬렌, 너와 함께 있을게.”

내가 옆에 눕자 헬렌은 나한테 입을 맞춰 주었다. 우리는 곧 잠이 들었다.

잠에서 깨어 보니 아침이었다. 나는 간호사의 품에 안겨 어딘가로 가고 있었고, 사람들은 모두 무언가에 정신이 팔려 있는 것 같았다. 무슨 일이 있는지 물어보았지만, 아무도 대답을 해 주지 않았다.

이틀쯤 지난 뒤, 나는 모든 사실을 알게 되었다. 그날 새벽, 템플 선생님이 방으로 돌아왔다가 내가 헬렌과 함께 잠들어 있는 것을 발견했다. 나는 헬렌의 목을 끌어안은 채 자고 있었고, 헬렌은…… 이미 세상을 떠난 다음이었다.

제 7 장

변화에 대한 욕구

로우드 학교에 몰아닥쳤던 열병은 모든 것을 황폐하게 만들고 나서야 서서히 사라져 갔다. 하지만 그 위력은 매우 컸다. 세상을 떠난 학생의 수가 워낙 많아서, 로우드 학교가 사람들의 관심을 끌게 된 것이었다.

열병의 원인을 조사한 결과, 여러 가지 사실들이 밝혀지면서 사람들을 크게 분노하게 했다. 건강에 좋지 않은 학교의 지리적 여건과 학생들이 먹는 형편없는 음식, 남루한 의복, 그리고 비좁은 생활 공간 등이 세상에 알려졌다. 그 결과 브로클허스트 씨에게는 수치를, 학교에는 발전을 가져왔다.

그 지방의 유지 몇몇이 돈을 댄 덕분에, 로우드 학교는 공기가 좋은 곳에 더 나은 시설을 갖춘 건물을 지을 수 있었다. 새로운 규칙이 만들어지고 음식과 옷에 대한 개선책이 마련되었다. 그리고 학교 운영은 위원회의 손으로 넘어갔다.

브로클허스트 씨는 여전히 학교의 재정 관리 책임자로 남아 있었지만, 돈을 쓰는 일에는 너그럽고 동정심 많은 사람들의 감독을 받아야 했다. 로우드 학교는 이제 정말로 학생들에게 유익한 곳이 되었다.

그곳에서 나는 팔 년을 지냈고, 그동안 내 삶은 늘 똑같았다. 그렇지만 시간을 헛되이 보낸 적이 없었기에 조금도 불행하지 않았다. 내가 손만 뻗으면 수준 높은 교육을 받을 수 있었다. 나는 모든 과목에서 최고가 되기 위해 최선을 다했다. 덕분에 상급반에서 가장 우수한 학생이 되었다. 그렇게 온 힘을 다해 공부하며 육 년을 보냈고, 그다음 이 년 동안은 교사 역할을 하면서 보냈다.

템플 선생님은 그 팔 년 동안 계속 로우드 학교의 교장으로 일했다. 나는 그분의 가르침 덕분에 더 나은 교육을 받을 수 있었다. 선생님과 함께 있다는 사실이 커다란 위안이 되었다. 그분은 내 어머니이자 선생님이었으며 친구였다.

하지만 그 즈음 선생님이 결혼을 하면서, 나와는 영영 이별을 해야 했다. 남편을 따라 먼 곳으로 떠나야 했기 때문이다. 나는 엄청난 상실감을 맛보았다. 그 후부터 나는 더 이상 예전의 내

가 아닌 것 같았다. 인생의 목표와 동기가 모두 사라져 버린 느
낌이었다.

그러다 문득 무언가를 깨달았다. 그동안 템플 선생님한테 의
지해서 살아온 삶 대신 원래의 내 모습을 되찾은 것이었다. 나
는 지난 몇 년 동안 로우드라는 안정된 세계 속에서 충실하게
살아왔다. 하지만 이제는 현실 속의 세상에 대해 생각할 시간이
었다. 세상은 아주 넓었고, 그곳으로 들어갈 용기를 가진 사람들
을 기다리고 있었다.

로우드 학교에 온 이후, 나는 한 번도 학교를 떠난 적이 없었
다. 방학 때도 늘 학교에서 보냈다. 리드 부인이나 그 가족 가운
데 어느 누구도 나한테 편지를 보내거나 찾아오지 않았다. 학교
의 규칙과 의무, 관습 같은 것들이 내가 아는 전부였다. 팔 년을
이어 온 판에 박힌 일상이 너무나 지겨워졌다. 불현듯 자유를
향한 걷잡을 수 없는 갈망이 나를 덮쳤다.

늦은 밤까지도 생각은 꼬리에 꼬리를 물고 이어졌다. 나는 침
대에서 일어나 앉아 스스로에게 물었다.

'내가 원하는 건 뭐지? 새로운 집, 새로운 얼굴, 새로운 환경
속에서 새로운 자리를 찾고 싶어. 그래, 난 그걸 원해. 그것이 내
가 바랄 수 있는 최선의 것이니까. 그런데 사람들은 어떻게 새
로운 일자리를 찾을까? 보통은 친구들에게 부탁하겠지. 그런데
난 그럴 만한 친구가 없어. 그렇다면 어떻게 해야 하지?'

이 질문에 대한 대답은 바로 떠오르지 않았다. 생각에 생각을 거듭하다 보니 머릿속이 온통 엉켜 버리는 것 같았다. 나는 자리에서 일어나 괜스레 방 안을 왔다 갔다 했다. 그러다가 다시 잠자리에 누우려고 하는데 조용히 한 생각이 떠올랐다.

‘그래! 신문에 광고를 내는 거야.’

나는 다음 날 아침 일찍 일어나서 기상 종이 울리기 전에 광고 문안을 만들었다.

열네 살 미만의 자녀가 있는 가정에서 일하고 싶습니다. 정규 교육 과정의 일반 과목들뿐만 아니라 프랑스 어와 미술, 그리고 음악을 가르친 경험이 있는 젊은 여성입니다.

로턴 우체국의 J. E. 앞으로 보내 주세요.

다과 시간이 끝난 후, 새로 부임한 교장 선생님에게 이웃해 있는 로턴 시에 다녀오겠다고 말했다. 그곳에 있는 상점에 들러 필요한 물건을 산 다음, 우체국에 가서 신문사로 광고 편지를 보내고 가벼운 마음으로 돌아왔다.

그다음 주는 하루하루가 몹시 지루하게 느껴졌다. 드디어 일주일이 지났다. 나는 그림처럼 아름다운 가을 풍경을 만끽하며 로턴 시로 향했다. 우체국에는 안경을 코에 걸치고 까만 장갑을 낀 노부인이 앉아 있었다.

나는 들뜬 마음으로 물었다.

"J. E.한테 온 편지는 없나요?"

노부인은 안경 너머로 잠시 나를 보더니 서랍을 열었다. 그녀가 너무 오랫동안 서랍을 뒤적거리자 은근슬쩍 실망감이 밀려들었다. 그러다가 마침내 노부인은 편지 한 통을 안경 앞에 대고 한 오 분쯤 심각하게 들여다보더니, 미심쩍은 표정으로 나한테 건네주었다.

"한 통밖에 없나요?"

내가 묻자 노부인이 대답했다.

"그게 전부예요."

나는 편지를 주머니에 넣었다. 학교로 돌아갈 시간이 다 되었기 때문에 그 자리에서 읽어 볼 수가 없었다. 부랴부랴 학교로 돌아오니 해야 할 일들이 잔뜩 기다리고 있었다. 나는 서둘러 기도문을 읽어 주고, 학생들이 잠자리에 드는 것을 보살펴 주었다. 밤이 되어서야 편지를 뜯어 볼 시간이 생겼다. 편지의 내용은 간단했다.

지난주 목요일에 J. E.라는 분이 낸 광고를 보았습니다. 광고 내용과 같은 경험이 있고, 선량한 성품과 훌륭한 능력이 있다는 사실을 증명할 만한 서류를 보내 주시면 일자리를 제공하겠습니다. 학생은 아직 열 살이 안 된 소녀이고, 봉급은 일 년에 삼십 파운드입니다. J. E. 씨께서는 밀코트 인근 손필드의 페어팩스 부인에게 연락 주시기 바랍니다.

나는 그 편지를 오랫동안 살펴보았다. 나이 많은 부인이 썼는지, 옛날 글씨체인 데다 흘려 쓰기까지 해서 알아보기가 쉽지 않았다. 그렇지만 내용은 아주 만족스러웠다. 그쪽에서 제시한 봉급은 로우드 학교에서 받는 것의 두 배였다.

다음 날 교장 선생님을 찾아가 새로운 일자리를 구할 것 같다고 말했다. 그러고는 학교 운영 위원회와 브로클허스트 씨에게 이 사실을 알리고 내가 떠나는 것을 허락해 줄 수 있는지, 그리고 신원 보증인이 되어 줄 수 있는지 물어봐 달라고 부탁했다.

브로클허스트 씨는 리드 부인이 내 친척이자 후견인이기 때문에 그녀의 허락이 필요하다는 전갈을 보냈다. 그래서 리드 부인에게 편지를 띄웠다. 얼마 지나지 않아 짧은 답장이 왔다.

마음대로 하거라.
네 문제에 관해서는 이미 오래전에 관심을 끊었다.

이 답장이 학교 운영 위원회로 넘어가자, 새로운 일을 해도 좋다는 공식적인 허락이 떨어졌다. 그리고 나의 경력과 성품을 증명하는 추천서도 받았다. 추천서 사본을 페어팩스 부인에게 보내자 곧 답장이 왔다. 편지에는 나의 모든 사항에 만족한다는 내용과 가정교사 일을 시작할 날짜가 적혀 있었다.

시간은 빠르게 흘러, 어느덧 로우드 학교에 머무르는 마지막 날이 되었다. 나는 부지런히 짐을 챙겼다. 옷이나 물건이 얼마 되지 않아 시간이 오래 걸리지는 않았다. 하지만 쉴 수가 없었다. 새 삶을 시작한다는 생각에 몹시 흥분해 있었기 때문이다. 내가 더 할 일이 없나 서성이고 있는데 하녀가 들어와 손님이 왔다고 알렸다. 짐꾼일 거라고 생각하며 내려갔는데, 어떤 여자가 응접실에서 반갑게 뛰어나왔다.

"제인 아가씨, 날 잊은 건 아니겠지요?"

그 낯익은 목소리를 듣는 순간, 나는 너무나 기뻐서 그 여자를 힘껏 끌어안았다.

"오, 베시! 너무 반가워요!"

나는 계속해서 이 말만 되풀이했다. 우리는 손을 잡은 채 응접실로 들어갔다. 난롯가에 서너 살쯤 되어 보이는 사내아이가 서 있었다. 베시가 수줍게 웃으며 말했다.

"내 아들 바비예요. 오 년 전에 마부인 로버트와 결혼을 했거든요. 이 아이 말고도 딸이 하나 더 있는데, 이름을 뭐라고 지었는지 아세요? 바로 제인이라고 지었답니다. 지금은 게이츠헤드 저택의 문간채에 살아요."

"그랬군요, 늦었지만 축하해요. 게이츠헤드 식구들은 어떻게 지내요? 너무 궁금해요. 그런데 리드 부인이 베시를 이곳으로 보낸 거예요?”

“그럴 리가요. 오래전부터 아가씨가 보고 싶었어요. 그런데 마침 편지가 왔다는 소식을 들었지요. 아가씨가 다른 곳으로 떠난다기에 그 전에 얼굴이라도 보려고 이렇게 찾아온 거랍니다. 제인 아가씨, 참 많이 변했네요. 훌륭한 숙녀가 된 것 같아요.”

우리는 거의 한 시간 넘게 이야기를 나누었다. 아쉽지만 그날은 그렇게 헤어져야 했다.

다음 날 새벽 로턴에서 마차를 기다리다가, 베시를 잠깐이나마 다시 볼 수 있었다. 짧은 작별 인사를 나눈 후 베시는 게이츠헤드로, 나는 새로운 삶이 기다리고 있는 손필드로 떠났다.

제 8 장

손필드 저택

내가 로턴을 떠난 시각은 새벽 네 시였다. 그리고 같은 날 저녁 여덟 시에는 거대한 산업 도시인 밀코트의 한 여관 앞에서 나를 손필드까지 안내해 줄 사람을 기다렸다. 마중 나온 사람이 있으리라 기대했는데, 아무도 없어서 당황스러웠다. 어쩔 수 없이 여관 주인한테 방으로 안내해 달라고 부탁했다.

이 세상에 나 혼자인 듯한 기분이 들었다. 나처럼 세상 경험이 적은 젊은 여성에게는 낯설고 두려운 느낌이었다. 처음에 가졌던 모험심은 이내 두려움으로 변해 나를 괴롭히기 시작했다. 삼십 분쯤 지나자, 나는 종을 울려 웨이터를 불렀다.

"이 근방에 손필드라는 곳이 있나요?"

"손필드요? 잘 모르겠는데요. 곧 알아봐 드리겠습니다."

웨이터는 물러갔다가 곧바로 돌아왔다.

"아가씨가 에어 양인가요?"

"네."

"기다리는 사람이 있습니다."

남자 한 명이 여관 입구에 서 있었다. 그리고 가로등이 켜진 거리에 말 한 마리가 끄는 마차가 희미하게 보였다. 그 마차를 보니 편안한 마음이 들면서 여러 가지 생각이 떠올랐다.

'하인과 마차가 소박한 걸 보니, 페어팩스 부인은 유행에 그다지 민감한 사람은 아닌가 봐. 나한테는 차라리 잘된 일이지. 페어팩스 부인은 열 살짜리 소녀와 단둘이 사는 걸까? 어쨌든 리드 부인 같은 사람이 아니기만을 기도해야지. 설령 그렇다고 해도 억지로 함께 있을 필요는 없어. 내가 싫으면 다시 광고를 내면 되니까.'

사방에 안개가 자욱했다. 한 시간 반이면 손필드 저택에 도착한다고 했지만, 마부가 말을 아주 천천히 모는 바람에 두 시간이 더 지나서야 도착했다. 마부는 마차에서 내려 두 쪽짜리 대문을 열었다. 대문을 지나 진입로를 올라가자 저택의 입구가 나타났다. 하녀 한 명이 현관문을 열고 나왔다.

"이쪽으로 오시겠어요?"

나는 하녀를 따라 정사각형의 홀을 지나, 작지만 안락한 방 안

으로 들어갔다. 기분 좋게 타오르는 난로 옆에는 둥근 탁자와
등받이가 높은 구식 안락의자가 놓여 있었다. 그 의자에 몸집이
작고 옷매무새가 단정한 노부인이 앉아 바느질을 하고 있었다.

노부인은 검은색 비단 드레스에 검은색 모자를 쓰고 허리에
는 눈처럼 흰 앞치마를 두르고 있었다. 그 옆에는 덩치가 큰 검
은 고양이가 앉아 나른한 표정으로 나를 바라보았다. 새로 온
가정교사에게 이보다 더 편안한 첫 대면은 있을 수 없을 듯했
다. 내가 들어가자 노부인이 자리에서 일어나 상냥하게 맞아 주
었다.

"안녕하세요? 너무 긴 여행을 하셨네요. 존은 워낙 말을 천천
히 몰거든요. 추우실 텐데 여기 난로 앞으로 오세요."

"페어팩스 부인이신가요?"

"네, 그래요. 어서 앉아요."

페어팩스 부인은 나를 자기가 앉아 있던 의자로 안내했다. 그
러고는 내 외투를 벗겨 주려고 하기에, 그렇게까지 할 필요는
없다며 사양했다. 부인은 하녀에게 따뜻한 차와 먹을 것을 가져
오라고 시키고는, 내 짐을 방으로 올렸는지 보러 나갔다.

'저 분은 나를 손님처럼 대해 주시는군. 가정교사가 이런 대접
을 받으리라고는 상상도 못했는데.'

나는 태어나서 한 번도 받아 본 적이 없는 극진한 대접을, 그
것도 고용주한테서 받게 되자 조금 혼란스러웠다. 잠시 후, 페어

팩스 부인이 돌아오자 내가 물었다.

"오늘 페어팩스 양을 만나 볼 수 있을까요?"

"페어팩스 양이라고요? 아, 아델 바랭스 말이군요! 앞으로 선생님이 가르칠 학생의 이름은 아델 바랭스랍니다."

"그래요? 그럼 그 아이는 부인의 따님이 아닌가요?"

"아니에요, 난 가족이 없어요."

페어팩스 부인은 내 맞은편에 앉아 고양이를 무릎 위에 올려놓으며 말을 계속했다.

"선생님이 와서 얼마나 기쁜지 몰라요! 말벗이 생겼으니까요. 지금은 많이 낡았지만 손필드는 아주 멋진 곳이랍니다. 하지만 하인들하고만 지내다 보면 겨울에는 기분이 많이 가라앉게 되지요. 권위를 잃지 않기 위해서는 적당히 거리를 두는 게 좋으니까요. 다행히도 이번 가을에 아델 바랭스 양과 유모가 왔어요. 이제 선생님까지 오셨으니 정말 기뻐요. 그래도 오늘 밤은 늦게까지 붙잡아 두지 않을게요. 벌써 열두 시가 다 된 데다가 하루 종일 마차를 탔으니 무척 피곤할 거예요."

페어팩스 부인은 촛불을 들고 나가 현관문이 잠겼는지 확인한 다음, 나를 이층으로 안내했다. 어두운 계단과 긴 복도에 냉기가 감돌았다.

내가 쓸 방은 아담했는데, 평범한 듯하면서도 현대적인 느낌이 나는 가구가 무척 마음에 들었다. 순간 마음이 편안해지면서 감사하는 마음이 북받쳐 올랐다. 나는 침대 옆에 무릎을 꿇고 앉아 감사 기도를 드렸다. 그러고는 정말로 달고 곤한 잠에 빠져 들었다.

다음 날 아침 눈을 떴을 때는 어느새 날이 환하게 밝아 있었다. 벽지를 바른 벽과 양탄자를 깔아 놓은 바닥이 환한 햇살을 받아 밝고 상쾌해 보였다. 로우드 학교의 장식 없는 벽과 평범한 마룻바닥과는 천지 차이였다. 바야흐로 내 삶이 행복한 시기로 접어드는 것 같았다.

나는 일어나서 정성껏 옷을 차려입었다. 평소에 워낙 깔끔한 것을 좋아해서 수수한 옷밖에 없었다. 평범한 검은색 드레스였지만, 정갈하게 머리를 빗고 깃 장식을 하고 나자 그런대로 괜찮아 보였다.

방을 나와서 아래층으로 내려갔다. 복도와 현관을 장식한 시계나 초상화, 조각상 등이 모두 화려해 보였다. 현관문이 열려 있기에 밖으로 나가 보았다. 화창한 가을 아침이었다. 나는 잔디밭으로 들어가 위를 올려다보며 저택의 정면을 살펴보았다. 제법 규모가 큰 삼층 건물이었다. 신선한 공기를 들이마시며 고즈넉한 풍경을 즐기고 있는데, 페어팩스 부인이 나타났다.

"아니, 벌써 밖으로 나왔어요? 일찍 일어나는 편이군요. 어때요, 손필드는 마음에 드나요?"

"아주 마음에 들어요."

"그래요, 무척이나 아름다운 곳이지요. 하지만 로체스터 님이 이곳에 와서 살겠다고 작정하지 않는 한, 점점 어수선해질 것 같아요. 큰 저택에는 주인이 있어야 하는 법이죠."

"로체스터 님이라고요? 그분은 누구죠?"

페어팩스 부인이 나직이 말했다.

"손필드의 주인이시지요."

"저는 부인이 이 저택의 주인인 줄 알았어요."

"내가요? 아이고, 아니에요, 선생님. 그런 생각을 하다니! 나는 그저 관리인일 뿐이랍니다. 주인님의 어머니 쪽으로 먼 친척이기는 하지만요."

"그럼 제가 가르치게 될 소녀는요?"

"주인님이 그 아이의 후견인이랍니다. 주인님이 저한테 아델의 가정교사를 찾아보라고 하셨지요. 저기, 아델이 유모랑 같이 오네요."

그제야 수수께끼가 풀렸다. 이 친절한 부인은 주인 마님이 아니라 나처럼 고용된 사람이었다. 나는 그 어느 때보다 기분이 좋았다. 동등한 위치일수록 내 입장이 자유로워지기 때문이었다. 그런 생각에 잠겨 있는 사이에 소녀가 가까이 달려왔다. 일곱 살이나 여덟 살쯤 되었을까? 창백한 얼굴에 몸집이 작고, 구불구불한 곱슬머리가 허리까지 내려와 있었다.

"아델, 잘 잤니? 이리 와서 이제부터 널 가르쳐 주실 선생님께 인사드려야지."

"이분이 내 가정교사예요?"

아델은 나를 가리키며 유모한테 프랑스 어로 물었다. 유모도 프랑스 어로 대답했다.

"응, 그렇단다."

두 사람의 대화를 듣고 깜짝 놀라서 물었다.

"외국인인가요?"

"아델은 파리에서 태어났어요. 여섯 달 전까지만 해도 파리를 떠난 적이 한 번도 없었던 모양이에요. 이곳에 처음 왔을 때는 영어를 한 마디도 못했는데 이제는 조금 하지요. 유모도 프랑스 인이고요."

다행히 나는 로우드 학교에서 피에로 선생님한테 프랑스 어를 배웠다. 선생님과 가능한 한 자주 회화 연습을 했던 게 도움이 되었다. 나는 바로 아델에게 프랑스 어로 말을 걸었다. 아델은 유모 말고도 말이 통하는 사람이 생겼다는 사실이 몹시 기뻤는지, 아침 식사를 하는 내내 신이 나서 떠들어 댔다.

식사가 끝난 후 아델과 나는 서재로 갔다. 로체스터 씨가 공부방으로 쓰라고 한 곳이었다. 아델은 시키는 대로 잘하는 편이었지만 공부 자체는 싫어하는 듯했다. 정규 과목이나 규칙이라는 것에 조금도 익숙하지 않았다. 그런 아이에게 처음부터 지나치게 엄격하게 대하는 것은 현명한 행동이 아니라는 생각이 들었다. 그래서 그날은 공부를 조금만 하고, 정오가 가까워질 무렵 유모한테 돌아가도록 했다.

이층으로 올라가는데 페어팩스 부인이 복도 반대쪽에서 말을 걸어 왔다.

"오전 수업이 끝났나 보네요."

나는 페어팩스 부인이 청소를 하고 있던 방으로 들어갔다. 방이 어찌나 으리으리한지 나도 모르게 탄성을 지르고 말았다.

"어머나, 정말 멋진 방이에요!"

"네, 여긴 식당이에요. 방금 창문을 열었어요. 환기도 시키고 햇빛도 좀 들게 하려고요. 사람이 쓰지 않는 방에 있는 것들은 뭐든 금세 보기 흉해지거든요."

그 방은 마치 요정이 사는 곳처럼 아름다웠다. 눈부시게 하얀 양탄자 위에 붉은색 소파와 등받이 없는 의자가 선명한 대조를 이루었다. 대리석으로 만든 벽난로 선반 위에는 반짝이는 유리 장식품들이 놓여 있었으며, 창문과 창문 사이에 걸려 있는 거울이 화려한 방 안을 비추고 있었다.

"페어팩스 부인, 어쩌면 이렇게 방 정리를 잘하세요!"

"그게 말이죠, 로체스터 님이 여기 오시는 일이 드물기는 하지만 언제나 연락도 없이 갑자기 들이닥치신답니다. 그분은 언제든 집으로 돌아왔을 때 주인 맞을 준비가 되어 있지 않으면 싫어하세요. 그래서 미리미리 준비를 해 놓는 거예요."

"로체스터 씨는 까다로운 분인가요?"

"꼭 그렇지는 않아요. 하지만 신사들이 갖춰야 할 안목과 습관을 지니고 있고, 집안도 그렇게 관리되기를 바라시지요."

"그래도 뭔가 특이한 점은 없나요?"

"조금은 특이한 편일 수도 있지요. 여행을 엄청나게 많이 하시기 때문에 세상의 여러 곳들을 돌아보셨으니까요. 영리한 분인 것 같은데, 오랫동안 대화를 나눠 본 적이 없어서 확실히는 모르겠어요. 설명하기가 쉽지 않네요. 그분이 얘기할 땐 농담인지 진심인지 알 수가 없거든요. 간단히 말해서 주인님을 완전히 이해할 수 없다는 말이에요. 하지만 그건 전혀 중요하지 않을지도 모르지요. 주인으로선 더없이 좋은 분이니까요."

페어팩스 부인은 식당을 나서면서 집 안의 다른 곳을 구경시켜 주겠다고 했다. 나는 그녀를 따라 위층과 아래층을 다니며 감탄사를 연발했다. 특히 전면의 넓은 방들은 상당히 웅장했다. 삼층에 있는 작은 방들은 천장이 낮아 어두웠지만 오래되고 고풍스러운 가구들이 자리 잡고 있었다.

"이 방들은 하인들이 쓰는 방인가요?"

"아니요, 하인들은 뒤쪽에 있는 작은 방에서 지낸답니다."

"여긴 유령 같은 건 없겠죠?"

페어팩스 부인이 웃으며 대답했다.

“유령이 있다는 말은 들어 본 적이 없어요. 지붕으로 올라가서 전망을 좀 보시겠어요?”

나는 페어팩스 부인을 따라 좁은 계단과 사다리를 올라간 다음 뚜껑 문을 열고 지붕 위로 나갔다. 아래를 내려다보니 눈 아래로 펼쳐진 눈부신 풍경이 한 폭의 그림 같았다.

내가 경치를 뒤로하고 사다리와 계단을 내려오는 동안, 페어팩스 부인은 뚜껑 문을 잠그느라 잠시 지체했다. 나는 삼층으로 내려간 뒤, 방들을 양쪽으로 나누고 있는 긴 복도에서 잠시 머뭇거렸다. 천장이 낮은 데다 창문이 복도 끝에 하나밖에 없어서 몹시 어두컴컴했다.

나는 조용히 발걸음을 옮기기 시작했다. 그때 어디선가 말로는 도저히 표현할 수 없는 이상한 웃음소리가 들렸다. 아주 기분이 나쁜, 기이하고도 야릇한 웃음소리였다. 나는 너무나 놀라 그 자리에 얼어붙은 듯 멈춰 서고 말았다. 순간 웃음소리도 멎었다. 하지만 그것도 잠시, 웃음소리가 다시 들리더니 점점 더 커지기 시작했다. 그 웃음소리는 빈 방 곳곳에서 메아리치듯 요란하게 울리다 서서히 사라져 갔다.

페어팩스 부인이 계단을 내려오는 소리가 들리자 나는 다급히 소리쳤다.

“페어팩스 부인! 저 요란한 웃음소리 들었어요? 누구예요?”

“하인들 가운데 한 명이겠죠. 아마 그레이스 풀일 거예요. 저쪽 방에서 바느질을 하거든요. 다른 하인들하고 같이 일할 때가 있는데, 그럴 때 소란을 피우는 경우가 종종 있답니다.”

웃음소리는 낮게 깔리면서 이어지다가 알 수 없는 중얼거림과 함께 끝이 났다. 그러자 페어팩스 부인이 소리쳐 불렀다.

“그레이스!”

나는 정말로 누군가가 대답을 하리라고는 예상하지 못했다. 그렇게 기괴하고 절망적인 웃음소리는 들어 본 적이 없었기 때문이다. 하지만 가장 가까이에 있던 방문이 열리면서 하녀 한 명이 밖으로 나왔다. 서른 중반에서 마흔 살 사이로 보이는 여자였는데, 각이 진 몸매에 퍽 억세 보이는 인상이었다. 이처럼 유령답지 않은 유령은 상상조차 하기 어려울 정도였다.

페어팩스 부인이 다소 엄한 목소리로 말했다.

“그레이스, 너무 시끄럽잖아. 크게 웃지 좀 말아요!”

그레이스는 묵묵히 고개를 숙여 보인 후, 조용히 안으로 들어갔다. 그녀가 눈앞에서 사라지자, 우리는 저녁을 먹기 위해 아래층으로 향했다.

제 9 장

로체스터 씨를 만나다

손필드 저택과의 조용한 첫 대면에서 예상했던 평탄한 생활
은 현실이 되었다. 시간이 지나 이곳 사람들을 더 잘 알게 될수
록 그 기대가 헛되지 않았다는 걸 확인할 수 있었다.

페어팩스 부인은 처음 모습 그대로 친절하고 다정한 사람이
었다. 아델은 다소 부산스럽고 버릇이 없었다. 그러나 교육 문
제는 모두 나한테 맡겨져 있었기에, 곧 배우려는 자세를 보이며
고분고분해졌다. 다른 아이보다 특별히 뛰어나지는 않았지만
그렇다고 아주 뒤떨어지지도 않았다. 아델이 점점 나아지려고
노력했기 때문에 나 역시 그 아이에게 애정을 갖게 되었다.

가끔씩 그레이스 풀의 소름 끼치는 웃음소리가 들리곤 했다.

처음 들었을 때와 마찬가지로 아주 높게 들리다가 마지막에는 낮게 깔리면서 사라져 갔다. 그레이스 풀과 마주칠 때마다 이야기를 좀 나누어 보려고 했지만, 그녀가 "네." 아니면 "아니요."라고 간단히 대답하고 사라지는 바람에 늘 실패했다.

10월이 지나고 11월, 그리고 12월이 지나갔다. 고요하고 화창한 1월의 어느 날 오후였다. 아델이 감기에 걸려서 그날은 공부를 쉬기로 했다. 날씨가 춥긴 했지만 바람이 없고 햇살이 좋았다. 나는 하루 종일 집 안에만 있는 것이 답답해서 어디든 나갈 일이 없을까 궁리를 했다.

마침 페어팩스 부인이 편지를 막 쓰고 나서 언제 우체국에 갈까 고민하고 있기에, 내가 대신 마을로 가서 부치고 오겠노라고 말했다. 우체국이 있는 헤이는 손필드에서 삼 킬로미터쯤 떨어진 곳이라 산책하기에 안성맞춤이었다.

땅이 꽁꽁 얼어붙긴 했지만 바람 한 점 느껴지지 않았다. 나는 몸이 더워질 때까지는 빠른 걸음으로 걷다가, 곧 발걸음을 천천히 늦추며 시골의 정취를 마음껏 맛보았다. 그런데 어느 순간 오솔길이 오르막으로 변하더니 헤이에 이를 때까지 내내 계속되었다. 절반쯤 가다가 들판으로 넘어가는 곳에 놓여 있는 디딤돌 위에 엉덩이를 대고 앉았다. 외투를 꼭꼭 여며서인지 그다지 춥지는 않았다.

내가 앉은 자리에서 손필드 저택이 내려다보였다. 손필드 저택의 숲은 서쪽으로 뻗어 있었다. 그곳을 지켜보는 동안 어느덧 해가 저물어 노을이 붉게 타오르기 시작했다.

달이 막 떠올라 언덕 꼭대기에 걸려 있었다. 아직은 구름처럼 파리했지만 점차 밝아지고 있었다. 정적을 깨는 것은 아무것도 없었다. 그저 멀리 떨어진 마을에서 사람들이 소곤대는 소리가 희미하게 들려오고, 언덕과 계곡을 따라 흐르는 작은 시냇물 소리가 귓전을 울릴 뿐이었다.

그런데 어느 순간, 정체를 알 수 없는 요란한 소리가 고요한 속삭임들을 깨뜨리고 다가오기 시작했다. 무거운 금속성의 소리가 점점 더 가까워지자, 비로소 그것이 말발굽 소리라는 것을 알아챘다. 길이 굽어 있어서 아직 보이지는 않았지만 바로 근처까지 와 있는 듯했다. 나는 디딤돌에서 막 일어나려던 참이었지만, 길이 워낙 좁았기 때문에 말이 먼저 지나가도록 그대로 앉아 있었다. 이윽고 말이 아주 가까이까지 왔다. 하지만 아직도 모습은 보이지 않았다.

잠시 후 따각거리는 말발굽 소리에 더하여 후다닥하는 소리가 들리더니, 숲 속에서 뭔가가 잽싸게 달려 나왔다. 아주 커다란 개였는데, 검은색과 흰색이 섞인 털빛을 하고 있었다. 털이 긴 데다 머리가 엄청나게 커서 마치 사자처럼 보였다. 그 개는 조용히 내 옆을 지나갔다. 뒤를 이어 남자 한 명이 큰 말을 타고 나타났다.

그 사람이 지나간 후에야 나는 자리에서 일어나 길을 가기 시작했다. 그런데 몇 걸음 걷지 않았을 때, 뒤에서 쿵 하고 넘어지는 소리가 들렸다. 뒤를 돌아보니 남자와 말이 넘어져 있었다. 살얼음판에서 미끄러진 모양이었다. 개는 주인이 곤경에 빠지자 도움을 청하는 듯 마구 짖어 대더니 나한테로 달려왔다. 나는 개를 따라 낯선 남자가 있는 곳으로 다가갔다. 남자는 말에서 빠져 나오려고 안간힘을 쓰고 있었다.

"괜찮으세요?"

확실히 들리지는 않았지만 그 남자는 화가 나서 욕을 하고 있는 것 같았다. 주문을 외우기라도 하듯 뭐라고 중얼거리느라 곧바로 대답을 하지 않았다. 내가 다시 물었다.

"제가 좀 도와드릴까요?"

남자가 일어서면서 대답했다.

"한쪽으로 비켜서 주기나 하시오."

그는 한쪽 무릎을 먼저 세우더니 이내 제대로 일어섰다. 그러고는 말을 일으켜 세웠다. 개는 컹컹 짖어 대다가 남자가 "앉아, 파일럿." 하고 명령하자 조용해졌다. 그사이 나는 그의 말대로 한쪽으로 비켜서서 가만히 있었다. 남자는 허리를 구부려 장화와 다리를 만져 보더니, 내가 방금 전에 앉아 있었던 디딤돌로 절룩거리며 가서 걸터앉았다. 아마도 다리를 다친 모양이었다. 나는 다시 다가가서 말했다.

“도움이 필요하시다면, 제가 손필드 저택으로 가서 사람을 데려올 수 있어요.”

“고맙지만 내가 알아서 하겠소. 부러진 덴 없는 것 같으니.”

그는 다시 일어나려고 발을 디뎌 보다가 통증이 심한지 외마디 비명을 질렀다.

아직 해가 완전히 저물지 않은 데다가 달빛이 점점 환해지고 있어서 남자의 모습을 똑똑히 볼 수 있었다. 그는 옷깃에 모피를 댄 승마복을 입고 있었다. 얼굴빛이 검었고, 화가 나서 찌푸린 이마와 눈 때문에 조금 사나워 보였다. 그렇게 젊어 보이지는 않았지만 아직 중년은 안 돼 보였다.

나는 그 남자가 전혀 두렵지 않았고 수줍어 하지도 않았다. 만약 그가 잘생긴 젊은 신사였거나, 미소 띤 얼굴로 고맙다고 말하며 나의 제안을 거절했더라면 차라리 가던 길을 계속 갔을 것이다. 그런데 이상하게도 그의 거친 태도에 오히려 마음이 편안해졌다. 그가 손을 내저으며 가라고 할 때까지도 나는 그 자리에 그대로 남아서 이렇게 말했다.

“이렇게 늦은 시간에 다친 사람을 혼자 두고 갈 수는 없어요. 당신이 말에 올라타는 것을 보고 가겠어요.”

그러자 그는 처음으로 나를 똑바로 바라보며 말했다.

“당신이야말로 지금 당장 집으로 가야 할 것 같은데. 어디 사시오?”

“바로 저 아래요.”

“바로 저 아래에 산다고? 그럼 저 집에 산단 말이오?”

그가 손필드 저택을 가리키며 물었다.

“네.”

“저긴 누구 집이오?”

“로체스터 씨 댁이에요.”

“로체스터 씨를 아시오?”

“아니요, 뵌 적은 한 번도 없어요.”

“저 집 하인은 아닐 테고, 그렇다면……”

그는 말을 멈추고는 내 옷차림을 스윽 훑어보았다. 수수한 내 옷차림이 이상한 모양이었다. 나는 그의 궁금증을 풀어 주기로 했다.

“전 가정교사예요.”

“아, 가정교사! 잊고 있었군.”

그는 디딤돌에 잠시 동안 더 앉아 있다가 다시 일어나려고 했다. 몸을 움직일 때마다 얼굴에 고통스런 빛이 역력했다.

“도움을 청하러 손필드 저택까지 갈 필요는 없고, 괜찮다면 저 말고삐를 잡아서 이리로 끌고 와 주겠소?”

나는 말에게 다가가서 고삐를 잡으려고 했다. 그러나 말은 목 가까이에 손도 대지 못하게 날뛰었다. 그 남자는 내가 애를 쓰는 광경을 지켜보며 껄껄 웃었다.

“안 되겠군. 괜찮다면 다시 나한테로 좀 와 주시오.”

내가 다가가자 그가 다시 입을 열었다.

“미안하지만 당신 힘을 좀 빌려야겠소.”

그러고는 묵직한 팔을 내 어깨 위에 올리고 몸을 기댄 채 말에게 다가갔다. 그는 단숨에 말을 제압한 후 그 위에 올라탔다.

“저기, 채찍 좀 집어 주시오. 저 나무 덤불 너머에 있소.”

나는 그에게 채찍을 찾아 주었다.

“고맙소, 이제 어서 집으로 돌아가시오.”

그의 발뒤꿈치가 말의 허리를 힘껏 차자마자, 말은 언덕 아래로 내달리기 시작했다. 개도 뒤따라 달려갔다.

나는 뺨이 약간 발그레해진 채로 편지를 들고 계속 마을을 향해 걸었다. 그다지 중요하지 않은 작은 사건이었지만, 단조로운 생활에 변화를 가져다 주기에는 충분했다. 그 남자의 검은 얼굴이 계속해서 눈앞에 아른거렸다. 헤이에 가서 편지를 부치고 집으로 돌아올 때까지도 그 얼굴을 지울 수 없었다.

집 앞에 도착했지만 안으로 들어가지 않고 괜스레 서성거렸다. 손필드 저택으로 다시 들어가고 싶지 않았다. 그곳으로 들어가는 것은 무덤덤한 회색빛의 생활로 다시 돌아가는 것을 뜻했다. 한참 동안 적막한 정원을 거닐었다. 그러다 안에서 시계 종소리가 들려오기에 문을 열고 안으로 들어갔다.

웬일인지 집 안이 평소보다 환했다. 식당에서 따뜻한 빛이 새

어 나왔고, 열린 문 사이로 난로의 불꽃이 활활 타오르는 것이
보였다. 난로 가까이에는 사람들이 모여서 웅성거리고 있었다.
나는 서둘러 페어팩스 부인의 방으로 갔다. 이상하게도 촛불이
켜져 있지 않았고, 페어팩스 부인도 없었다. 그 대신 난롯가 앞
에 깔린 양탄자 위에, 검은색과 흰색이 섞인 커다란 개 한 마리
가 앉아 있는 것이 어렴풋이 보였다. 아까 본 개와 비슷한 것 같
아서, 나도 모르게 "파일럿!" 하고 불렀다.

그러자 개가 일어나더니 나한테로 다가와 킁킁거리며 냄새를
맡았다. 이 개는 대체 어디서 나타난 것일까? 나는 촛불을 가져
다 달랠 양으로 종을 울렸다. 하녀 한 명이 종소리를 듣고 들어
오자, 그녀에게 물었다.

"이건 누구 개죠?"

"주인님이 데려온 개예요."

"누가 데려왔다고요?"

"주인님이요. 좀 전에 로체스터 씨가 오셨어요."

"정말요? 페어팩스 부인은 그분과 함께 계신가요?"

"네, 아델 아가씨도요. 식당에 계세요. 그리고 존이 의사 선생
님을 부르러 갔어요. 주인님이 사고를 당하셨거든요. 빙판에서
말이 넘어지는 바람에 발목을 삐셨대요."

그날 밤 로체스터 씨는 일찍 잠자리에 든 것 같았다. 다음 날
아침에도 그리 일찍 일어나지는 않았다. 그것도 일을 하기 위해

억지로 일어난 것이었다.

　우리는 서재를 비워 주어야 했다. 사업차 로체스터 씨를 찾는 방문객들이 많았기 때문이다. 그래서 이층에 있는 빈 방 하나를 교실로 꾸몄다. 그날은 아델을 가르치는 일이 쉽지 않았다. 아델은 전혀 집중을 하지 않은 채 계속 로체스터 씨가 있는 곳으로 가려고 했다. 아이는 신이 나서 프랑스 어로 말했다.

　"틀림없이 선물을 사 오셨을 거예요. 어쩌면 선생님 선물도 사 오셨을지 몰라요. 로체스터 씨가 선생님 이름을 물어보고, 몸집이 작고 말랐냐고 묻기도 했거든요."

　날이 어두워지자 나는 아델에게 아래층에 내려가도 좋다고 허락했다. 그러고는 난롯불 앞에 앉아 이런저런 생각에 빠져 있는데 페어팩스 부인이 들어왔다.

　"주인님이 저녁에 선생님과 함께 차를 마시고 싶다고 하셨어요. 아델도 같이요."

　"몇 시에 마시자고 하셨나요?"

　"여섯 시요. 그런데 에어 선생님, 다른 옷으로 갈아입는 게 좋을 것 같은데요."

　나는 페어팩스 부인의 도움을 받아 검은색 비단 드레스로 갈아입었다. 내 옷 중에서 가장 좋은 것이었다. 낯선 사람과 만나는 것에 익숙하지 않았기 때문에 마음이 몹시 불편했다.

　약속 시간이 되어 페어팩스 부인과 함께 로체스터 씨가 기다리는 방으로 갔다. 그는 안락의자에 앉아 파일럿을 내려다보고 있었다. 벽난로의 불빛이 험상궂어 보이는 입과 턱, 그리고 잘생 겼다기보다는 굳건해 보이는 콧날을 비추고 있었다. 헤이로 가는 길에 만난 검은 얼굴의 그 남자가 분명했다.

페어팩스 부인이 내가 왔다는 사실을 알리자, 로체스터 씨는 돌아보지도 않은 채 고개만 끄덕이며 말했다.

"에어 선생한테 자리에 앉으라고 하세요."

나는 그의 그런 행동이 마음에 들었다. 세련되고 공손하게 대했다면 어쩔 줄 몰라 했을 것이다. 그의 거친 태도가 오히려 마음을 편하게 했고, 한편으로는 호기심을 자극했다.

페어팩스 부인은 분위기를 부드럽게 만들어야겠다고 생각했는지 다소 지루한 이야기를 늘어놓기 시작했다. 로체스터 씨는 조용히 듣고 있다가, 차를 마시고 싶다고 말했다. 곧 하인이 차를 준비해 가지고 왔다.

그때 아델이 로체스터 씨에게 프랑스 어로 이렇게 물었다.

"저기 있는 상자 속에 에어 선생님의 선물도 들어 있나요?"

그러자 로체스터 씨가 퉁명스러운 말투로 나한테 물었다.

"에어 선생, 선물을 좋아하시오?"

그러고는 화가 난 듯한 눈빛으로 나를 찬찬히 살펴보았다.

"글쎄요, 선물을 받아 본 적이 별로 없어서 잘 모르겠습니다. 하지만 사람들은 대부분 선물을 받으면 기뻐하지요."

내가 침착하게 대답하자 로체스터 씨가 다시 물었다.

“다른 사람의 생각을 묻는 게 아니라 에어 선생의 생각을 묻는 거요.”

“어떻게 대답해야 할지 생각해 봐야 할 것 같은데요. 선물에도 여러 종류가 있으니까요.”

“에어 선생은 단순한 성격이 아니군. 아델은 나를 볼 때마다 선물을 달라고 난리인데.”

“저는 아델과 다르니까요. 로체스터 씨를 처음 뵙는 데다 선물을 받을 만한 일을 한 적도 없습니다.”

“너무 겸손하시군. 아델을 이렇게 잘 가르쳤으니 선물을 받을 자격이 충분하오. 원래 총명한 아이가 아닌데 짧은 시간 동안 많이 좋아졌더군.”

“그 말씀이 제겐 가장 좋은 선물입니다. 감사합니다.”

로체스터 씨는 나에게 난롯불 가까이로 오라고 했다. 내가 가까이 다가가 앉자 이런저런 질문을 퍼붓기 시작했다.

“이곳에 석 달쯤 있었다고? 그래, 그 전엔 어디에 있었소?”

“로우드 학교에서 팔 년 동안 있었습니다.”

“로우드 학교라면 나도 알고 있는 곳이오. 그런데 팔 년이라고? 그런 곳에서 팔 년이나 있었다니, 정말 질긴 사람이군. 당신이 다른 세상에서 온 것 같은 표정을 짓고 있는 것도 무리가 아니군그래. 그럼 부모님은?”

“안 계십니다.”

“음, 그래도 친척이나 형제자매는 있겠지?”

“아니요, 친척은 한 분도 없습니다. 형제나 자매도 없고요.”

“누가 이곳을 추천하던가요?”

“광고를 냈더니 페어팩스 부인이 연락을 주셨습니다.”

“책은 많이 읽었나?”

“구할 수 있는 책만 읽은 정도입니다.”

“수녀처럼 살았겠군. 내가 알기로 로우드 학교를 관리하는 브로클허스트 씨는 목사라고 하던데? 수녀들이 수도원장을 숭배하듯이 여학생들이 그 사람을 숭배했겠지? 선생도 그랬소?”

“아니요, 아닙니다. 저는 브로클허스트 씨를 싫어했어요. 사실 모두가 그랬죠. 온갖 일에 참견이 심했고, 또 몰인정했거든요. 학교에 운영 위원회가 생기기 전까지는 학생들이 항상 굶주림에 시달렸습니다.”

“로우드 학교에 간 건 몇 살 때였소?”

“열 살 때입니다.”

“거기서 팔 년간 있었다면…… 이제 열여덟 살이겠군. 그러고 보면 계산은 참 쓸모가 있지. 당신처럼 생김새와 표정이 일치하지 않는 사람은 계산해 보지 않고는 나이를 짐작하기가 어렵거든. 학교에서는 뭘 배웠소? 연주할 수 있는 악기는 있소?”

나는 피아노를 칠 줄 안다고 대답했다. 그러자 로체스터 씨는 서재로 가서 피아노를 쳐 보라고 했다. 나는 서재의 문을 열어 놓고 연주를 시작했다. 몇 소절 치지도 않았는데, 로체스터 씨가 소리쳤다.

"그만! 됐소. 조금 치는군. 썩 잘하는 편은 아니야."

나는 피아노 뚜껑을 닫고 서재에서 나왔다. 로체스터 씨가 그림 한 장을 손에 들고 말했다.

"이건 아델이 에어 선생이 그린 거라며 보여 준 그림이오. 선생이 혼자서 그린 거요, 아니면 다른 사람이 도와준 거요?"

"저 혼자 그린 거예요!"

내가 크게 소리쳤다.

"오호, 자존심이 꽤 강하시군. 당신이 그린 거라고 증명하고 싶으면 어디 다른 그림도 좀 보여 주겠소?"

나는 화첩을 가져와 다른 그림들을 보여 주었다. 로체스터 씨는 그림을 하나씩 펼쳐 놓고 꼼꼼히 뜯어보았다. 그러고는 페어 팩스 부인과 아델한테도 감상하라고 했다.

로체스터 씨가 다시 질문을 했다.

"시간이 많이 걸렸을 것 같은데, 언제 그린 거요?"

"로우드 학교에 있을 때, 방학 동안 그린 겁니다. 달리 할 일이 없었거든요. 하루 종일 그림을 그렸던 적도 있어요."

"그렇게 열심히 그린 결과에 만족하시오?"

"아니요, 전혀요. 처음에 상상했던 것과 결과물이 너무 달라서 괴로웠어요."

"당신이 상상하는 것을 완벽하게 재현해 내지는 못했겠지만 흉내는 낸 것 같소. 예술적 기질이나 기량은 없는 것 같군. 하지만 독특한 것만은 분명하오. 자, 이제 그림들을 치우시오."

그러고는 내가 그림을 챙겨 넣기도 전에 퉁명스럽게 말했다.

"벌써 아홉 시군. 에어 선생, 이렇게 늦었는데 왜 아델을 재우지 않는 거요? 어서 데려가 재워요."

우리는 로체스터 씨를 남겨 두고 그 방에서 물러났다. 나는 아델을 재운 다음, 페어팩스 부인에게 가서 로체스터 씨가 어떤 사람인지 물어보았다.

페어팩스 부인은 로체스터 씨가 좀 별난 성격이기는 하지만 타고난 성품이니 이해해 주어야 한다고 말했다. 또 가족 문제 때문에 마음이 괴로울 거라고 했다. 구 년 전에 형님이 세상을 떠나 유산을 상속받기는 했지만, 아주 오래전부터 형제 사이가 별로 좋지 않았다는 것이다. 그래서인지 손필드 저택을 싫어하는 것 같다고도 했다.

나는 좀 더 자세하게 알고 싶었지만, 페어팩스 부인은 그저 짐작일 뿐이라며 얼버무렸다. 그녀가 말머리를 돌리려는 기색이 역력하여 더 이상 물을 수가 없었다.

제 10 장
한밤중에 일어난 사건

그 후 며칠 동안 로체스터 씨를 거의 보지 못했다. 오전에는 사업 때문에 바쁜 것 같았고, 오후에는 이웃에 사는 신사들이 찾아와서 저녁 식사까지 하고 갈 때가 많았다. 발목이 다 나은 다음에는 자주 말을 타고 외출했다.

그동안 로체스터 씨는 아델도 찾지 않았다. 내가 그를 보는 것은 집 안에서 가끔씩 우연히 마주칠 때뿐이었다. 로체스터 씨는 냉정하게 나를 지나쳐 가기도 했고, 이따금 미소를 지어 보이기도 했다. 그러나 그의 그런 변덕스러운 태도 때문에 기분이 상하지는 않았다. 그 모든 행동이 나와는 아무 상관이 없다는 것을 잘 알고 있었기 때문이다.

어느 날 저녁 식사가 끝난 다음, 로체스터 씨가 나한테 아델과 함께 아래층으로 내려오라고 전갈을 보내왔다. 아델은 로체스터 씨가 약속했던 선물 상자가 도착했는지 몹시 궁금해 했다. 식당으로 가 보니, 그 상자는 아델의 바람대로 식탁 위에 반듯이 놓여 있었다. 아델이 식탁 쪽으로 달려가며 소리쳤다.

"내 선물 상자다!"

로체스터 씨는 조금 무뚝뚝한 목소리로 말했다.

"그래, 선물 상자다. 저쪽 구석으로 가져가서 뜯어 보거라. 귀찮게 하지 말고. 조용히 하라는 말이다, 알았지?"

상자는 이미 아델의 손에 들어가 있었다.

"세상에! 너무 멋져요!"

로체스터 씨가 자리에서 반쯤 몸을 일으키더니 내가 서 있는 쪽을 바라보며 물었다.

"에어 선생도 왔소? 이리 와서 앉으시오."

그는 자기 옆에 있던 의자를 끌어당기고는 말을 계속했다.

"난 아이들이 쫑알거리는 걸 좋아하지 않소. 어린애랑 이야기하는 건 정말 참기 힘든 일이지. 의자를 뒤로 빼지 말고 내가 놓아 둔 자리에 그대로 앉지. 아니, 앉으시오. 젠장, 예의를 갖추는 걸 잊었군. 그리고 생각이 단순한 노부인들도 별로 좋아하지 않소. 그래도 우리 집 노부인은 불러야 할 것 같군."

로체스터 씨는 종을 울려서 페어팩스 부인을 데려오라고 했

다. 페어팩스 부인이 식당에 나타나자, 아델이 쪼르르 달려가 상
자에서 꺼낸 물건들을 보여 주며 쉴 새 없이 재잘거렸다.

로체스터 씨는 안락의자에 몸을 깊숙이 묻고 앉아 있었는데,
전보다 훨씬 덜 우울해 보였다. 입술에 미소가 감돌았고 눈은
밝게 빛났다. 포도주를 마신 탓인지도 몰랐다. 그는 저녁 식사
후의 여유로움을 느긋이 즐기고 있는 것 같았다. 하지만 불빛을
받아서 그런지 여전히 무서워 보이기는 했다. 깎아 놓은 듯한
얼굴과 검은 눈. 로체스터 씨는 깊이를 알 수 없는 크고 멋진 눈
을 가지고 있었다. 그는 이 분쯤 난롯불을 바라보고 있었고, 나
는 그 시간만큼 그의 얼굴을 바라보았다.

그때 갑자기 로체스터 씨가 고개를 돌리는 바람에 그의 얼굴
을 바라보고 있던 내 눈과 마주쳤다.

"에어 선생, 내 얼굴을 찬찬히 뜯어보고 있군. 내가 잘생겼다
고 생각하시오?"

그런 질문에는 예의를 갖추어 대답하는 것이 마땅했으나, 내
입에서는 뜻하지 않은 대답이 불쑥 튀어나왔다.

"아니요."

"하! 정말 당신은 뭔가 특이한 점이 있단 말이야! 생김새는 꼭
수녀 같아서 조용하고 단순하고 진지해 보이는데, 질문을 하면
거침없이 예리한 대답이 나오는군."

"제가 말을 함부로 했습니다. 용서하세요. 사람마다 취향이 다

르다고 말했어야 하는데. 외모는 중요하지 않다거나 아니면 그 비슷한 말이라도……."

"그런 대답을 하면 안 되지. 외모는 중요하지 않다니! 좀 전에 한 말을 무마하는 척하면서 또 다시 나한테 칼을 들이대는군. 계속하시오! 그래, 또 어떤 결점을 찾아냈는지 물어도 되겠소?"

"로체스터 씨, 그 대답은 못 들은 걸로 해 주세요. 제가 실수를 했습니다."

"그러니 대가를 치러야지. 자, 나를 비난해 보시오. 내 이마가 마음에 안 드시오? 내가 멍청해 보이나?"

"절대 그렇지 않아요. 제가 만약 로체스터 씨한테 선량한 분이냐고 묻는다면 저를 무례하다고 생각하시겠어요?"

"또 날카로운 대답이로군. 아니오, 난 선량한 사람이 아니오. 그러나 양심은 있소. 내가 당신 나이였을 때는 마음이 여렸던 적도 있었지. 하지만 그 후로 삶에 치여서 이제는 너무나 둔감해졌소. 아직도 한두 군데 틈이 있기는 하지만. 그러니 나한테도 희망이 있다고 말해 주겠소?"

나는 어떻게 대답해야 할지 몰라 망설였다.

"아주 당혹스러워하는 것 같구려, 에어 선생. 내가 잘생기지 않은 것 이상으로 당신도 예쁘진 않지만, 당혹스러워하는 표정은 꽤나 어울리는군. 사실 오늘 밤은 누군가와 대화를 나누고 싶었소. 다른 누구보다 당신이 말벗으로 적당하다고 생각했지.

그래서 내려오라고 한 거요. 나는 당신이 어떤 사람인지 좀 더 알고 싶소. 그러니 이야기를 해 보시오.”

나는 아무 말도 하지 않고 가만히 앉아 있었다.

“왜 말이 없소?”

로체스터 씨가 고개를 숙여 내 얼굴을 들여다보았다.

“아! 화가 났나 보군. 용서하시오. 내가 무례했소. 다시 말하지. 당신이 뭔가 이야기해 주기를 간청하오. 당신의 이야기를 듣고 있으면 내 머릿속을 괴롭히는 온갖 잡념들이 사라지거든.”

로체스터 씨가 사과를 했다. 말투에 겸손함이 느껴져서 더 이상 모른 척하고 싶지 않았다.

“할 수만 있다면 즐겁게 해 드리고 싶습니다. 하지만 어떤 주제에 흥미를 느끼시는지……. 먼저 질문을 해 주세요. 그러면 최선을 다해서 대답할게요.”

“그렇다면 먼저 양해를 구하고 싶은 게 있는데……. 내가 명령조로 말해도 괜찮겠소? 나는 당신의 아버지뻘 되는 나이인 데다 세상 경험도 아주 많으니까 말이오.”

“그런 이유만으로 저한테 명령할 권리가 있다고는 생각하지 않습니다. 그건 로체스터 씨가 세월을 어떻게 보냈느냐에 따라 달라지니까요.”

“나한테는 해당되지 않겠군. 시간과 경험을 어떻게 활용할지 무관심하기는 했지만, 형편없이 쓴 건 아니니까. 그 문제는 제쳐

두도록 하고, 내가 가끔씩 명령조로 말해도 마음 상하지 않고 따라 줄 수 있겠소?"

나는 살짝 미소를 지어 보였다. 그가 내 표정을 놓치지 않고 말했다.

"그 미소는 엄청난 발전이오. 그러니 이제 당신 생각을 말로 표현해 보시오."

"제 생각에는, 돈을 받고 일하는 고용인이 기분 상해 할까 봐 걱정하는 주인은 별로 없을 것 같은데요."

"아! 그걸 깜빡했군! 내가 당신을 고용한 거였지. 자, 그렇다면 내가 이래라저래라 명령해도 되겠소?"

"아니요, 그것도 이유가 되진 않아요. 하지만 로체스터 씨는 그 사실을 잊고 있었고, 고용인들의 기분까지도 신경 쓰시는 분이기 때문에 명령을 따르는 것도 괜찮을 듯합니다."

"당신의 대답에 공감하오. 그 내용뿐만 아니라 대답할 때의 솔직한 태도에 대해서도 말이오. 가정교사 삼천 명을 모아 놓고 물어본대도 당신처럼 대답하는 사람은 단 세 명도 안 될 거요. 그렇다고 선생을 칭찬할 생각은 없소. 선생이 다른 사람들과 다른 건 타고난 품성일 테니까. 그리고 나는 당신을 잘 몰라요. 몇 가지 장점이 있는 것 같긴 하지만, 참을 수 없는 단점들을 갖고 있을지도 모르지."

'그건 당신도 마찬가지예요.'

내가 마음속으로 이런 생각을 하는 순간, 또다시 로체스터 씨와 눈이 마주쳤다. 그가 내 표정을 읽은 것 같았다.

"당신 생각이 옳소. 나도 단점이 아주 많아요. 굳이 변명하고 싶지는 않소. 곰곰이 생각해 보면 나도 남들한테 엄격하게 굴 처지가 아니오. 스물한 살 때 잘못된 길로 들어섰고, 그 후로 다시는 옳은 길로 돌아오지 못했지. 당신이 가진 평온한 마음과 순수한 기억들이 나한테도 있으면 좋겠소."

"잘못은 바로잡으면 돼요. 아직 늦지 않았어요."

"그렇다 해도 이제는 아무런 소용이 없소. 나한테는 행복할 권리가 허락되지 않았으니, 인생의 쾌락을 즐길 권리라도 가져야 하지 않겠소?"

"쾌락의 맛은 쓰디쓸 거예요."

"그걸 어떻게 아시오? 그런 문제라면 나한테 설교할 처지가 아닐 텐데. 아직 인생의 문턱에도 가 보지 않았으니 말이오. 당신은 정말로 진지하군. 허튼소리를 하더라도 아주 심각하게 하겠지? 그러면 나는 그게 제대로 된 소리라고 착각할 테고.

당신은 왜 소리 내어 웃지 않지? 굳이 대답하지 않아도 돼요. 당신은 남자들 앞에서 자신을 지나치게 억누르려고 하지. 명랑하게 웃거나 거침없이 말하는 것을 두려워한단 말이오. 하지만 곧 나한테서 자연스럽게 대하는 법을 배우게 될 거요. 내 눈에는 낯선 새 한 마리가 촘촘한 새장의 창살 사이로 세상을 내다

보려는 모습이 보이거든."

　나는 일어나려고 몸을 움직였다.

　"왜, 가려고?"

　"아홉 시 종이 쳤어요. 아델이 잘 시간이에요."

　"신경 쓸 것 없소. 잠깐만 기다려요. 아델은 아직 잘 준비가 안
되었소. 당신하고 이야기하는 동안 계속 지켜보고 있었는데, 십
분 전에 선물 상자에서 분홍빛 비단 드레스를 꺼내들고 좋아서
환한 얼굴로 달려 나가던걸. 조금 있으면 그 옷을 입고 제 엄마
와 똑같은 모습으로 나타날 거요."

　오래 지나지 않아 정말로 복도를 뛰어오는 아델의 작은 발소
리가 들렸다. 아델은 짧은 분홍빛 드레스에 하얀색 비단 샌들을
신고는 빙글빙글 춤을 추며 들어왔다. 아델이 프랑스 어로 소리
쳤다.

　"내 드레스 예쁘지 않아요? 이 구두는 어때요?"

　로체스터 씨는 못마땅한 눈길로 아델을 바라보며 말했다.

　"언젠가 기회가 되면 저 아이의 사연을 들려주리다. 그럼 잘
자요."

　로체스터 씨는 정말로 아델의 이야기를 들려주었다. 어느 날
오후, 아델과 함께 정원에 나갔다가 우연히 로체스터 씨를 만나
게 되었다. 로체스터 씨는 아델이 파일럿과 놀고 있는 동안, 근

처의 오솔길을 산책하는 것이 어떻겠냐고 물었다.

아델은 한때 로체스터 씨가 열정을 바쳤던 프랑스의 무용수 셀린 바랭스의 딸이라고 했다. 로체스터 씨는 그녀에게 푹 빠져서 큰 집과 비싼 옷, 보석 따위를 잔뜩 안겨 주었다. 그러나 그녀는 몰래 다른 남자를 만나며 그를 기만했다.

모든 사실이 드러나자, 로체스터 씨는 그녀와의 관계를 끝냈다. 그 후 몇 년 뒤, 셀린은 어떤 음악가와 눈이 맞아 어린 아델을 버리고 이탈리아로 도망가 버렸다. 그녀는 아델이 로체스터 씨의 아이라고 주장했다. 하지만 로체스터 씨는 그 사실을 인정할 수 없다고 했다. 그저 버려진 아이가 불쌍해서 돌보는 것뿐이라는 것이었다.

로체스터 씨가 나한테 그 이야기를 털어놓은 것은 그만큼 나를 존중하고 신뢰한다는 표시인 듯했다. 나는 그렇게 생각하고 받아들였다.

그 후 몇 주 동안, 로체스터 씨는 나를 한결같은 태도로 대했다. 우연히 마주쳐도 냉랭한 얼굴로 지나쳐 당황스럽게 하는 일이 없을 뿐더러 오히려 아주 즐거운 듯한 표정을 지었다. 가끔은 싱긋 웃어 주기도 하고 애써 인사말을 건네기도 했다. 정식으로 불려 갔을 때에는 따뜻한 환대를 받는 영광을 누렸다. 나는 말을 거의 하지 않은 채 그의 이야기를 들으며, 여태껏 경험해 보지 못한 세상의 다양한 모습에 흠뻑 취했다.

로체스터 씨가 보여 준 다정한 모습 때문일까. 어느새 나는 그를 좋아하게 되었다. 때로는 그가 주인이 아니라 피붙이 같은 느낌이 들 때도 있었다. 가끔씩 거만하게 굴기도 했지만 크게 신경 쓰이지 않았다. 오히려 그런 점이 그 사람다워 보였다. 그 덕분에 나는 너무나 행복해서 외로움을 느낄 겨를이 없었다. 이 제 더 이상 로체스터 씨의 얼굴이 못생겨 보이지 않았다. 그의 얼굴은 이 세상에서 가장 그리운 대상이 되어 있었다. 로체스터 씨가 방 안에 있으면 환하게 타오르는 불꽃을 볼 때보다 기분이 더 좋았다.

여전히 단점들이 눈에 띄기는 했다. 나한테 극진하게 대했지만 다른 사람들한테는 여전히 냉혹했다. 때로는 까닭 없이 침울해 보이기도 했다. 그의 표정에서 이따금씩 분노를 발견할 때마다, 과거에 저지른 실수에 대한 고통스런 기억 때문인 것 같아서 가엾게 느껴졌다.

어느 날 밤, 잠자리에 누웠지만 이런저런 생각들 때문에 쉽사리 잠을 이루지 못했다. 문득 로체스터 씨가 손필드 저택을 싫어한다고 했던 말이 떠올랐다. 페어팩스 부인의 말에 따르면, 그는 이곳에서 이 주일 이상 머무는 일이 드물다고 했다. 하지만 이번에는 거의 두 달가량을 머물고 있었다. 만약 로체스터 씨가 떠난다면 집이 텅 빈 것처럼 느껴질 것만 같았다.

이런 생각을 하다가 깜빡 잠이 들었던 모양이다. 그런데 어디

선가 낮게 중얼거리는 소리가 들려오는 바람에 잠에서 확 깨어
났다. 그 소리는 내 머리 바로 위에서 나는 듯했다. 너무 놀라 침
대에서 벌떡 일어났다. 그러자 아무 소리도 들리지 않았다.

다시 잠을 청하려고 누웠지만 심장이 자꾸만 두근거렸다. 복
도 끝에 있는 시계가 새벽 두 시를 알리는 종을 쳤다. 바로 그때
누군가가 내 방문을 건드리는 것 같았다. 마치 손가락으로 긴
복도의 벽을 긁고 지나가는 듯 신경을 거스르는 희미한 소리가
이어졌다.

"거기, 누구 있어요?"

그러나 아무 대답이 없었다. 두려움 때문인지 온몸이 싸늘하
게 식어 버렸다. 그때 문득 파일럿일지도 모른다는 생각이 들었
다. 녀석은 가끔 부엌문이 열려 있으면 그 문을 통해 로체스터
씨의 방으로 들어가기도 했다. 그렇게 생각하니 조금 안심이 되
었다.

그리고 설핏 꿈속으로 들어가려는데, 나지막한 웃음소리가
내 방문의 열쇠 구멍으로 흘러 들어왔다. 마치 떠도는 혼령의
웃음소리 같았다. 그 기분 나쁜 웃음소리는 계속해서 들렸다. 나
는 벌떡 일어나서 방문을 잠근 다음 큰 소리로 물었다.

"거기 누구세요?"

그러자 끙끙거리는 신음 소리 같은 것이 들렸고, 이어 삼층으
로 올라가는 계단 쪽에서 발소리가 났다. 얼마 전에 계단 입구

의 문을 새로 달았는데, 그 문이 열렸다 닫히는 소리가 들리더니 이내 사방이 조용해졌다.

'그레이스 풀이었을까?'

너무 무서워서 혼자 있을 수가 없었다. 페어팩스 부인한테 갈 생각으로 옷을 걸쳐 입고 떨리는 손으로 문을 열었다. 그 순간 너무나 놀라 숨이 멎어 버리는 듯했다. 복도 바닥에 촛불 하나가 타고 있었던 것이다. 사방이 연기로 가득 찬 데다 어디선가 타는 냄새까지 났다. 가슴이 방망이질하듯 뛰었다.

로체스터 씨의 방문이 반쯤 열린 채 삐그덕거리고 있었다. 그곳에서 연기가 구름처럼 몰려 나왔다. 더 이상 그레이스 풀이나 기괴한 웃음소리에 대해 생각할 겨를이 없었다. 나는 로체스터 씨의 방으로 정신없이 달려 들어갔다. 침대 주위로 새빨간 불꽃이 널름거리고, 커튼은 이미 타들어 가고 있었다. 그런데도 로체스터 씨는 아무것도 모른 채 깊은 잠에 빠져 있었다.

"일어나세요! 어서 일어나시라고요!"

이렇게 소리치며 흔들어 깨웠지만 그는 뭐라고 중얼거리며 돌아누울 뿐이었다. 연기 때문에 정신을 잃은 듯했다. 일분 일초도 우물쭈물할 수 없었다. 세숫대야를 보니 다행히 물이 채워져 있었다. 나는 그것을 들어 올려 잠든 사람에게 끼얹었다. 그런 다음 급히 내 방으로 와서 물이 든 대야를 들고 뛰어갔다. 그렇게 하자 다행히 불길을 잡을 수 있었다.

　그때서야 로체스터 씨가 깨어났다. 그는 물에 빠진 생쥐 꼴이 된 자신을 보고는 욕설을 내뱉었다.

"어디 홍수라도 난 건가?"

내가 대답했다.

"아니요, 불이 났어요. 어서 일어나세요. 다행히 불길은 잡았어요."

"에어 선생, 당신이오? 도대체 무슨 짓을 한 거지? 나를 물에 빠져 죽게 할 셈이었소?"

"빨리 일어나세요. 누군가가 음모를 꾸민 것 같아요. 누가 그랬는지 얼른 알아내셔야 해요. 저는 촛불을 가져올게요."

　로체스터 씨는 마른 옷을 찾아 갈아입었다. 그사이 나는 복도에 있던 촛불을 가지고 왔다. 그는 촛불을 받아 든 다음, 높이 쳐들고 침대를 살펴보았다. 침대는 시커멓게 그을려 버렸고 이불은 물에 흠뻑 젖었다. 그리고 침대 아래쪽의 양탄자는 홍건한 물 속에 잠겨 있었다.

　나는 괴상한 웃음소리와 삼층으로 올라가는 계단 쪽에서 들리던 발소리, 그리고 방 안을 가득 채운 연기와 불꽃에 대해 간단하게 설명했다. 로체스터 씨는 무척 진지하게 내 말에 귀를 기울였다. 그의 얼굴에는 놀라움보다는 걱정스런 빛이 역력했다. 그는 내 말이 끝난 뒤에도 한참 동안 아무 말을 하지 않았다.

"페어팩스 부인을 부를까요?"

내가 묻자 로체스터 씨는 아무렇지도 않은 듯 대답했다.

"페어팩스 부인을? 아니오, 그 사람을 뭐하러 부르려는 거요? 편안하게 자도록 내버려 둡시다."

"그럼 하인들을 데려올게요."

"그럴 필요 없어요. 내 외투를 입고 의자에 잠깐 앉아 있어요. 나는 삼층에 좀 다녀와야겠소. 촛불을 가져갈 테니 여기에 꼼짝 말고 있어요. 쓸데없는 생각을 하거나 누구를 부르지도 말고."

로체스터 씨가 복도를 따라 조용히 걸어가자 불빛이 점점 작아졌다. 나는 칠흑 같은 어둠 속에 홀로 앉아 있었다. 그러고 나서 꽤 오랜 시간이 흐른 것 같았다. 갑작스레 피곤이 몰려왔다. 순간 내가 왜 이곳에 있어야 하는지 의구심이 들었다. 그래서 어떻게 할까 망설이고 있는데, 마침 로체스터 씨가 돌아왔다. 얼굴이 무척 창백하고 우울해 보였다.

그는 촛불을 내려놓으며 말했다.

"무슨 일이 있었는지 알아냈소. 내가 생각했던 대로더군."

"뭐가요?"

로체스터 씨는 대답을 하지 않고 바닥만 내려다보았다. 몇 분 후 조금은 낯선 느낌이 드는 목소리로 물었다.

"당신이 방문을 열었을 때 뭔가를 봤다고 하지 않았소?"

"아니요, 밖에는 촛불만 있었어요. 그러고 나서 이상한 웃음소리를 들은 게 전부예요."

"전에도 그 웃음소리나 그와 비슷한 소리를 들은 적이 있소?"

"네, 그레이스 풀이라고 하는 여자가 그렇게 웃더군요. 참 이상한 사람이에요."

"그래요, 당신이 짐작했던 대로 그레이스 풀이었소. 음……, 이 문제는 좀 생각을 해 봐야겠소. 선생은 아무 말도 하지 말아요. 이 사건은(그는 침대를 가리켰다.) 내가 설명할 테니까. 이제 방으로 돌아가시오."

"그럼, 안녕히 주무세요."

내가 의자에서 몸을 일으키자, 로체스터 씨가 당황해 하며 붙잡았다.

"뭐요? 벌써 가려는 거요?"

"가 보라고 하셨잖아요."

"내 생명을 구해 줬는데 고맙다는 말도 듣지 않고 그냥 가려고? 적어도 악수는 해야 하지 않겠소."

로체스터 씨가 손을 내밀자 나도 손을 내밀었다. 그는 처음에는 한 손으로 내 손을 잡더니, 곧 두 손으로 움켜잡으며 말했다.

"당신은 내 생명의 은인이오. 당신한테 이런 엄청난 빚을 지게 되어 기쁘오. 다른 사람한테 이런 빚을 지게 되었다면 아마 견딜 수 없을 거요."

로체스터 씨는 말을 멈추고 가만히 나를 바라보았다. 입술이 파르르 떨리고 있었다. 내가 대답했다.

"빚이라고 할 만한 것은 아니에요."

"당신이 언젠가 나한테 도움이 될 줄 알고 있었지. 처음 만났을 때 당신의 두 눈 속에서 그걸 보았소. 그 표정과 미소가……(그는 멈췄다가 다시 말을 이었다.) 아무런 이유도 없이 그토록 큰 기쁨을 준 것은 아니었던 거요. 내 목숨을 구해 줘서 정말 고맙소. 잘 자요!"

그의 목소리는 이상하게 힘이 넘쳐흘렀다.

"제가 깨어 있었던 게 다행일 뿐이에요."

나는 이렇게 말하고는 방을 나가려고 했다.

"정말 가려고?"

"네, 너무 추워서요."

"춥다고? 그렇군, 물웅덩이 속에 서 있었으니. 그럼 가요, 제인! 어서 가요!"

하지만 그가 계속 내 손을 꼭 잡고 있는 바람에 그 자리를 떠날 수가 없었다. 나는 핑곗거리를 생각해 냈다.

"페어팩스 부인이 오는 것 같아요."

"아, 그럼 어서 가시오."

로체스터 씨가 손을 놓아 주자, 나는 방에서 나왔다.

방으로 돌아와 다시 침대에 누웠지만, 잠이 올 것 같지 않았다. 행복한 기분이 들면서도 뭔지 모를 불안감이 밀려들었다. 문득 차가운 내 이성이 흥분한 열정과 싸워야 한다고 경고했다.

나는 열에 들떠 잠을 이루지 못하다가 날이 밝자마자 자리에서
일어났다.

　나는 로체스터 씨의 안부가 궁금해서 보고 싶어지면서도 한
편으로는 두려운 마음이 들기도 했다. 아침 식사가 끝나고 얼마
되지 않았을 때, 로체스터 씨의 방 근처에서 하인들이 바쁘게
움직이는 소리가 들렸다. 나중에 그곳을 지나치면서 보니, 모든
것이 완벽하게 원래대로 돌아가 있었다.
　하녀 한 명이 침대 옆에 있는 의자에 앉아서 새 커튼에 고리
를 달고 있었다. 바로 그레이스 풀이었다. 그녀는 일에 푹 빠져
있었다. 평범한 외모로 봐서는 살인을 저지를 만한 여자 같지가
않았다. 그레이스 풀은 자기를 빤히 쳐다보는 시선을 느꼈던지
갑자기 고개를 들었다. 그러고는 평소처럼 무표정한 얼굴로 "안
녕하세요, 선생님?" 하고 인사를 건넸다. 말하는 태도나 얼굴빛
에서 죄의식이나 두려움 따위는 전혀 찾아볼 수 없었다.
　나는 그녀를 시험해 보려고 일부러 큰 소리로 인사를 했다.
　"안녕하세요, 그레이스! 이 방에 무슨 일이 있었나요? 조금 전
에 하인들이 모두 모여서 이야기를 하는 것 같던데."
　"간밤에 주인님이 촛불을 켜 놓고 잠드시는 바람에 커튼에 불
이 붙었나 봐요. 다행히도 때마침 잠이 깨서 불을 끄셨대요."
　"정말 이상한 일이군요!"

나는 작은 소리로 말하고는 다시 물었다.

"로체스터 씨가 아무도 깨우지 않았나요? 무슨 소리를 들은 사람이 아무도 없나요?"

그레이스 풀은 고개를 들어서 나를 주의 깊게 살피더니, 이렇게 대답했다.

"하인들이 자는 방은 멀리 떨어져 있어서 웬만한 소리는 듣기 어렵다는 걸 아시지 않나요? 페어팩스 부인의 방과 선생님의 방이 이 방에서 가장 가까워요. 하지만 페어팩스 부인은 아무 소리도 못 들었다고 하시더군요. 나이가 들면 종종 깊은 잠에 빠지기 마련이죠."

그녀는 잠시 멈추었다가 대수롭지 않다는 듯 말을 이었다.

"하지만 선생님은 젊으니까 금방 잠이 깰 것 같은데……. 무슨 소리 못 들으셨어요?"

나는 목소리를 낮추어 조용히 대답했다.

"들었어요. 처음에는 파일럿인 줄 알았죠. 하지만 파일럿은 웃을 수가 없잖아요. 내가 들은 건 웃음소리였거든요. 정말로 이상한 웃음소리였죠."

그레이스 풀은 조금도 동요하지 않고 바느질을 계속하면서 침착하게 말했다.

"그렇지만 위험에 빠진 주인님이 웃었을 리는 없잖아요. 선생님이 꿈을 꾼 게 분명해요."

"꿈이 아니에요."

내가 이렇게 대답하자 그녀는 다시 나를 쳐다보았다. 뭔가를 알아차린 눈빛이었다.

"주인님께 웃음소리를 들었다고 말씀드렸나요?"

"오늘 아침에는 그분과 말할 기회가 없었어요."

"문을 열고 밖을 내다볼 생각은 안 하셨어요?"

"그 반대였어요. 무서워서 문을 잠갔거든요."

"그럼 매번 방문을 잠그지 않고 주무셨다는 말씀인가요?"

그 말을 듣자, 내가 자신이 저지른 죄를 눈치 챈 듯한 기색을 보이면 해코지를 할지도 모른다는 생각이 들었다.

'못된 것 같으니! 내 습관을 알아내려고 그러는 거야.'

나는 딱 잘라서 대답했다.

"손필드 저택에서는 굳이 그럴 필요가 없다고 생각했죠. 앞으로는 자기 전에 꼭 문단속을 해야겠어요."

그레이스 풀은 태연스레 말했다.

"그렇게 하시는 게 좋을 거예요."

점심 식사 때 페어팩스 부인이 화재가 어떻게 일어났는지 설명을 했다. 하지만 내 귀에는 하나도 들어오지 않았다. 머릿속에서 그레이스 풀이라는 수수께끼 같은 인물이 떠나지 않았다. 그녀가 손필드 저택에서 하는 일은 대체 뭘까? 로체스터 씨는 그녀를 왜 경찰에게 넘기지 않는 걸까? 아니, 적어도 해고라도 해야 하는 것 아닌가?

로체스터 씨가 그레이스 풀이 불을 질렀다고 생각하면서도 나한테 그 일을 비밀로 하라고 한 것도 이상했다. 그렇게 자존심이 세고 의지가 강한 사람이 왜 자기가 고용한 하녀한테 꼼짝 못하는 것일까?

제 11 장

손필드 저택의 손님들

나는 로체스터 씨를 만나게 될 시간을 손꼽아 기다렸다. 하고 싶은 말이 많았다. 무엇보다 그레이스 풀 이야기를 꺼내면 그가 뭐라고 대답할지 궁금했다. 땅거미가 내리고 창문으로 어둠이 밀려들기 시작하자 로체스터 씨를 만나고 싶다는 열망은 점점 더 강해졌다.

그때 문이 열리더니 하인이 나타났다. 그런데 로체스터 씨가 아니라, 페어팩스 부인의 방에 다과가 준비되어 있다는 말을 전하러 온 것이었다. 내가 방으로 가자 페어팩스 부인이 말했다.

"차를 마시고 싶어 하실 것 같아서요. 저녁을 너무 조금 드시더군요. 몸이 안 좋은 모양이에요? 열이 있는 것처럼 보이네요.

얼굴도 빨갛고."

"아니요, 아무렇지 않아요."

페어팩스 부인은 고개를 돌려 창 밖을 바라보았다.

"로체스터 님이 오늘 여행을 떠나셨는데, 마침 날씨가 좋아서
다행이에요."

"여행이라고요? 어디로 가셨는데요?"

"아침을 드시자마자 떠나셨답니다. 에시턴 씨의 리스 저택으
로 가셨지요. 밀코트에서 반대편으로 십육 킬로미터쯤 떨어진
곳이에요. 그곳에서 아주 성대한 파티가 열릴 거예요."

"오늘 밤에 돌아오실까요?"

"아니요, 일주일 이상은 계실걸요. 주인님은 정말 재미있고 분
위기를 잘 띄우는 분이라, 사교계에선 어딜 가나 인기가 많지요.
숙녀 분들이 주인님을 아주 좋아한답니다."

"리스 저택에도 숙녀 분들이 있나요?"

"에시턴 부인과 따님들이 있어요. 정말 우아한 아가씨들이지
요. 블랑시 잉그럼 양과 메리 잉그럼 양도 눈이 부시도록 아름
다운 분들이에요. 몇 년 전 크리스마스 파티 때 블랑시 아가씨
가 여기에 온 적이 있었는데, 그날 밤 모인 숙녀 분들 가운데 가
장 미인이라고 모두가 입을 모았답니다."

"어떻게 생겼는데요?"

"키가 크고 탄탄한 몸매를 가진 분이에요. 학처럼 길고 우아한

목에 풍만한 가슴, 그리고 보석처럼 반짝이는 눈을 가졌지요. 구불구불하게 늘어지는 검은 머리카락도 아주 매력적이고요."

"흠모하는 사람이 굉장히 많았겠네요?"

"그럼요, 미모만 빼어난 게 아니라 재주도 많은 분이거든요. 노래를 무척 잘해요. 그날 주인님과 함께 노래를 불렀답니다."

"로체스터 씨가요? 노래를 잘하시는 줄은 몰랐어요."

"아, 주인님은 정말 멋진 목소리를 가지고 계세요. 음악에 대한 안목도 뛰어나시고요. 그날 블랑시 아가씨의 노래를 듣고 주인님이 잘 부른다고 칭찬하셨어요."

"그런데 그 재주 많고 아름다운 숙녀 분은 아직 결혼을 안 했나요?"

"아직이요. 제가 알기로, 그 자매는 재산이 그다지 많지 않은가 봐요."

"그럼 돈 많은 귀족이나 신사 분이 청혼하지 않을까요? 로체스터 씨 같은 분 말이에요. 그분은 재산이 아주 많잖아요."

"맞아요, 무척 부자죠. 그렇지만 두 분은 나이 차이가 너무 많이 나요. 주인님은 마흔이 다 되어 가는데, 블랑시 아가씨는 스물다섯 살밖에 안 되었거든요. 게다가 주인님은 결혼에 별 생각이 없는 것 같아요."

얼마 후 혼자 있게 되자, 나는 페어팩스 부인에게 들었던 이야기를 곰곰이 곱씹어 보았다. 그리고 내 마음속을 찬찬히 들여다

보면서, 말도 안 되는 상상 속으로 빠져 드는 감정을 상식이라는 울타리 안에 넣어 보려고 애를 썼다.

'이 세상에 너보다 더 어리석은 여자는 없을 거야. 제인 에어, 로체스터 씨가 너한테 특별한 감정이라도 가지고 있다고 생각하는 거야? 네가 어떻게 그분한테 중요한 존재가 될 수 있겠니? 그런 생각을 한다는 게 우습지 않아? 주인이 가정교사한테 관심을 좀 보였다고 해서 다른 뜻이 담겨 있다고 생각해선 안 돼. 마음속으로 남몰래 사랑을 불태우다니, 그건 미친 짓이야.

제인 에어, 네 앞에 거울을 갖다 놓고 눈에 보이는 대로 그려 봐. 단점을 하나도 감추지 말고 예쁘게 꾸미려 들지도 마. 그리고 그 밑에 '가난하고 평범한 가정교사의 초상'이라고 써 넣는 거야. 그다음에는 페어팩스 부인이 묘사한 얼굴을 상상해서 그려 봐. 그 밑에는 '재색을 겸비한 양갓집 규수, 블랑시'라는 제목을 붙여야겠지. 그리고 로체스터 씨가 너한테 호감을 갖고 있다고 느껴질 때마다 두 장의 그림을 꺼내서 비교해 보는 거야.'

나는 그 생각을 당장 실행에 옮겼다. 내 초상화는 한두 시간 만에 끝이 났다. 그러나 블랑시 잉그럼의 모습을 상상하며 그린 그림은 이 주일이나 걸렸다. 두 초상화를 비교해 보고 있으니, 나와 블랑시 잉그럼 사이에 엄청난 차이가 있다는 사실을 확실히 알게 되었다. 덕분에 마음이 어느 정도 차분히 가라앉았다.

얼마 지나지 않아, 내 감정을 억지로 누르고 단련시킨 보람을 느낄 만한 일이 생겼다. 미리 그렇게 하지 않았다면 그 뒤에 일어난 일들에 침착하게 대처하지 못했을 것이다.

로체스터 씨는 리스 저택으로 떠난 후 한 번도 소식을 전하지 않았다. 그러다가 이 주일쯤 지났을 때, 페어팩스 부인은 로체스터 씨가 보낸 편지 한 통을 받았다. 그녀가 봉투를 열고 편지를 읽는 동안 나는 커피를 마셨다. 손이 덜덜 떨리는 바람에 찻잔 받침에 커피를 반이나 흘리고 말았다.

잠시 후, 나는 아무렇지도 않은 척하며 물어보았다.

"로체스터 씨가 돌아오시려면 한참 있어야겠죠?"

"아니요, 금방 돌아오신대요. 사흘 후에, 그러니까 목요일에요. 그동안 우리 집이 너무 조용하다고 생각했는데 잠깐이나마 꽤 바쁘겠네요. 귀한 분들을 많이 모시고 오신다는군요. 집안 식구 모두 손님 맞을 준비를 하라고 하시네요."

페어팩스 부인은 손님 맞을 준비를 시작하기 위해 서둘러 나갔다.

그 후 사흘 동안은 정말 눈코 뜰 새 없이 바빴다. 모두가 야단법석을 떨며 쓸고 닦았다. 유리컵이 반짝거리다 못해 눈이 부실 때까지 닦고, 양탄자는 모두 걷어 먼지를 털어 냈다. 그림들 역시 일제히 내려서 먼지를 닦은 다음 다시 걸었다. 그렇게까지 요란하게 청소를 하는 모습은 처음이었다.

그 외중에 아델은 고삐 풀린 망아지처럼 춤을 추며 온 집 안을 돌아다녔다. 그러고는 파티 때 입을 드레스를 고른다며 옷을 죄다 늘어놓기 일쑤였다. 공부는 하지 않았다. 페어팩스 부인이 나한테도 도움을 청했기 때문에, 나 역시 매일 부엌으로 가서 여러 가지 일을 도왔다. 덕분에 우울한 생각을 할 틈이 없었고, 다른 사람들처럼 정신없이 하루를 보냈다.

들뜬 기분이 딱 한 번 사그라진 적이 있었는데, 그레이스 풀을 우연히 보았을 때였다. 그녀는 저녁을 먹으러 삼층 계단을 내려오고 있었다. 그런데 참 이상한 점은, 그 집에서 나 말고는 어느 누구도 그녀를 의아하게 여기지 않는다는 것이었다. 그레이스 풀이 맡은 일이 무엇인지, 왜 삼층에만 있는지 누구 하나 왈가왈부하지 않았다. 언젠가 한번, 하녀 두 명이 그레이스 풀에 관해 속삭이는 것을 얼핏 들은 것이 전부였다.

"그 여자는 봉급도 많이 받겠죠?"

"응, 나도 그만큼 받았으면 좋겠어. 내 봉급에 불만이 있는 건 아니지만, 그래도 그레이스는 나보다 다섯 배는 더 많을걸."

"맡은 일을 아주 잘하나 봐요."

"그래! 그 여자는 자기가 해야 할 일이 뭔지 잘 알고 있지. 사실 그런 일은 아무나 할 수 있는 게 아니거든."

"정말 그래요! 그런데 주인님이 어떻게……."

그 순간 한 명이 나를 발견하고는 같이 있던 사람의 옆구리를 툭 치며 말조심하라는 몸짓을 했다. 두 사람 모두 입을 다물고 다시 일을 하기 시작했다. 아무래도 손필드 저택에는 내가 모르기를 바라는 비밀이 있는 게 분명했다.

드디어 목요일 오후, 집 안 곳곳에 양탄자가 깔리고 꽃병마다 화사한 꽃이 가득 꽂혔다. 페어팩스 부인은 가장 좋은 검은색 비단 드레스를 입고 금시계를 찼다. 아델도 화려한 옷으로 갈아입었다. 나는 아델과 함께 이층 공부방에 있었다.

날이 저물어 갈 무렵, 드디어 마차 바퀴 소리가 들려왔다. 네 사람이 말을 타고 빠르게 마찻길로 들어서는가 싶더니, 마차 두 대가 그 뒤를 따라 들어왔다. 말을 탄 사람들 가운데 앞쪽의 두 명은 젊은 신사였고 세 번째는 로체스터 씨, 그리고 네 번째 말에는 까만 머리카락이 빛나는 숙녀가 타고 있었다.

"블랑시 잉그럼 양!"

페어팩스 부인이 소리치며 부랴부랴 달려갔다.

잠시 후 복도에서 즐겁게 떠드는 소리가 들렸다. 신사들의 굵직한 목소리와 은방울이 굴러가는 듯한 숙녀들의 목소리가 어우러졌다. 그 가운데서도 가장 뚜렷하게 들리는 소리는 손님을 환영하는 손필드 저택 주인의 목소리였다.

부엌에서는 하인들이 여러 가지 먹음직스러운 요리를 준비하느라 정신없이 움직였다. 나는 그 부산스러운 틈을 헤치고 아델과 함께 먹을 저녁 시사를 챙겼다. 그렇게 하지 않았다면 저녁은 구경조차 못했을지도 몰랐다.

아델이 공부방 문을 살짝 열고 밖을 내다보며 말했다.

"나도 저분들과 함께 있고 싶어요."

나는 로체스터 씨가 부르기 전에는 손님들 앞으로 나갈 수 없다고 달래느라 무척 애를 먹었다. 아델의 기분을 풀어 주려고 계속 이런저런 이야기를 들려주었다. 그런 다음에는 기분 전환을 할 겸 복도로 데리고 나갔다. 아델은 아래층에서 하인들이 이리저리 바쁘게 움직이는 모습을 흥미롭게 내려다보았다.

밤이 깊어지자 응접실에서 피아노 소리와 함께 노랫소리가 들렸다. 나는 꽤 오랫동안 그 노랫소리에 귀를 기울였다. 그러다 문득 내가 그 가운데서 로체스터 씨의 목소리를 찾아내려 애쓰고 있다는 사실을 깨달았다.

시계가 열한 시를 알리는 종을 쳤다. 아델은 내 어깨에 기댄 채 꾸벅꾸벅 졸고 있었다. 나는 아델을 안아서 침대에 눕혔다. 손님들은 거의 한 시가 되어서야 각자의 방으로 돌아갔다.

다음 날 아침 일찍 손님들은 말이나 마차를 타고 소풍을 나갔다. 블랑시 잉그럼은 어제와 마찬가지로 숙녀들 가운데서 유일하게 말을 탄 채 로체스터 씨와 어깨를 나란히 하고 갔다. 나는 그 모습을 바라보며 페어팩스 부인에게 말했다.

"로체스터 씨가 블랑시 잉그럼 양에게 청혼할 생각이 없다고 하셨죠? 그렇지만 저렇게 다정하게 대하시는 걸 보면 잉그럼 양을 좋아하는 게 분명해요.”

“그러네요, 제가 보기에도 그런 것 같아요.”

“잉그럼 양도 로체스터 씨를 좋아하는 것 같고요. 얼굴을 한번 봤으면 좋겠어요.”

그러자 페어팩스 부인이 웃으며 말했다.

“오늘 저녁엔 블랑시 아가씨의 얼굴을 볼 수 있을 거예요. 아까 주인님한테 아델이 숙녀 분들에게 인사드리고 싶어 안달한다는 말씀을 드렸어요. 그랬더니 저녁 식사 후에 아델과 에어 선생님 모두 응접실로 내려오라고 하셨어요.”

“그냥 해 본 말씀이겠죠. 저는 안 가도 될 거예요.”

“그러지 않아도 내가 에어 선생님은 사교계에 익숙하지 않을 뿐더러, 이런 시끌벅적한 파티는 좋아하지 않을 거라고 말씀드렸지요. 그랬더니 단번에 ‘말도 안 되는 소리! 오지 않겠다고 하면 내가 특별히 오라고 했다고 전해요. 그래도 거절하면 내가 직접 데리러 간다고 하시오.’라고 말씀하시지 뭐예요.”

“그런 수고까지 하시게 할 수는 없죠. 부인도 그 자리에 계실 건가요?”

“아니요, 저는 제발 부르지 마시라고 사정했어요. 사람들 앞에 정식으로 나설 때가 가장 어색할 텐데……. 제가 좋은 방법을 일러 드릴게요. 숙녀 분들이 저녁 식탁에서 일어나기 전에 응접실로 먼지 가서 조용한 구석 자리를 찾으세요. 신사 분들이 들어오면 그리 오래 있을 필요는 없어요. 그냥 그 자리에 참석했다는 것만 주인님이 보게 한 다음, 조용히 빠져 나와요. 그러면 아무도 선생님이 나가는 걸 알아차리지 못할 거예요.”

응접실에 갈 시간이 가까워지자 조금은 긴장이 되었다. 아델은 온종일 기분이 좋아 들떠 있더니, 정작 옷을 입을 때가 되자 오히려 진지해졌다. 그 아이는 분홍색 비단 드레스를 차려입고서 작은 의자에 인형처럼 새침하게 앉아, 내가 준비를 마칠 때까지 기다렸다. 나는 내 옷 중에서 제일 좋은 것으로 재빨리 갈아입은 뒤(템플 선생님의 결혼식을 위해 샀던 은회색 드레스인데, 그 후로는 한 번도 입지 않았다.) 머리를 단정하게 빗었다.

나는 아델과 함께 텅 비어 있는 응접실로 들어갔다. 벽난로에서는 불꽃이 활활 타오르고 있었고, 탁자 위에 놓인 아름다운 꽃들 사이로 촛불이 환하게 빛나고 있었다. 아델은 잔뜩 긴장한 얼굴로 내가 지정해 준 작은 의자에 그림처럼 조용히 앉아 있었다. 나는 창가 쪽 구석진 자리에 앉아 책을 읽어 보려고 애썼다. 잠시 후 아델이 내 무릎을 톡톡 건드리며 말했다.

“이 예쁜 꽃, 한 송이만 가지면 안 될까요? 드레스에 장식하려고요.”

“아델, 옷차림에 지나치게 신경을 쓰는 것 같구나. 좋아, 한 송이 가지렴.”

나는 아델의 허리띠에 꽃을 꽂아 주었다. 아델은 만족스러운
표정을 지으며 꽃을 내려다보았다. 그 모습을 보자 나도 모르게
웃음이 비어져 나와 고개를 돌렸다.

그때 식당과 응접실을 가르는 커튼이 한쪽으로 젖혀지면서
숙녀들이 들어왔다. 나는 일어나서 그들을 맞았다. 한두 명은 답
례로 고개를 숙였지만, 나머지는 무표정한 얼굴로 나를 빤히 바
라보기만 할 뿐이었다.

그들은 새들처럼 방 안 곳곳으로 흩어져서, 작지만 또렷한 목
소리로 이야기를 나누었다. 나는 말없이 그들을 관찰했는데, 특
히 잉그럼 가족을 유심히 살펴보았다. 잉그럼 부인은 굉장한 미
인이었지만, 머리끝에서부터 발끝까지 오만함이 배어 있었다.
차가운 빛을 띤 눈은 화가 난 듯이 보였는데, 그 눈을 보자 문득
리드 부인이 떠올랐다. 목소리 역시 거만하고 위압적이었다.

블랑시 잉그럼과 메리 잉그럼은 둘 다 키가 컸다. 나는 물론
언니인 블랑시 잉그럼을 특별히 주의 깊게 보았다. 페어팩스 부
인의 묘사와 내 상상력에 기대어 그린 그녀의 초상화가 실제 모
습과 얼마나 닮았는지 궁금했기 때문이다. 그녀는 상상했던 대
로 키가 크고 풍만한 몸매에 눈이 부시도록 아름다웠다. 잉그럼
부인처럼 오만해 보이는 면이 없지 않았지만 무뚝뚝하지는 않
았다.

블랑시 잉그럼은 피아노를 치며 노래를 부르기도 했다. 놀랄

만큼 뛰어난 솜씨였다. 로체스터 씨가 만약 당당한 여자를 좋아한다면 그녀가 제격이라는 생각이 들었다. 신사라면 누구나 그녀를 좋아할 것 같았다.

아델이 숙녀들한테 다가가서 프랑스 어로 예의 바르게 인사했다. 그러자 블랑시 잉그럼이 못마땅한 표정으로 아델을 내려다보았다. 반면 덴트 부인은 아델의 손을 잡고 상냥하게 입을 맞추었다. 에시턴 가의 두 딸인 에이미 에시턴과 루이자 에시턴은 아델이 귀엽다고 호들갑을 떨면서 자기들 사이에 앉혀 놓았다.

드디어 검은 예복을 입은 신사들이 들어왔다. 나는 그늘진 곳에 앉아 창문 커튼으로 몸을 반쯤 가리고 있었다. 신사들 쪽을 보고 있지 않았지만 로체스터 씨가 들어오는 것을 느낄 수 있었다. 나는 책에 집중하려고 노력했다. 그러나 내 눈이 나도 모르게 자꾸만 그의 모습을 좇는 것은 어쩔 도리가 없었다.

로체스터 씨를 마지막으로 본 날이 떠올랐다. 그가 내 손을 잡던 그때, 우리가 얼마나 가까워졌는지도. 하지만 지금 우리 사이는 얼마나 멀어져 있는지! 로체스터 씨는 내가 있는 쪽은 쳐다보지도 않은 채 반대쪽에 자리 잡고 앉았다.

나의 눈길은 자꾸만 의지를 거스르고 로체스터 씨의 얼굴에 머물렀다. 나는 그와 손님들을 비교해 보았다. 일반적인 눈으로 보자면, 로체스터 씨의 얼굴은 그다지 매력적인 편이 아니었다. 하지만 그의 무표정한 얼굴과 넓고 각진 이마, 그리고 깊은 눈과 단단한 입매는 한결같이 결단력과 강한 의지력을 드러내고 있었다.

로체스터 씨의 모든 것이 내 마음을 완전히 지배해 버렸다. 나는 그를 사랑하고 싶지 않았다. 그 싹을 잘라 내기 위해 얼마나 노력했던가! 하지만 로체스터 씨를 다시 보았을 때, 내 감정에 두 손을 들고 말았다. 그는 나에게 눈길 한 번 주지 않고도 자기를 사랑하게 만들어 버렸다.

에시턴 자매와 이야기를 나누고 있던 로체스터 씨가 순간 미소를 지었다. 험상궂은 얼굴이 부드러워지고 눈에서 온화한 빛이 흘러나왔다. 그 미소를 에시턴 자매가 담담하게 받아들이는 것을 보고 깜짝 놀랐지만, 한편으로는 그것이 오히려 기쁘게 느껴졌다.

'저 사람들은 로체스터 씨를 나처럼 생각하지 않아. 로체스터 씨는 저 숙녀들이 좋아할 만한 사람이 아니야. 나라면 또 모를까. 신분이 우리 사이를 갈라 놓긴 했지만, 내 머리와 가슴에는 저분과 비슷한 뭔가가 있어. 물론 나한테는 눈길을 잡아 끄는 매력 따위는 없어. 그저 감정과 취향이 같을 뿐이지. 하지만 희망은 묻어 버려야 한다. 나는 저분한테 그렇게 대단한 존재가 될 수 없으니까. 우리는 영원히 이어질 수 없다는 것을 끊임없이 되새겨야 해. 그러나 내가 살아 숨 쉬는 동안에는 그를 사랑할 수밖에.'

신사들이 들어온 후부터 숙녀들은 더욱 명랑해졌다. 나이 든 남자들은 정치를 주제로 논쟁을 벌였고, 부인들은 옆에서 잠자코 듣고 있었다. 모두가 이야기를 나누느라 바쁜데 오직 한 사람, 탁자 옆에 혼자 서 있던 블랑시 잉그럼만은 예외였다. 그녀는 로체스터 씨한테 다가가 말을 걸었다.

"로체스터 씨, 당신은 어린아이를 좋아하지 않는다고 생각했는데, 왜 저런 아이를 떠맡았죠? 어디서 주워 왔나요?"

블랑시 잉그럼이 아델을 손가락으로 가리켰다.

"주운 게 아니라 나한테 맡겨진 아이요."

"학교에 보내는 게 어떻겠어요?"

"난 그럴 여력이 없소. 학비가 너무 비싸거든."

"저 아이를 가르치는 가정교사가 있는 것 같던데요. 방금 전에 저 아이와 함께 있던 여자를 봤는데, 나가 버렸나? 어머나! 아직 커튼 뒤에 있네. 물론 가정교사한테 월급을 주시겠죠? 그러려면 학교에 보내는 것만큼 돈이 들 텐데요. 아니, 더 들 거예요. 두 명을 먹여 살려야 하잖아요."

"그런 건 생각해 본 적이 없소."

"그러시면 안 돼요. 남자들은 돈에 대한 개념이 별로 없지요. 가정교사 문제라면 우리 어머니의 충고를 들어 보셔야 해요. 메리하고 저는 적어도 열두어 명의 가정교사를 겪었어요. 대부분이 너무 싫거나 우스꽝스러웠죠. 다들 아주 끔찍한 성격이었어요. 그렇죠, 어머니?”

“애야, 가정교사 이야기는 꺼내지도 마라. 말만 들어도 짜증이 난다. 다들 어찌나 멍청한지 아주 질려 버렸다니까. 가정교사 둘 일이 없어진 게 얼마나 다행인지 몰라.”

그러자 덴트 부인이 몸을 굽혀 잉그럼 부인의 귀에 대고 뭐라고 속삭였다. 그녀가 싫어하는 직업을 가진 사람이 방 안에 있다는 사실을 깨우쳐 주기 위해서인 것 같았다.

잉그럼 부인이 오만한 말투로 말했다.

“들으라고 하세요! 내 얘기가 오히려 그 사람한테 도움이 된다면 좋겠네요!”

그러더니 목소리를 낮추며, 하지만 여전히 내가 들으라는 듯이 덧붙였다.

“아까 봤는데, 얼굴에 가정교사라는 직업을 가진 사람들의 나쁜 점이 모두 드러나 있더군요.”

“오, 어머니! 지루하게 설명하려고 하지 마세요. 우리 이제 화제를 바꿔요. 로체스터 씨, 노래 한 곡 어떠세요?”

“당신이 원한다면 기꺼이 따르겠소이다.”

블랑시 잉그럼은 우아하게 피아노 앞에 앉았다.

“로체스터 씨는 노래를 부르세요. 저는 피아노를 칠게요.”

“숙녀 분이 시키는 대로 하지요.”

‘이제 여기서 빠져 나갈 시간이군.’

나는 그렇게 생각하고 자리에서 일어났다. 하지만 로체스터 씨의 노래가 시작되자 움직일 수가 없었다. 아름답고 힘찬 그의 목소리는 듣는 이의 마음을 단숨에 사로잡았다.

나는 마지막 곡조가 끝날 때까지 기다렸다가 옆문으로 나왔다. 복도를 걸어가다가 구두끈이 풀려 있는 것을 발견하고는 끈을 묶기 위해 멈춰 섰다. 그 순간, 응접실 문이 열리는 소리가 들리더니 누군가가 밖으로 나왔다. 나는 얼른 몸을 일으켜 그 사람과 얼굴을 마주하고 섰다. 로체스터 씨였다.

"잘 지냈소?"

"네, 아주 잘 지내고 있습니다."

"방에서는 왜 나한테 말을 걸지 않았소?"

그 질문은 바로 내가 하고 싶은 것이었다. 하지만 나는 하고 싶은 말을 다 할 수가 없었다.

"방해가 되고 싶지 않았어요. 바쁘신 것 같아서."

"내가 없는 동안 뭘 하고 지냈소?"

"특별한 일은 없었습니다. 평소처럼 아델을 가르쳤지요."

"예전보다 안색이 안 좋군. 무슨 일이 있었소?"

"아무것도 아닙니다."

"내 침대를 물바다로 만든 그날, 감기라도 걸렸나?"

"아니에요."

"응접실로 돌아갑시다. 너무 일찍 나왔어요."

“많이 피곤해요. 이만 가 볼게요.”

로체스터 씨는 잠시 나를 바라보았다.

“기분이 안 좋은 것 같은데, 왜 그러는 거요? 말을 해 봐요.”

“아무것도 아니에요. 아무것도요. 기분이 나쁘지도 않고요.”

“몇 마디만 더하면 눈에서 눈물이 주르륵 흘러내릴 것 같소. 이런, 벌써 흐르고 있군그래. 시간이 좀 더 있다면 무슨 일인지 알아낼 텐데……. 좋아요, 오늘 밤은 그냥 보내 주겠소. 하지만 손님들이 머무는 동안 매일 저녁 응접실에 나와 주면 좋겠소. 이제 그만 가 봐요. 그리고 유모를 보내 아델을 데려가게 해요. 잘 자요, 내…….”

그는 말을 멈추고 입술을 깨물더니 황급히 가 버렸다.

제 12 장

운명을 점치다

손필드 저택에서는 즐겁고 바쁜 나날들이 이어졌다. 집 안 곳곳에 생기가 돌았다. 응접실은 내내 시끌벅적하다가, 손님들이 화창한 봄 기운에 이끌려 정원으로 나가 있는 동안에만 조용해졌다.

며칠 동안은 계속해서 비가 내리기도 했다. 그러나 그들의 즐거움에 그림자를 드리우지는 못했다. 손님들은 밖으로 나갈 수 없게 되자 집 안에서 더 다양한 놀이를 하면서 시간을 보냈다.

로체스터 씨는 몇 시간 동안이나 같은 방에 있으면서도, 단 한 번도 나한테 눈길을 돌리지 않았다. 그러나 내 사랑은 변함이 없었다. 로체스터 씨가 블랑시 잉그럼에게 온 관심을 쏟는 것을 지켜본다고 해서, 그리고 블랑시 잉그럼이 내 앞에서 로체스터 씨의 마음을 휘어잡은 듯이 행동한다고 해서 그를 사랑하지 않을 수는 없었다.

나는 블랑시 잉그럼에게 질투를 느끼지 않았다. 그녀는 질투심을 불러일으킬 만큼 대단한 여자가 아니었기 때문이다. 미모가 뛰어나고 재주도 많았지만, 머릿속은 텅 비어 있었다. 또 연민이나 다정함 같은 감정이 전혀 없어서 아델을 대할 때마다 늘 싸늘한 마음을 그대로 드러냈다.

로체스터 씨는 본성이 고스란히 묻어나는 그녀의 행동들을 유심히 지켜보고 있었다. 블랑시 잉그럼은 그의 마음을 사로잡지 못한 게 분명했다. 그녀도 로체스터 씨를 진심으로 사랑하는 것 같지 않았다. 그녀의 마음이 진심이라면 억지로 웃음을 지어 보이거나 끊임없이 그의 눈치를 살필 필요는 없었을 것이다.

하루는 로체스터 씨가 사업과 관계된 일로 밀코트에 가서 늦게까지 돌아오지 않았다. 오후가 되어 비까지 내리자, 손님들은 무엇을 해야 할지 갈피를 못 잡는 것 같았다. 로체스터 씨가 한 시간만 없어도 손님들은 그의 빈 자리를 느끼고 지루해 했다. 젊은 신사와 숙녀 몇몇은 특별한 주제 없이 이야기를 나누었고, 나이 든 사람들은 자리를 잡고 앉아 카드 게임을 하며 무료함을 달랬다. 블랑시 잉그럼은 책장에서 책을 한 권 뽑아 들고는 안락의자에 몸을 묻었다.

저녁 식사 시간이 다 되었을 무렵, 응접실 창가에 앉아 밖을 바라보던 아델이 갑자기 외쳤다.

"로체스터 씨가 돌아오신 것 같아요!"

나는 창 쪽으로 고개를 돌렸고, 블랑시 잉그럼은 황급히 창 앞으로 달려갔다. 마차 바퀴 소리와 말발굽 소리가 동시에 들리자 다른 사람들도 창 쪽으로 고개를 돌렸다.

블랑시 잉그럼이 창 밖을 내다보며 말했다.

"로체스터 씨는 분명히 말을 타고 나갔는데, 왜 마차를 타고 돌아오는 걸까요? 좀 이상하지 않아요?"

그러는 사이에 여행자 차림을 한 훤칠한 신사가 마차에서 내렸다. 로체스터 씨가 아니었다.

"아이, 짜증 나! 요 귀찮은 원숭이 같으니라고! 누가 창가에 붙어 앉아 거짓말을 하라고 했니?"

블랑시 잉그럼은 아델한테 신경질적으로 쏘아붙였다. 그러더니 마치 그게 내 잘못이기라도 한 양, 불만스러운 표정으로 나를 바라보았다.

복도에서 이야기를 나누는 소리가 들리더니, 곧 낯선 남자가 응접실 안으로 들어왔다. 그는 잉그럼 부인에게 고개를 숙여 인사했다. 거기 있던 사람들 중에서 가장 연장자로 보여 예의를 갖춘 것 같았다.

"제가 시간을 잘못 맞춰 온 것 같습니다, 부인. 로체스터 씨가 집에 없다니 말입니다. 하지만 몹시 먼 거리를 여행한 터이니, 로체스터 씨가 돌아올 때까지 이곳에서 기다릴 수 있게 허락해 주셨으면 합니다.”

그 남자의 이름은 리처드 메이슨이고, 서인도 제도에 있다가 최근에 돌아왔다고 했다. 그곳에서 로체스터 씨와 처음 만난 모양이었다. 그의 행동은 정중했으나, 발음이 약간 이상해서 뭔가 어색한 느낌이었다. 눈빛이 산만하고 표정이 불안해서 그런지 생기도 없어 보였다. 로체스터 씨의 친구가 될 만한 사람은 아닌 것 같았다.

저녁 식사가 끝난 후, 사람들이 다시 응접실로 모였다. 메이슨 씨가 난로에 석탄을 좀 더 넣어 달라고 했다. 그는 추운 날씨에 익숙하지 않아서인지 집 안에서도 외투를 입고 있었다. 하인이 석탄을 더 넣고 나가면서 에시턴 씨한테 작은 목소리로 뭐라고 속삭였다. 에시턴 씨가 말했다.

“썩 물러가지 않으면 봉변을 당할 거라고 말하게.”

그러자 덴트 씨가 끼어들었다.

“아니, 잠깐만! 그냥 보내지 말게나. 숙녀 분들을 즐겁게 해 줄지도 모르잖나.”

그러더니 큰 소리로 이렇게 물어보았다.

“숙녀 분들, 웬 집시 노파가 와서 여러분의 운세를 점쳐 주겠다고 한답니다. 만나 보시겠습니까?”

잉그럼 부인이 소리쳤다.

"덴트 씨, 그런 사기꾼을 만나 보라고 부추기시다니요! 당장 쫓아내세요!"

그러자 하인이 말했다.

"아무리 가라고 해도 막무가내입니다. 여기에 들어와서 점을 쳐 주지 않고서는 돌아가지 않겠다면서 버티고 있어요."

에시턴 자매가 동시에 물었다.

"어떻게 생겼어요?"

"아주 못생긴 늙은이랍니다, 아가씨. 석탄처럼 새카맣고요."

젊은 남자들 가운데 한 명이 소리쳤다.

"그렇다면 진짜 집시가 분명해요. 들어오라고 합시다!"

잉그럼 부인이 단호하게 말했다.

"저는 찬성할 수 없어요."

그러자 블랑시 잉그럼이 안락의자에서 몸을 돌리며 말했다.

"어머니, 전 제 운명이 어떤지 듣고 싶어요. 그러니 그 집시를 들어오라고 하세요. 어서요!"

하인이 조심스럽게 말했다.

"아주 거친 사람처럼 보이던데요."

"어서 가라니까!"

블랑시 잉그럼이 버럭 소리를 지르자, 하인이 재빨리 밖으로 나갔다. 그는 잠시 후 다시 돌아와서 말했다.

“여기로는 들어오지 않겠답니다. 점을 보고 싶으신 분은 자기가 있는 방으로 한 분씩 들어오시라고 합니다.”

잉그럼 부인이 딸을 보며 말했다.

“그것 봐라, 자기 멋대로 하고 있잖니? 그러니까 내 말을 들어라, 얘야.”

그러나 그녀는 어머니의 말을 가로막고 하인에게 말했다.

“그 집시를 서재로 안내해요.”

덴트 씨가 말했다.

“숙녀 분들이 만나기 전에 내가 먼저 한 번 보고 오는 게 좋을 것 같은데……. 집시 노파한테 그렇게 전해 주게.”

하인이 나갔다가 다시 돌아왔다.

“신사 분은 만나지 않겠답니다. 그리고…….”

그는 웃음이 터져 나오는 것을 애써 참으며 덧붙였다.

“아직 결혼을 안 한 숙녀 분만 점을 쳐 주겠답니다.”

그러자 블랑시 잉그럼이 자리에서 벌떡 일어나며 말했다.

“그럼 내가 제일 먼저 가겠어요.”

“오, 사랑하는 내 딸! 잠깐만 기다려라. 네가 지금 무슨 짓을 하는지 생각해 보라니까!”

블랑시 잉그럼은 어머니의 만류에도 아랑곳하지 않고 서재로 가 버렸다. 그러자 곧 모두 조용해졌다. 잉그럼 부인은 지금은 그렇게 해야 할 때라는 듯 몹시 절망적인 표정을 지어 보였다.

시간이 더디게 흐르는 듯했다. 십오 분쯤 지났을 때 문이 벌컥 열리더니 블랑시 잉그럼이 돌아왔다. 모두가 그녀를 궁금한 눈빛으로 바라보았다. 블랑시 잉그럼은 어색하게 자기 자리로 가서 앉았다.

"블랑시, 그 집시가 뭐라고 하던?"

"기분이 어때요? 점쟁이가 맞아요?"

모두들 질문을 해 대느라 정신이 없었다. 그러나 블랑시 잉그럼은 귀찮다는 듯이 건성으로 대답했다.

"자, 자, 여러분, 너무 흥분하지 마세요. 집시를 만나고 왔어요. 제 손금을 보더니 여느 점쟁이들이 흔히 하는 말을 하더군요. 그게 전부예요."

그러고는 책을 집어 들고 안락의자에 기대 앉아 더 이상 아무 말도 하지 않았다. 나는 삼십 분 정도 블랑시 잉그럼을 지켜보았는데, 그동안 그녀는 책장을 한 장도 넘기지 않았다. 그녀의 얼굴이 점점 어두워지더니 마침내는 실망스런 빛을 띠었다.

한편 메리 잉그럼과 에시턴 자매는 혼자서 갈 용기가 없다고 하여, 세 명이 함께 들어가도 된다는 허락을 어렵게 받았다. 그들은 블랑시 잉그럼만큼 조용하지 않았다. 서재에서 작은 웃음소리와 낮은 비명 소리가 간헐적으로 들렸다. 이십 분쯤 후, 세 사람은 겁에 질린 듯 문을 박차고 달려 들어왔다.

"정말 대단해요! 우리의 모든 것을 알고 있어요! 다른 점쟁이는 전혀 하지 않는 말까지 하더라니까요!"

그들은 흥분해서 숨도 쉬지 않고 말했다. 사람들이 좀 더 이야기해 보라고 재촉하자, 아가씨들은 집시 노파가 그들이 어렸을 때 했던 말과 행동은 물론이고, 집에 어떤 물건이 있는지까지도 전부 알아맞혔다고 했다. 자기들의 생각을 제대로 짐작해 낼 뿐만 아니라, 각자가 가장 좋아하는 사람의 이름도 귓속말로 알려 주었다고 했다. 젊은 신사들이 좋아하는 사람이 누군지 알려 달라고 간청했지만, 그들은 수줍은 듯 빙긋 웃고 말 뿐이었다.

그 장면을 지켜보고 있는데, 내 옆에서 인기척이 났다. 돌아보니 하인이 서 있었다.

"선생님, 집시 노파가 이 방에 젊은 미혼 여자가 또 있다면서, 전부 다 보기 전까지는 가지 않겠다고 버티고 있습니다. 선생님을 말하는 것 같은데, 뭐라고 전할까요?"

"아, 물론 가야지요."

나는 호기심을 충족시킬 수 있는 기회를 얻은 게 너무나 기뻐서 흔쾌히 대답했다. 그러고는 아무도 눈치 채지 못하도록 조용히 문을 닫고 나왔다.

"혹시 점쟁이가 놀라게 하면 절 부르세요. 곧장 달려갈게요."

하인이 걱정된다는 듯이 말했지만, 나는 하나도 무섭지 않았다. 오히려 잔뜩 기대가 되어 가슴이 두근거렸다.

서재는 이야기를 나누기에 딱 좋을 정도로 조용했다. 집시 노
파는 난로 옆 안락의자에 앉아 있었다. 헐렁한 붉은색 외투에
챙이 넓은 모자를 쓰고 있었으며, 속이 비치는 천으로 얼굴 주
위를 가리고 있었다. 그녀는 나이 든 여자들이 대부분 그렇듯이
중얼중얼 소리를 내며 작은 책을 읽었다.

나는 난로 앞에 서서 언 손을 녹였다. 그러고 있으니 그 어느
때보다 마음이 편안해졌다. 잠시 후 노파가 책을 덮고 천천히
고개를 들었다. 모자에 가려진 탓에 제대로 보이지는 않았지만,
숱이 많은 머리가 헝클어져 있어서 그런지 무척 기괴하게 보였
다. 노파는 내 눈을 빤히 바라보다가 생김새만큼이나 거친 목소
리로 물었다.

"그래, 아가씨도 자신의 운명을 알고 싶은가?"

"아무래도 상관없으니까 좋으실 대로 하세요. 하지만 뭐라고
하셔도 믿지 않을 거라는 말씀은 미리 드려야겠네요."

"예상했던 대로군. 아가씨가 걸어 들어올 때 발소리를 듣고 알
았지."

"그러셨어요? 귀가 아주 밝으시군요."

"그래요, 난 눈도 밝고 머리도 아주 좋은 편이지. 점쟁이는 그
래야 한다우. 특히 아가씨 같은 사람을 상대할 때는 말이야. 아
가씨는 왜 떨지 않지?"

"춥지 않으니까요."

"얼굴이 창백해지지도 않는군."

"아프지 않으니까요."

"왜 아가씨의 미래에 대해 묻지 않는 거지?"

"전 그렇게 어리석지 않아요."

노파는 낄낄 웃으면서 짤막한 검은색 담뱃대에 불을 붙였다. 몇 분 동안 아무 말 없이 담배를 피다가, 천천히 입을 열었다.

"아가씨는 추워. 어느 누구와도 친밀함을 나누려 하지 않고 혼자이기 때문이지. 그리고 아파. 가장 숭고하고 달콤한 감정과 너무 멀리 떨어져 있기 때문이야. 아가씨는 어리석어. 아무리 고통스러워도 그 감정에게 더 가까이 오라는 몸짓을 하지 않으니까. 그 감정이 아가씨를 기다리고 있다는 걸 알면서도 가까이 가기 위해 한 발짝도 움직이지 않을 거야."

"저와 비슷한 환경에서 살고 있는 사람들한테는 그렇게 말할 수 있겠죠."

"그런 사람은 거의 없을걸. 아가씨가 처해 있는 상황은 아주 특별하니까. 행복이 아가씨 바로 옆에 있어. 그래, 손만 뻗으면 닿을 만큼 가까운 곳에 있지. 재료는 모두 준비되어 있고, 그것을 잘 섞기 위해 움직이기만 하면 된단 말이지."

"전 그런 수수께끼 같은 말은 알아듣지 못해요."

"좀 더 쉽게 듣고 싶다면 손을 내놔 봐요."

"돈을 내라는 말씀 같네요."

"눈치가 빠르군."

나는 노파의 손에 동전 한 닢을 올려놓았다. 그녀는 낡은 양말 속에 동전을 넣고 묶은 다음 주머니에 집어 넣었다. 그러고는 내 손바닥에 자기 얼굴을 들이대고 꼼꼼히 뜯어보았다.

"손금이 너무 가늘어서 읽을 수가 없어. 게다가 손금에서 앞날이 보이지 않는걸. 아, 대신 얼굴에 씌어 있군. 무릎을 꿇고 고개를 들어 봐요."

나는 노파가 시키는 대로 했다. 노파가 난롯불을 뒤적이자, 사그라지는 석탄에서 불꽃이 부서졌다. 불빛이 환하게 퍼지면서 내 얼굴을 비쳤지만, 노파의 얼굴에는 더 짙은 그림자를 만들었다. 노파는 한동안 내 얼굴을 살피고 나서 말했다.

"응접실에 모여 있는 고상한 사람들 사이에 앉아 있으면 아가씨 마음속에서는 무슨 생각이 바쁘게 오갈꼬."

"가끔 피곤하고 졸리기는 하지만 슬프지는 않아요."

"그렇다면 미래를 속삭이면서 아가씨를 지탱하게 만드는 남모르는 희망이라도 있는 건가?"

"아니요, 제가 바라는 것은 언젠가 작은 학교를 세울 수 있을 만큼의 돈을 모으는 거예요."

"영혼이 살아가기엔 너무나 빈약한 음식이로군. 늘 뭔가를 기다리며 창가에 앉아 있는 사람한테는 특히 더. 봐요, 난 당신의 버릇까지도 알고 있지."

“하인들한테 들었겠죠.”

“흥! 꽤나 똑똑한 척하는군그래. 글쎄, 실은 아는 이가 한 사람 있긴 한데, 풀 부인이라고…….”

나는 깜짝 놀랐다.

‘그레이스 풀을 알고 있다고? 이 할머니는 뭔가 수상해.’

“놀라지 마요. 풀 부인은 믿어도 좋을 사람이지. 비밀을 잘 지키는 사람이거든. 그런데 아가씨는 창가에 앉아서 미래에 세울 학교 생각만 했나? 그 방 안에 있는 사람들 중에 아가씨가 눈을 떼지 못하고 유심히 살펴보는 얼굴이 하나도 없단 말이야? 아니면 둘인가?”

“사람들의 표정을 살펴보는 건 즐거운 일이죠. 그게 누구든지 간에요.”

“하지만 젊고 아름다운 숙녀가 그 신사의 눈앞에 앉아서 미소를 짓는다면, 그것도 아가씨가…….”

“그 신사라니요?”

“아가씨가 아는, 어쩌면 호감을 가지고 있는 사람 말이우.”

“전 이곳에 오신 신사 분들을 몰라요. 그 누구와도 이야기를 나누어 본 적이 없어요.”

“그럼 이 집의 주인은?”

“그분은 지금 집에 안 계세요.”

“겨우 몇 시간 동안 집을 비웠다고 해서 그 사람을 모른다고 할 수는 없을 텐데?"

"물론 그렇죠. 하지만 로체스터 씨가 지금 이 대화와 무슨 상관이 있는지 모르겠군요."

"난 지금 그 신사의 눈앞에서 교태를 부리고 있는 숙녀들 이야기를 하는 거요. 아가씨도 봤지?"

"로체스터 씨는 자기가 초대한 손님들과 즐겁게 보낼 권리가 있어요."

"그렇지, 로체스터 씨는 저들의 사랑스러운 입술에서 흘러나오는 말에 몇 시간씩 귀를 기울이고 앉아서, 자기를 즐겁게 해 준 것에 고마워하는 표정을 짓고 있지."

"고마워하다니요! 나는 그분의 얼굴에서 그런 표정을 본 적이 없어요."

"본 적이 없다고? 그렇다면 그를 지켜보고 있었던 게로군. 그럼 아가씨가 본 것은 뭐지? 사랑을 보았나? 아니면 로체스터 씨와 결혼할 행복한 신부의 모습이라도 보이던가?"

"그렇지 않아요. 당신네 집시들의 신통력으로도 알아낼 수 없는 게 있군요."

"그렇다면 도대체 아가씬 뭘 보았지?"

"신경 쓰지 마세요. 저는 제 마음을 털어놓으려고 여기에 온 게 아니에요. 그런데 로체스터 씨가 곧 결혼하나요?"

"그럼, 아름다운 블랑시 잉그럼 양과 할 거라우. 로체스터 씨는 그렇게 예쁘고 우아한 숙녀를 사랑해야 하지. 그리고 그녀도 아마 로체스터 씨를 사랑할걸. 아니면 최소한 그의 돈만이라도. 그런데 삼십 분 전에 내가 그 아가씨한테 로체스터 씨의 재산이 어느 정도인지 말해 주었더니 몹시 놀라더군. 얼마나 놀랐는지 금세 입술이 축 처지더라고.”

“할머니, 저는 로체스터 씨의 얘기를 들으려고 온 게 아니에요. 제 미래가 어떤지는 한 마디도 안 하셨어요.”

“아가씨의 미래는 아직 알 수가 없어. 얼굴을 아무리 살펴봐도 한 가지는 이렇게 나오고, 다른 한 가지는 정반대로 나온단 말이야. 운명은 아가씨의 행복을 그 가운데에 놓아 두었지. 손을 내밀어 그것을 잡기만 하면 돼. 그런데 아가씨가 그렇게 할지는 더 알아봐야겠구먼. 다시 무릎을 꿇고 앉아 봐요.”

“오래 있을 수는 없어요. 불에 델 것 같아요.”

“잔잔한 눈 속에서 불꽃이 반짝거리고 있군. 두 눈은 부드럽고 풍부한 감정으로 가득 차 있지. 내 말에 미소를 짓는군. 그런데 미소가 멈추면 슬픈 눈이 되는구먼. 외로움 때문에 무거워진 기운을 드러내게 되지. 그 눈이 못마땅한 표정을 지으며 나한테서 등을 돌리는군. 마치 내가 알아낸 진실을 받아들일 수 없다는 듯이 말이야. 그 눈에 깃들인 자존심과 신중함은 내 생각을 더욱 확고하게 해 줄 뿐이지. 그 눈은 정말 마음에 든다우.

입은 때로는 웃음을 터뜨리게도 하고 때로는 머릿속에 든 생각을 표현하게도 하지. 하지만 자기 마음이 하는 말에는 침묵을 지키는구면. 그 입은 많은 이야기를 나누고, 자주 웃어야 해. 인간적인 사랑에 대답하고 미소 지어야 하지. 입도 역시 호감이 가는걸.

이마만 빼고는 마음에 안 드는 구석을 찾아볼 수가 없군그래. 그 이마는 이렇게 말하고 있지. '만일 주어진 조건이나 자존심 때문에 혼자 살아야 한다면 난 그럴 수 있어. 이성이 아주 단단하게 버티고 있어서 감정이 터져 나오지 못하게 막아 버릴 테니까. 열정이 강렬하게 타오르고, 욕망은 여러 가지 쓸데없는 상상을 할지도 모르지만 결국에는 이성이 이기고 말거야.'

이마여, 지당한 말이다. 너의 선언은 존중받을 것이다. 나도 나름대로 계획을 세웠고, 그 안에서 이성의 조언에 충실해 왔지. 이 순간이 계속되길 바라지만, 이제 내가 할 말은 끝났소. 지금까지는 나 자신을 잘 다스려 왔지만 더 이상은 통제가 안 될 것 같구려. 일어나요, 에어 선생. 여기서 나가요. 연극은 끝났소."

그 순간 여기가 어딘지, 꿈인지 생시인지 도무지 알 수가 없었다. 노파의 목소리가 변했기 때문이다. 그 목소리는 거울에 비친 내 얼굴처럼 익숙했다. 나는 자리에서 벌떡 일어났지만 밖으로 나가지 않았다. 노파가 다시 나가라는 손짓을 했다. 새끼손가락에서 어디서 많이 본 듯한 반지가 반짝거렸다. 나는 노파의 얼굴을 다시 한 번 자세히 살펴보았다.

귀에 익은 목소리가 질문을 던졌다.

"자, 제인, 날 알아보겠소?"

"그 붉은 외투를 좀 벗어 보세요. 그러면……."

"하지만 끈이 풀리지 않는군. 날 좀 도와주시오."

"그냥 잘라 버리세요."

"아, 이제 됐군."

로체스터 씨가 집시의 옷을 벗어 버리고 내 앞으로 나왔다.

"세상에! 어떻게 이런 해괴한 생각을 할 수 있어요?"

"하지만 잘했잖소. 안 그래요?"

"다른 숙녀 분들은 잘 속이셨겠죠."

"당신은 아니란 말이오?"

"저한테는 집시처럼 행동하지 않았어요."

"그럼 내가 어떤 식으로 행동했단 말이오? 나처럼?"

"아니요, 저한테 너무 많은 말을 하도록 유도하셨어요. 제 입
에서 쓸데없는 얘기가 나오게 하려고 터무니없는 말씀을 하셨
다고요. 이건 정말 말이 안 돼요."

"날 용서해 주겠소, 제인?"

"곰곰이 생각해 봐야겠어요. 그리고 나서 제가 어리석은 말을
많이 하지 않았다고 생각되면 용서해 보도록 할게요. 하지만 정
말 옳지 않은 행동이에요."

"당신은 무척 조심스럽고 지각 있게 행동했소."

찬찬히 생각해 보니, 대체로 그랬던 것 같아 정말 다행스럽게 여겨졌다. 사실 나는 이 방에 들어오면서부터 의심을 품었다. 점쟁이들은 자신의 생각을 드러내는 경우가 별로 없기 때문이었다. 하지만 그레이스 풀일거라고 생각했지, 로체스터 씨일 것이라고는 상상도 하지 못했다.

로체스터 씨가 내 표정을 보며 말했다.

"무슨 생각을 그렇게 하고 있는 거요? 그 조용한 미소는 무슨 뜻이지?"

"저 스스로한테 만족한다는 의미이기도 하고, 놀랍다는 의미이기도 합니다. 이제 가 봐도 되겠죠?"

"아니, 잠깐만 더 있다 가요."

"빨리 가 봐야 할 것 같아요. 벌써 열한 시가 다 됐어요. 참, 오늘 외출하신 동안 손님이 찾아왔어요."

"손님이라고? 올 사람이 없는데……. 그 사람은 갔소?"

"아니요, 아직 계세요. 그분은 당신과 오랫동안 알고 지낸 사이라고 했어요. 메이슨 씨라고 하던데……. 서인도 제도, 그러니까 자메이카의 스패니시 타운에서 왔다는 것 같아요."

로체스터 씨는 나를 의자에 앉히려는 듯 내 손을 잡아 끌고 있었다. 그러다가 그 말을 듣는 순간 숨이 가빠지면서 얼굴이 금세 잿빛으로 변했다.

"메이슨……! 서인도 제도!"

나는 깜짝 놀라 물었다.

"어디 아프세요?"

"제인, 너무나 충격적인 일이오. 너무 충격적이란 말이오!"

로체스터 씨는 무척 흥분했는지 어쩔 줄 모르고 비틀거렸다.

"저한테 기대세요, 로체스터 씨."

"제인, 전에도 나한테 어깨를 빌려 준 적이 있었지."

로체스터 씨는 의자에 앉으면서 나를 자기 옆에 앉혔다. 그러고는 더할 수 없이 슬픈 눈으로 내 눈을 바라보며 말했다.

"나의 귀여운 친구, 조용한 섬에서 당신과 단둘이 있을 수만 있다면 얼마나 좋을까? 고통이나 분노, 온갖 불쾌한 기억들은 모두 버리고 말이오."

"제가 뭘 도와드리면 될까요? 뭐든 말씀해 보세요."

"그럼 포도주 한 잔만 갖다 주겠소?"

나는 식당으로 갔다. 손님들은 모두 저녁 식사를 하고 있었다. 잔에 포도주를 따르는데, 블랑시 잉그럼이 못마땅하다는 듯한 눈초리로 나를 쏘아보았다. 내가 주제넘는 행동을 한다고 생각하는 눈빛이었다.

다시 서재로 돌아와 보니, 로체스터 씨는 평소의 굳건하고 진지한 모습을 되찾은 상태였다. 그는 내 손에서 포도주 잔을 받자마자 한 번에 들이켰다. 그러고는 잔을 돌려주며 물었다.

"손님들은 뭘 하고 있소?"

“이야기를 나누고 계세요.”

“이상한 이야기를 들은 것처럼 심각한 표정을 짓거나, 뭔가를 감추는 듯한 눈치는 아니었소?”

“전혀요. 모두들 아주 즐거워하고 계세요.”

“메이슨은?”

“그분도 이야기를 나누며 웃고 계시고요.”

“그 사람들이 모두 나를 욕하고 등을 돌린다면 당신은 어떻게 하겠소, 제인? 당신도 그들 편이 될 건가?”

“그렇지 않을 겁니다. 당신 곁에 남아 있는 것이 저한테는 더 큰 기쁨일 테니까요.”

“내 편이 되었다고 당신을 비난한다면?”

“도움이 필요한 친구를 위해서라면 그런 것쯤은 기꺼이 견딜 수 있어요. 당신도 그러실 거잖아요.”

“말만이라도 고맙군. 이제 식당으로 가요. 메이슨한테 가서 내가 만나고 싶어 한다고 전하시오. 그리고 그를 이곳으로 안내한 다음 방으로 올라가요.”

“알겠습니다.”

나는 로체스터 씨가 시키는 대로 했다. 내가 식당으로 들어가 사람들 사이를 당당하게 지나가자, 모두들 깜짝 놀란 얼굴로 쳐다보았다. 나는 메이슨 씨에게 로체스터 씨의 말을 전하고 서재로 데려갔다.

　그날 밤 잠자리에 든 지 얼마 되지 않았을 때, 문 밖에서 로체스터 씨의 목소리가 들렸다.

"메이슨, 이리 오게. 여기가 자네 방이야. 잘 자게."

　로체스터 씨는 쾌활하게 말했다. 나는 그의 밝은 목소리를 듣자 마음이 놓였고, 곧 잠에 빠져 들 수 있었다.

제 13 장

밤을 깨운 비명 소리

그날 밤 나는 커튼 치는 것을 깜빡 잊은 채 잠이 들어 버렸다. 그래서 보름달이 떠올라 방 안을 환히 비추자 그만 잠에서 깨고 말았다. 나는 몸을 반쯤 일으켜 커튼 쪽으로 팔을 뻗었다.

바로 그때였다. 오, 맙소사! 이게 대체 무슨 소리지! 무시무시한 비명 소리가 손필드 저택을 뒤흔들었다. 밤의 고요와 안식이 그 거칠고 날카로운 소리에 갈가리 찢겨 나갔다. 나는 두 팔을 뻗은 채 그대로 얼어붙어 버렸다.

비명 소리는 서서히 사라져 갔다. 삼층에서 나는 소리였다. 그러더니 내 머리 위에서(그랬다, 바로 내 방 위였다.) 몸싸움을 하는 듯한 소리가 들려오기 시작했다. 목숨을 걸고 싸우는 것처럼 요란한 소리가 났다. 그때 누군가가 목구멍이 꽉 막힌 것 같은 목소리로 외쳤다.

"사람 살려! 사람 살려! 로체스터, 빨리 오게!"

그러자 어느 방에선가 문이 쾅 열리고 다급하게 복도를 달려갔다. 뒤이어 사람이 쿵 하고 쓰러지는 소리가 들렸다. 그러더니 한순간에 잠잠해졌다.

나는 몸이 부들부들 떨릴 정도로 무서웠지만, 주섬주섬 옷을 챙겨 입고 밖으로 나갔다. 다른 방문들도 차례로 열렸다. 손님들이 모두 잠에서 깨어나 놀란 얼굴로 내다보며 웅성거렸다.

"아니, 무슨 일이지?"

"누가 다쳤나요?"

"무슨 일이 생긴 거예요?"

"도둑이 들었나?"

"로체스터 씨는 어디 있소? 자기 방에 없던데."

그러자 어디선가 로체스터 씨의 목소리가 들렸다.

"여기 있습니다. 모두 조용히 하세요. 제가 갑니다."

복도 끝에 있는, 삼층으로 올라가는 계단 문이 열리더니 로체스터 씨가 촛불을 들고 사람들 쪽으로 걸어왔다. 블랑시 잉그럼이 곧바로 달려가 그의 팔을 붙들었다.

"끔찍한 일이라도 생겼나요?"

"이제 괜찮으니 걱정하지 말아요. 아무것도 아니오. 숙녀 분들은 어서 방으로 돌아가세요. 어서요!"

로체스터 씨가 소리쳤다. 그의 얼굴이 험악하게 일그러졌다. 그는 애써 마음을 가라앉히며 덧붙였다.

"하인 하나가 악몽을 꾸었습니다. 그게 다예요. 신경이 예민해서 쉽게 흥분하는 사람입니다. 꿈에 유령이라도 봤는지 겁에 질려 발작을 일으켰어요. 자, 이제 모두들 방으로 돌아가십시오. 집 안이 조용해져야 그녀도 안정을 되찾을 수 있습니다."

나는 방으로 돌아왔지만, 잠자리에 들지는 않았다. 비명 뒤에 들려온 소리는 하인의 악몽 때문이라고 생각하기에는 뭔가 석연치 않은 구석이 있었다. 로체스터 씨가 손님들을 진정시키기 위해 꾸며 낸 이야기 같았다. 나는 만일의 경우를 대비해서 옷을 입은 채 창가에 앉아 있었다.

다시 고요가 찾아왔다. 수군거리는 소리와 조용한 움직임들이 서서히 잦아들더니, 한 시간쯤 지나자 손필드 저택은 다시 잠에 빠졌다. 어느새 달이 지고 있었다. 한기가 느껴지기에 자리에 누워야겠다고 생각했다. 신발을 벗으려는데 누군가가 조용히 방문을 두드렸다.

"아직 깨어 있소?"

내가 기대했던 목소리였다.

"네."

"옷은 입고 있나?"

“네.”

“그럼 조용히 밖으로 나오시오.”

방문을 열자 로체스터 씨가 촛불을 들고 서 있었다.

“이쪽으로 와요. 천천히, 아무 소리도 내지 말고.”

로체스터 씨는 조심스럽게 삼층으로 올라갔다. 나도 조용히 따라갔다. 로체스터 씨는 여러 개의 작은 방문 가운데 한 곳에서 멈추더니 열쇠 구멍에 열쇠를 집어넣었다. 그러고는 잠시 동안 가만히 서 있었다.

“피를 봐도 비위가 상하지 않겠소?”

“괜찮을 것 같아요. 한 번도 겪어 보지는 못했지만요.”

로체스터 씨는 열쇠를 돌려 문을 열었다. 그 방은 페어팩스 부인이 집 구경을 시켜 주던 날 본 곳이었다. 그날은 커튼 뒤에 가려져 있어서 보이지 않았던 뒷방의 문이 살짝 보였다. 그 방문 안쪽에서 마치 개가 으르렁거리는 듯한 소리가 들려왔다.

“잠깐 기다려요.”

로체스터 씨는 촛불을 탁자 위에 내려놓고 뒷방으로 들어갔다. 그가 들어서자 누군가가 요란하게 웃어 댔다. 처음에는 큰 소리로 웃더니, 곧이어 유령의 웃음소리처럼 “하아! 하아!” 하고 낮아져 갔다. 귀에 익은 그 소리는 바로 그레이스 풀의 웃음소리였다.

잠시 후 로체스터 씨가 뒷방에서 나온 다음 문을 닫았다.

"제인, 이쪽으로 오시오."

나는 커튼이 드리워진 커다란 침대를 돌아 로체스터 씨가 있는 쪽으로 갔다. 침대 옆에 있는 안락의자에 남자 한 명이 고개를 뒤로 젖힌 채 눈을 감고 앉아 있었다. 나는 파리하고 생기 없는 그 얼굴을 한눈에 알아보았다. 메이슨 씨였다. 셔츠의 한쪽과 팔이 온통 피범벅이 되어 있었다.

"촛불을 들고 있어요."

로체스터 씨가 나한테 촛불을 건넸다. 그러고는 물이 담긴 대야를 들고 와서, 부상당한 남자의 셔츠를 열고 상처에서 흘러내리는 피를 닦아 내기 시작했다. 메이슨 씨는 곧 눈을 뜨더니 신음 소리를 내며 물었다.

"상태가 안 좋은가?"

"아니야, 별로 심각하지 않아. 아무 걱정 말라니까! 내가 곧 의사를 데리고 오겠네. 내일 아침이면 여기서 나갈 수 있을 거야. 제인."

"네?"

"두어 시간쯤 이 신사 양반과 함께 있어 줘야겠소. 다시 피가 흘러내리면 방금 내가 한 것처럼 닦아 줘요. 기운이 떨어지는 것 같으면 입에 물을 흘려 넣어 주고. 단, 이 사람한테 절대로 말을 걸지 말아요. 절대로! 메이슨, 자네도 말을 걸었다가는 목숨을 부지하기 힘들 거야. 자네가 흥분해서 무슨 일이 생기면 나도 책임질 수 없단 말일세."

가엾은 남자는 또다시 신음 소리를 냈다. 로체스터 씨는 자기가 시킨 대로 내가 잘 해내는지 지켜보겠다고 했다. 나는 그가 하던 대로 피를 닦아 냈다.

"잊지 말아요. 절대 말을 걸면 안 돼요."

로체스터 씨는 이렇게 말하고 방에서 나갔다. 로체스터 씨의 발소리가 점점 멀어지자 몹시 이상한 기분이 들었다. 이 저택에서 가장 비밀스런 방에, 피투성이가 된 남자와 꼼짝없이 갇힌 셈이 되었으니 그럴 만도 했다. 더군다나 겨우 방문 하나를 사이에 두고 살인자와 함께 있다고 생각하니, 머리카락이 곤두서고 온몸이 후들후들 떨렸다.

하지만 자리를 지켜야 했다. 메이슨 씨는 공포에 질린 눈으로 방 안을 두리번거렸다. 나는 대야에 담긴 물에다 수건을 빨아서 몇 번이나 피를 닦아 주었다. 그리고 혹시 누군가가 이곳에 나타나지는 않을까, 하고 귀를 기울였다. 그렇지만 밤새 들리는 소리라고는 조심스럽게 움직이는 발소리와 개가 으르렁거리는 듯한 소리, 그리고 나지막한 신음 소리뿐이었다.

마음 깊은 곳에서부터 여러 가지 생각들이 쉴 새 없이 샘솟았다. 처음에는 한밤중에 불이 나더니, 그다음엔 피투성이가 된 남자라니……. 이 저택에는 대체 어떤 비밀이 숨어 있는 것인가? 그레이스 풀은 어떤 존재이기에, 평범한 부인네의 몸속에 악마의 영혼과 짐승 같은 목소리를 담고 있는 것일까?

이 말 없는 나그네는 또 누구인가? 이 남자는 어쩌다 이 사건에 휘말려 이 방까지 오게 된 것일까? 로체스터 씨는 왜 이 사건을 비밀로 하고 싶어 하는 것인가? 그리고 메이슨 씨가 왔다는 이야기를 들었을 때, 그는 왜 그렇게 놀랐을까? 그가 메이슨 씨를 대하는 태도나 말투로 보아 그렇게 놀랄 필요는 없었을 텐데 말이다. 피투성이가 된 남자는 끙끙 앓고 있고, 도와줄 사람은 아무도 오지 않는 사이에 밤은 서서히 지나가고 있었다. 나는 마음속으로 외쳤다.

'그분은 언제 오실까? 언제나 오실까?'

마침내 초가 다 타서 꺼져 버렸다. 창 밖을 보니 희부옇게 날이 밝아 오고 있었다. 잠시 후 집 아래쪽에서 파일럿이 짖는 소리가 들렸다. 내 희망이 돌아오고 있는 게 분명했다. 오 분쯤 지나자 로체스터 씨가 의사와 함께 들어왔다. 내 임무는 끝났다. 겨우 두 시간이었지만 몇 주는 더 지난 것 같았다.

로체스터 씨가 의사한테 말했다.

"카터, 서두르게. 삼십 분밖에 여유가 없어. 빨리 상처를 치료하고 이 사람을 보내야 하네."

"그런데 이 사람, 움직일 수는 있는 겁니까?"

"그럼, 그럼. 전혀 심각하지 않아. 긴장해서 그런 거지. 기운을 북돋워 주면 될 걸세. 어서 시작하게.”

로체스터 씨는 메이슨 씨에게 다가가서 물었다.

“이보게, 기분은 좀 어떤가?”

메이슨 씨가 기어 들어가는 목소리로 대답했다.

“그 아이가 날 죽이려고 했어.”

“그럴 리가! 용기를 내게. 피만 약간 흘렸을 뿐이라니까. 카터, 위험하지 않다고 말해 주게나.”

의사가 상처를 소독하며 말했다.

“제 양심을 걸고 보증합니다. 제가 좀 더 일찍 왔더라면 좋았 겠지만요. 그런데 어쩌다 이렇게 된 겁니까? 어깨에 난 상처는 칼 때문만이 아니에요. 이로 문 자국도 있는데요!”

그러자 메이슨 씨가 나지막이 중얼거렸다.

“그 아이가 날 물었어. 로체스터가 칼을 빼앗으니까 마치 들고 양이처럼 덤벼들더군. 아, 어찌나 무섭던지! 이런 일이 생길 줄 은 꿈에도 몰랐어. 처음에는 정말 얌전했는데…….”

그러자 로체스터 씨가 핀잔을 주었다.

“내가 경고했을 텐데? 그 여자한테 가까이 갈 때는 조심하라 고……. 내일까지 기다렸다가 나랑 같이 갔어야 했어.”

“도움을 줄 수 있지 않을까 해서.”

“도와준다고? 그것도 생각이라고 한 건가? 정말 답답해서 참 을 수가 없군. 내 충고를 무시한 덕분에 이렇게 고통을 받고 있으면서 말이야. 카터, 어서 서두르게! 어서! 곧 해가 뜰 걸세. 이 사람을 여기서 내보내야 해."

"곧 끝납니다. 그런데 팔에 있는 상처도 봐야겠어요. 여기도 물린 것 같습니다."

메이슨 씨가 낮게 중얼거렸다.

"그 아인 흡혈귀야. 시뻘건 눈을 번뜩이면서 내 심장의 피를 모조리 빨아먹겠다고 으르렁거렸어."

로체스터 씨의 얼굴이 심하게 일그러지는 동시에, 증오와 혐오의 빛이 스쳐 지나갔다.

"자, 조용히 하게, 메이슨. 그런 이상한 말에는 신경 쓰지 마. 그 여자는 어차피 상식으로 이해할 수 있는 사람이 아니야."

로체스터 씨는 나를 돌아보며 말했다.

"제인, 내 방으로 내려가서 깨끗한 셔츠를 가지고 와요. 그리고 메이슨의 방에 가서 외투를 찾아와요."

나는 시키는 대로 옷을 찾아 들고 돌아왔다. 로체스터 씨는 메이슨 씨에게 옷을 입힌 다음 일으켜 세웠다. 메이슨 씨는 로체스터 씨와 의사의 부축을 받으며 조용히 아래층까지 내려갔다. 대문 밖에서 마차가 기다리고 있었다. 벌써 다섯 시 반이었다.

로체스터 씨는 메이슨 씨를 마차에 태운 후, 의사에게 말했다.

"이 사람을 부탁하네. 완쾌될 때까지 자네 집에서 잘 보살펴 주게나. 메이슨, 잘 가게."

“로체스터!”

“왜 그러나?”

“그 아이를 잘 돌봐 주게. 부드럽게 대해 줘. 그 아이를……”

메이슨 씨는 더 이상 말을 잇지 못하고 울음을 터뜨렸다.

“최선을 다하겠네. 지금까지 그래 왔고 앞으로도 그럴 걸세.”

로체스터 씨가 이렇게 대답하며 마차 문을 닫자, 마차는 곧 출발했다. 멀어지는 마차를 보며 그가 중얼거렸다.

“하느님께서 이 모든 것을 끝내 주시면 좋으련만!”

로체스터 씨는 대문의 빗장을 걸고, 과수원 쪽으로 천천히 걸어갔다. 나는 집 안으로 들어가려고 몸을 돌렸다. 그때, 로체스터 씨가 나를 손짓해 불렀다.

“제인, 잠시 신선한 바람 좀 쐽시다. 오늘따라 저 집은 더 감옥 같군. 그런 느낌이 들지 않소?”

“저한테는 아름다운 곳이에요.”

“아직 세상 물정에 어두워서 그런 거요. 자, 이리 와요.”

우리는 초록이 무성한 오솔길로 들어섰다. 꽃들은 아름다운 봄날 아침의 이슬을 머금은 채 신선함을 한껏 뽐냈다. 나무들과 그 아래의 조용한 오솔길에 햇살이 싱그럽게 내려앉았다.

“제인, 정말 이상한 밤을 보냈지? 얼굴이 창백하군. 메이슨과 단둘이 남았을 때 많이 두려웠소?”

“뒷방에서 사람이 나와 덮칠까 봐 무서웠어요.”

“내가 문을 잠가 놓고 갔는걸. 당신은 안전했어요.”

“그레이스 풀을 계속 이곳에서 살게 할 건가요?”

“아, 물론이지! 그 사람이라면 신경 쓰지 말아요.”

“그렇지만 그 여자가 계속 여기에 있는 한 당신은 안전하다고 할 수 없어요.”

“신경 쓸 것 없어요. 내 일은 내가 알아서 할 테니까.”

“간밤에 당신이 걱정했던 위험은 이제 사라진 건가요?”

“메이슨이 영국을 떠나기 전까지는 장담할 수 없소.”

“메이슨 씨는 남의 말을 잘 듣는 사람 같던데요. 특히 당신이 하는 말에는 더 고분고분했잖아요. 일부러 당신을 해칠 생각은 하지 않을 거예요.”

로체스터 씨는 씁쓸하게 웃으며 내 손을 덥석 잡았다가 곧 다시 놓으며 말했다.

“물론 아니지! 메이슨은 내 말을 잘 들을 거요. 하지만 그자가 생각 없이 내뱉는 부주의한 말 한마디 때문에, 나는 내 앞에 나타난 유일한 행복의 기회를 한순간에 잃게 될 수도 있어요.”

“그럼 그분한테 당신이 무엇을 두려워하고 있는지, 당신을 위해 어떻게 해야 하는지 알려 주세요.”

“이런 바보 아가씨야, 그럴 수 있다면 얼마나 좋겠소. 하지만 이건 ‘나한테 해를 끼치지 않도록 조심하게.’라고 말할 수가 없는 문제요. 메이슨이 나한테 해를 입힐 수도 있다는 사실을 알지 못하게 해야 해. 어리둥절한 표정을 짓는군. 그렇다면 더욱 헷갈리게 해 주지. 당신은 사랑스러운 내 친구지, 그렇지 않소?”

“로체스터 씨를 위해서 기꺼이 일하고 싶어요. 옳은 일이라면 어떻게 해서든 당신의 말에 따를 거예요.”

“바로 그거요. 당신은 분명 그럴 거요. 당신이 말하는 ‘옳은 일’을 할 때 그 얼굴에 나타나는 진지한 즐거움을 알고 있소. 하지만 당신이 옳지 않다고 여기는 일을 내가 하라고 한다면, 창백한 얼굴로 조용히 말하겠지. ‘안 됩니다. 그럴 순 없어요.’라고. 그래요, 당신 역시 나를 뜻대로 휘두르고 해칠 수도 있소. 그러니 내가 함부로 약점을 보일 수는 없지. 당신은 충직하고 상냥하지만, 어느 순간 나한테 상처를 줄 수도 있으니 말이오.”

“저를 두려워하지 않는 것처럼 메이슨 씨를 두려워하지 않는다면 아무것도 걱정할 필요는 없어요.”

“나도 그러고 싶소. 자, 이리 와서 앉아요. 내 옆에 앉는 것을 거절하지는 않겠지?”

로체스터 씨가 벤치를 가리키며 말했다. 나는 잠시 망설이다가 그의 옆에 앉았다.

“제인, 내 얘기를 듣고 조언을 좀 해 주겠소? 한번 상상해 봐요. 당신이 교육을 잘 받은 젊은 여성이 아니라, 어려서부터 버릇없이 자란 못된 사내라고 말이오. 그리고 먼 이국땅에서 산다고 생각해 봐요. 그곳에서 심각한 실수를, 평생 짐이 될 만한 실수를 저질렀다고 칩시다. 잘 들어요, 난 범죄라고 하지 않았소. 어디까지나 실수였다는 말이오.

당신은 그 실수의 결과를 도저히 견딜 수가 없어서, 점점 불행하다고 여기게 되지. 인생이 너무 비참하다는 생각에 막연한 쾌락을 찾아 여기저기 떠돌아다니기도 하고 말이오. 그러다 지칠 대로 지친 마음을 안고 오랜만에 집으로 돌아오는 길에, 뜻밖에도 새로운 사람을 만나게 된 거요. 당신은 그 사람한테서 선하고 밝은 기질을 발견하게 되지. 이십 년 동안 찾아다녔지만 끝내 찾을 수 없었던 그런 기질 말이오. 그 사람 덕분에 순수한 감정들이 되살아나는 것을 느끼고 새로운 인생을 기대하게 되었지.

당신이 이런 상황이라면, 원하는 새로운 삶을 위해 관습이라는 것을 버리는 게 옳지 않겠소? 그것이 당신의 양심이 허락하지 않고, 또 당신 스스로 인정할 수 없는 관습이라면 말이오. 그 상냥하고 다정한 사람과 영원히 함께하기 위해 세상 사람들을 등지는 것이 과연 옳지 않은 일일까?"

로체스터 씨는 말을 멈추고 내 대답을 기다렸다. 그러나 내가 도대체 무슨 답을 할 수 있을까? 나는 조심스레 입을 열었다.

"어느 누구도 다른 사람한테 전적으로 의지해서는 안 된다고 생각합니다. 더 나은 삶을 향해 나갈 힘을 얻으려면, 같은 사람보다는 하느님처럼 더 높은 분을 통해 위안을 구해야지요."

"하지만 도구가 있어야지! 그런 일을 하시는 하느님도 도구를 선택하지 않소? 나 역시 나 자신을 치료할 도구를 찾은 것 같소. 그건…….”

　로체스터 씨가 갑자기 말을 멈추었다. 새들은 쉼 없이 지저귀고, 나뭇잎들은 가볍게 팔랑거렸다. 나는 고개를 들어 로체스터 씨의 얼굴을 바라보았다. 그는 간절한 눈빛으로 나를 보고 있었다. 그러더니 느닷없이 얼굴에서 부드러운 빛이 사라지고 딱딱한 표정이 드러났다. 로체스터 씨는 차가운 말투로 다시 입을 열었다.

　“내 귀여운 친구, 블랑시 잉그럼 양을 향한 내 감정을 눈치 챘겠지? 그 사람과 결혼하면 내 삶이 더 나아질 것 같지 않소?”

　로체스터 씨는 자리에서 벌떡 일어나 오솔길 끝까지 걸어갔다. 그러고는 휘파람을 불며 다시 돌아왔다. 그는 내 얼굴을 보며 말했다.

　“아, 제인, 얼굴이 무척 창백하구려. 밤을 새운 탓이겠지. 잠을 제대로 못 잤다고 나를 원망하고 있는 건 아니오?”

　“원망이요? 전혀 그렇지 않아요.”

　“그럼 언제 또 나와 함께 밤을 새워 주겠소?”

　“제가 도움을 드릴 수만 있다면요.”

　“결혼하기 전날 밤이라도 말이오? 함께 밤을 지새우며 말벗이 되어 주겠다고 약속할 수 있소?”

　“그럴게요.”

그러자 로체스터 씨가 정원 쪽을 가리키며 말했다.

"이런, 벌써 손님들이 나왔군. 어서 옆문으로 들어가시오."

내가 다른 길로 들어섰을 때, 로체스터 씨는 쾌활한 목소리로 손님들에게 말을 걸었다.

"메이슨 씨가 동이 트기도 전에 떠났지 뭡니까? 그 사람을 배웅하느라고 네 시에 일어났다니까요."

제 14 장
게이츠헤드에서 날아온 소식

그날 오후, 페어팩스 부인의 방에서 손님이 나를 기다린다는 말을 전해 듣고 아래층으로 내려갔다. 방으로 들어서자 검은색 옷을 입은, 상류층 집안의 하인처럼 보이는 남자가 반갑게 웃으며 인사를 했다.

"아가씨, 절 기억하지 못하시죠? 아가씨께서 게이츠헤드에 계실 때 리드 마님의 마부였지요. 지금도 그곳에 살고 있고요."

"어머, 안녕하세요? 기억하고말고요. 베시와 결혼하셨지요? 베시는 잘 지내고 있나요?"

"네, 베시는 아주 잘 지내고 있답니다."

"게이츠헤드 집안 분들도 모두 안녕하시죠?"

"좋은 소식을 전해 드려야 하는데…… 죄송합니다, 아가씨. 존 도련님이 일주일 전에 런던에서 돌아가셨어요."

"그게 정말이에요?"

"네, 아주 방탕한 생활을 하다가 가셨어요. 빚을 지고 감옥에까지 갔다 오셨다니까요. 마님께서 손을 써서 두 번이나 빼내 주셨는데, 감옥에서 나오자마자 곧바로 못된 짓을 하곤 하셨지요. 그러다 삼 주 전에는 마님께 전 재산을 팔아 돈을 마련해 달라고 졸라 댔어요. 마님은 딱 잘라서 거절하셨지요. 사실 그동안 도련님 때문에 돈을 어마어마하게 써서 남아 있는 재산도 별로 없었으니까요. 결국 존 도련님은 빈손으로 런던으로 가셨지요. 그러고 나서 돌아가셨다는 소식이 온 겁니다. 어떻게 죽었는지는 아무도 모르지만, 들리는 말로는 자살을 하셨다고 하더군요."

상상도 못했던 끔찍한 소식이었다. 나는 머릿속이 멍해져서 아무 말도 할 수 없었다. 마부는 이야기를 계속했다.

"마님도 건강이 몹시 안 좋으세요. 재산을 몽땅 날려 버린 데다, 믿을 만한 사람이 아무도 없다는 게 두려우셨던 모양이에요. 존 도련님이 돌아가셨다는 소식에 충격을 받아 쓰러지셨지요. 그러고는 사흘 동안이나 말을 못 하셨어요. 그런데 지난 화요일쯤 좀 나아지나 싶더니, 베시한테 자꾸 손짓을 하면서 도무지 알아들을 수 없는 말을 계속 중얼거리셨대요. 베시는 어제 아침에야 무슨 말씀을 하시는지 알아냈답니다. '가서 제인 에어를 데려와. 그 아이한테 할 말이 있어.'라고 하셨다는군요.

일라이자 아가씨와 조지아나 아가씨가 그 말을 전해 듣고, 저더러 아가씨를 모셔 오라고 하신 겁니다. 그러니 아가씨, 될 수 있으면 내일 아침 일찍 모시고 떠났으면 합니다."

"제가 꼭 가야 할 것 같군요. 곧 떠날 준비를 하죠."

나는 마부를 하룻밤 묵을 방으로 안내한 다음, 로체스터 씨를 찾았다. 로체스터 씨는 손님 몇 명과 함께 당구를 치고 있었다. 게임에 한창 열중하고 있는 사람들 사이에 끼어드는 일은 굉장한 용기를 필요로 했다. 하지만 그런 걸 따질 만한 여유가 없었다. 로체스터 씨는 블랑시 잉그럼 옆에 서 있었다.

"로체스터 씨."

내가 작은 소리로 부르자 블랑시 잉그럼이 고개를 돌리더니 거만한 눈빛으로 나를 쏘아보았다. 로체스터 씨는 나를 보며 알 수 없는 표정을 짓더니, 방 밖으로 따라 나왔다. 우리는 서재로 들어갔다.

"로체스터 씨, 괜찮으시다면 일주일이나 이 주일쯤 휴가를 얻고 싶습니다."

내가 이렇게 말하자, 로체스터 씨는 서재 문을 닫고 그 문에 몸을 기댄 채 물었다.

"무슨 일이지? 어딜 가려는 거요?"

"게이츠헤드에 계시는 외숙모님이 몹시 편찮으시대요. 저를 데려오라고 사람을 보내셨어요."

"외숙모라니! 친척이 하나도 없다고 하지 않았소?"

"그분은 저를 친척이라고 생각하지 않았어요. 저를 구박하고 쫓아냈거든요."

"그런 마당에 당신이 가서 무슨 일을 할 수 있겠소? 말도 안 돼! 도착하기도 전에 죽어 있을지 모를 사람을 보러 백육십 킬로미터나 떨어진 곳으로 달려갈 생각을 하다니, 나라면 그런 생각은 꿈에도 하지 않을 거요."

그는 좀 흥분한 것 같았다.

"그분의 소원을 무시한다면 제 마음이 편치 않을 거예요."

"일주일만 있다가 오겠다고 약속하시오."

"약속은 하지 않는 게 좋을 것 같습니다. 어쩔 수 없는 사정이 생길 수도 있으니까요."

"하지만 꼭 돌아오겠지? 그 부인이 자기 곁에 영원히 있어 달라고 해도 말이오."

"아, 그럼요! 일이 끝나면 꼭 돌아올 거예요."

"그 먼 길을 혼자 갈 거요?"

"아니요, 게이츠헤드에서 마차를 보내 주셨어요."

"마부는 믿을 수 있는 사람이오?"

"그럼요, 십 년 전부터 그 집에 있었던 사람인걸요."

로체스터 씨는 잠깐 깊은 생각에 잠겼다가 천천히 고개를 들고 다시 입을 열었다.

"언제 떠날 거요?"

"내일 아침에요."

"길을 떠나려면 돈이 필요하지 않겠소? 내가 아직 봉급을 한 푼도 주지 않은 것 같은데……. 제인, 돈이 얼마나 있는 거요?"

"일 파운드도 안 될 거예요."

그는 그 말이 재미있게 들렸는지 쿡쿡 웃으면서 자기 주머니를 뒤졌다. 그러고는 오십 파운드짜리 지폐 한 장을 나에게 건네주었다.

"이렇게 큰돈을……. 제겐 거슬러 드릴 만한 돈이 없어요."

"거스름돈은 필요 없소. 이건 당신 봉급이니 받아요."

"제가 받을 돈은 모두 합해 봐야 십오 파운드밖에 되지 않아요. 정해진 것보다 더 많이 받고 싶지 않습니다."

내가 거절하자, 로체스터 씨는 화가 났는지 뾰로통해졌다. 그러다가 갑자기 뭔가 생각난 듯 이마를 치며 말했다.

"맞아! 지금 전부를 주지 않는 게 좋겠군. 오십 파운드를 주면 석 달 동안은 돌아오지 않을지도 몰라. 자, 십 파운드를 주겠소. 이거면 충분하겠지?"

"네, 충분해요. 이제 제가 받을 돈이 오 파운드 남았네요."

"그건 돌아와서 받아요."

"로체스터 씨, 이 참에 다른 용건을 하나 더 말씀드리고 싶습니다."

"용건이라……, 뭐요? 궁금하군."

"곧 결혼하실 거라고 하셨잖아요. 그렇게 되면 아델은 꼭 학교에 보내셔야 해요."

"예비 신부한테 방해되지 않으려면 말이오? 그러면 당신은 곧 떠나겠지?"

"그러고 싶지는 않지만, 다른 일자리를 알아봐야겠지요. 광고도 내야 하고요."

그는 갑자기 얼굴을 잔뜩 찌푸리면서 날카롭게 소리쳤다.

"감히 광고를 내시겠다! 그럴 수는 없소. 젠장, 십 파운드가 아니라 일 파운드만 줄 걸 그랬어. 쓸 데가 있으니 구 파운드 돌려주시오."

내가 손을 뒤로 숨기며 대답했다.

"저도 쓸 데가 있어요."

"요런 깍쟁이 같으니라고! 그럼 오 파운드라도 내놔요."

"오 파운드도 안 돼요."

"그럼 돈을 한 번만 보여 줘요."

"아니요, 당신을 믿을 수 없어요."

"제인!"

"네?"

"광고를 내는 일 따위는 하지 않겠다고 약속하시오. 때가 되면 내가 일자리를 찾아 주겠소.”

“기꺼이 약속드리지요. 그 대신 로체스터 씨도 신부가 들어오기 전에 아델과 제가 이 집에서 무사히 떠날 수 있게 하겠다고 약속해 주세요.”

“물론이오. 내일 떠날 거요?”

“네, 아침 일찍이요.”

“그렇다면 우리 둘은 잠시 작별을 해야 하는 건가? 그런데 작별 인사는 어떻게 하지? 좀 해 봐요.”

“안녕히 계세요, 당분간.”

“당분간 안녕히. 이게 전부인가?”

“네.”

“너무 밋밋하고 무뚝뚝한데……. 그저 안녕이라니. 뭐 좀 다른 건 없겠소? 예를 들면 악수를 한다든지, 아니…… 그것도 성에 차지 않을 것 같소.”

나는 마음이 초조해져서 이런 생각을 했다.

‘언제까지 문에 기대고 있으려는 거지? 짐을 싸야 하는데.’

그때 마침 저녁 식사 시간을 알리는 종소리가 울렸다. 그러자 로체스터 씨는 더 이상 아무 말도 하지 않고 휙 가 버렸다. 그날은 그를 다시 보지 못했다. 그리고 이튿날 아침 일찍 나는 게이츠헤드로 떠났다.

오후 다섯 시쯤, 나는 게이츠헤드에 도착했다. 저택으로 들어

가기 전에 먼저 베시를 만나러 문간채로 갔다. 베시는 나를 보자 몹시 반가워하면서, 예전처럼 난롯가에 앉아 차를 마실 수 있도록 준비해 주었다. 그녀의 따뜻한 배려가 무척 고마웠다.

베시와 이런저런 이야기를 나누다 보니 어느새 한 시간이 흘렀다. 나는 베시를 따라, 구 년 전 절망감에 휩싸인 채 뒤도 돌아보지 않고 떠났던 그 황량한 집으로 향했다. 그때나 지금이나 나의 미래는 여전히 불투명하다는 생각이 들자 가슴이 아려 왔다. 하지만 지금의 나는 나 자신을 더욱 강하게 믿고 있었고, 부당한 일에 대한 두려움도 많이 사라졌다. 구박과 학대를 받아 생긴 마음의 상처도 이제는 거의 아물었다.

베시가 앞장서 가며 말했다.

"먼저 작은 거실로 가세요. 아가씨들이 거기에 계실 거예요."

나는 작은 거실로 들어갔다. 그 방에 있는 가구들은 내가 브로클허스트 씨를 만났던 날 아침에 보았던 그대로였다. 브로클허스트 씨가 밟고 서 있던 양탄자도 여전히 벽난로 앞에 깔려 있었다. 책장을 훑어보다가 예전의 그 자리, 세 번째 선반에서《걸리버 여행기》를 발견했다. 색이 약간 바랬을 뿐, 예전하고 똑같았다. 하지만 살아 있는 사람들은 너무나 많이 변해서 알아볼 수 없을 정도였다.

젊은 숙녀 두 명이 내 앞에 나타났다. 한 사람은 키가 아주 크고 몸이 호리호리한 데다 엄숙한 표정을 짓고 있었다. 평범하다는 말 외에 다른 말은 전혀 어울릴 것 같지 않은 검은색 드레스 차림이었다. 창백한 그 얼굴에서 예전의 모습을 찾을 수는 없었지만, 일라이자가 분명했다. 다른 한 사람은 조지아나였다. 그러나 내가 기억하고 있는 그 예쁘장한 여자아이가 아니었다. 그녀는 활짝 피어난 꽃처럼 고왔고, 하얀 살결과 풍만한 몸매를 자랑하고 있었다.

내가 다가가자 둘 다 자리에서 일어나 나를 맞이했다. 하지만 인사가 끝나자마자 일라이자는 냉담하게 고개를 돌려 버렸다. 조지아나 역시 유행에 뒤떨어지는 내 옷차림에 혹시 흠잡을 데가 없나 요리조리 뜯어볼 뿐, 더 이상 관심을 보이지 않았다.

그들의 냉정한 태도는 이제 나에게 상처가 되지 않았다. 나를 무시하는 두 사람 사이에서 아무렇지도 않은 나 자신이 놀라울 뿐이었다. 나는 베시에게 리드 부인을 만나도 되는지 알아봐 달라고 부탁했다.

그 방으로 가기 위해 굳이 안내를 받을 필요는 없었다. 벌을 받거나 꾸지람을 듣기 위해 밥 먹듯이 불려 간 곳이었으므로. 나는 침대 옆으로 가서 잠들어 있는 리드 부인의 모습을 찬찬히 뜯어보았다. 수년의 세월이 분노와 증오심을 가라앉혀 준 것일까. 오히려 연민이 느껴졌다. 몸을 굽혀 리드 부인에게 입을 맞추자 그녀가 눈을 떴다.

"제인 에어냐?"

“네, 외숙모님. 안녕하셨어요?”

나는 한때 리드 부인을 다시는 외숙모라고 부르지 않겠다고 맹세했다. 하지만 지금 그 맹세를 잊었다고 해서 창피해 할 필요는 없을 것 같았다. 나는 이불 밖으로 나와 있는 리드 부인의 손을 꼭 잡았다. 하지만 그녀는 손을 빼내면서 나를 외면했다. 나를 향한 차가운 마음이 전혀 변하지 않았다는 생각이 들자 마음이 아팠다. 그러다 화가 치밀어 오르기 시작했다. 어릴 때처럼 눈물이 고였지만 억지로 참고 말했다.

“사람을 보내셨죠? 그래서 이렇게 왔어요.”

“오, 그래, 그랬지! 우리 딸들은 만나 보았겠지? 그 애들한테 전해라. 내가 모든 걸 털어놓을 때까지 네가 여기 머물렀으면 한다고 말이야. 내가 하고 싶은 말이 있었는데…….”

흔들리는 눈빛과 떨리는 목소리가 한때 건강했던 사람이 어떻게 변해 버렸는지를 말해 주었다. 리드 부인은 안절부절못하며 몸을 이리저리 뒤척이다가, 내가 이불 끝자락을 팔꿈치로 누르고 있는 것을 보고는 버럭 소리를 질렀다.

“똑바로 앉지 못하겠느냐! 이불 자락을 누르고 있잖니! 네가 제인 에어냐?”

“네, 맞아요. 제인 에어예요.”

내 대답에 리드 부인은 마치 잠꼬대를 하듯이 말했다.

“내가 그 아이 때문에 얼마나 속을 썩었는지 아무도 모를 거야. 속이 시커멓게 타서 아무것도 남지 않았다니까. 그렇게 달갑지 않은 것을 나한테 맡기다니! 집에서 내보낸 게 얼마나 다행인지 몰라. 로우드 학교에 열병이 돌았을 때도 그 애는 죽지 않았어. 하지만 난 죽었다고 했지. 아, 그때 정말로 죽어 버렸다면 좋았을 텐데!"

"그 아이를 왜 그렇게 미워하세요?"

"나는 그 애 어미가 미웠어. 남편은 자기 여동생을 끔찍하게 아꼈지. 그래서 동생이 죽었다는 소식을 듣자마자 조카를 데려온 거야. 난 그 아이를 처음 본 순간부터 너무너무 싫었어. 몸이 너무 약해서 늘 칭얼대며 울기만 했거든. 남편은 자기 자식보다 그 아이한테 더 신경을 썼어. 우리 애들이 그 애와 함께 놀지 않겠다고 하면 버럭 화를 내곤 했으니까.

남편은 죽기 직전에도 나더러 그 아이를 친자식처럼 돌봐 주겠다고 약속하라고 했어. 착해 빠진 양반이었지. 존이 그 사람을 닮지 않은 건 천만다행이야. 오, 존이 돈을 달라는 말만 하지 않는다면 얼마나 좋을까! 그 녀석은 도박에 미쳐서, 늘 엄청난 돈을 날려 버리면서도 끊지를 못해. 가엾은 녀석 같으니라고! 정말 걱정이 태산이다. 도대체 어떻게 해야 하지?"

리드 부인은 흥분한 나머지 두서없이 이야기를 늘어놓기 시작했다. 베시가 겨우겨우 달래서 약을 먹이자 서서히 잠에 빠져들었다. 나는 그 방에서 나왔다.

리드 부인과 더 이상의 이야기를 나누지 못한 채 열흘이 흘러갔다. 그동안 나는 일라이자와 조지아나하고 잘 지내려고 노력했다. 처음에는 두 사람과 함께 있는 것이 전혀 즐겁지 않았다. 다행히 그림 도구를 챙겨 온 덕분에, 그들과 친해질 기회가 생겼다.

어느 날 아침, 그림을 그리고 있는데 일라이자가 다가와 누구를 그리고 있는지 물어보았다.

"그냥 상상해서 그린 거야."

나는 재빨리 그림을 감추어 버렸다. 사실 그것은 거짓말이었다. 로체스터 씨의 얼굴을 그리고 있었던 것이다. 일라이자와 조지아나는 내 그림 솜씨에 놀란 것 같았다. 나는 두 사람에게 초상화를 그려 주겠다고 했다. 스케치를 막 끝냈을 때, 조지아나가 함께 정원을 산책하자고 했다. 그날 이후 우리는 좀 더 편한 사이가 되었다.

조지아나는 이 년 전 런던에서 경험했던 화려한 사교계의 모습과 파란만장한 연애 사건을 마치 소설처럼 과장해서 들려주었다. 그러면서도 암울한 집안 사정에 대해서는 입도 뻥긋하지 않았다. 일라이자는 거의 말이 없었고, 하루를 시계처럼 규칙적으로 보냈다. 그녀는 하루를 온통 기도와 성경 읽는 일로 꽉 채웠다. 그러면서 세속적인 조지아나를 경멸하고 하찮게 여겼다.

비가 오고 바람이 불던 어느 날 오후였다. 조지아나는 책을 읽다가 잠이 들었고, 일라이자는 교회에 가고 없었다. 문득 리드 부인의 상태가 어떤지 살펴봐야겠다는 생각이 들었다. 사람들은 리드 부인에게 관심을 기울이지 않았다. 두 딸은 자기 어머니가 어떻게 되든 나 몰라라 했고, 하인들과 간호사는 게으름을 피웠다. 그나마 베시가 좀 신경을 쓰기는 했지만, 자기 식구들을 챙기는 것만으로도 정신이 없어 보였다. 리드 부인의 방으로 올라가 보니, 예상대로 돌봐 주는 사람이 아무도 없었다.

리드 부인은 꼼짝 않고 누워 있었다. 나는 꺼져 가는 난롯불에 석탄을 더 집어넣어 불기를 살린 다음, 병든 여인의 모습을 오랫동안 들여다보았다. 순간 헬렌 번스가 생각났다. 하느님의 품에 안기고 싶다던 헬렌의 마지막 말이 가슴속 어딘가에서 들려오는 듯했다.

그때 리드 부인이 힘없이 웅얼거렸다.

"거기 누구냐?"

"저예요, 제인이에요."

"저라니? 처음 보는데……?"

리드 부인은 잠시 경계하는 것 같더니, 조금 지나자 나를 알아보았다. 잠시 후 그녀가 입을 열었다.

"내가 지금 몹시 안 좋구나. 다리 하나도 마음대로 움직일 수가 없어. 죽을 때가 가까워진 것 같으니 마음속에 담아 두었던 것을 털어놓아야지……. 건강할 때는 별것 아니던 것이, 이런 순간을 맞게 되니 마음을 괴롭히는군. 여기 누구 다른 사람은 없 겠지?"

나는 우리밖에 없다고 말해 주었다.

"너한테 잘못한 일이 두 가지 있다. 지금은 후회하고 있지. 하 나는 너를 내 자식처럼 키우겠다고 했던 남편과의 약속을 지키 지 않은 것이고, 또 하나는……."

리드 부인은 잠시 말을 멈추고는 혼잣말로 중얼거렸다.

"어쩌면 이건 별로 중요하지 않을 수도 있지. 다시 몸이 좋아 질지도 모르는데 저 애한테 이런 말을 해야 하다니, 기분 나빠."

리드 부인은 몸을 움직여 보려고 했지만 허사였다.

"그래, 말을 해야 할 것 같구나. 다 털어놓는 게 좋겠어. 내 책 상에 가서 거기 놓여 있는 편지를 가져오너라."

나는 그녀가 시키는 대로 했다.

"편지를 읽어 보거라."

짤막한 편지였는데, 이런 내용이 적혀 있었다.

부인께

제 조카인 제인 에어가 어떻게 지내고 있는지, 그리고 어디에 살 고 있는지 알려 주시면 고맙겠습니다. 그 아이에게 빨리 소식을 전 해, 이곳에서 함께 살았으면 합니다. 저는 하느님의 가호 덕분에 사 업에 성공했습니다. 하지만 결혼을 하지 않아 자식이 없기 때문에,

제인을 양녀로 삼아 전 재산을 물려줄까 합니다.

—마데이라에서, 존 에어 드림

편지에는 삼 년 전의 날짜가 적혀 있었다. 내가 물었다.

"왜 저한테 이 소식을 알려 주지 않으셨어요?"

"네가 너무 싫어서 그랬다. 그래, 지긋지긋했지. 그날 세상의 누구보다도 나를 미워한다고 말했던 것을 잊을 수가 없어. 잔인하다고 몰아세우고, 바락바락 대들던 그 모습을 어떻게 잊을 수 있겠니? 네가 싫기도 하고 무섭기도 했어. 나한테 저주를 퍼붓는 것 같았으니까. 그래서 네가 로우드 학교에서 열병에 걸려 죽었다고 답장을 보냈다."

"외숙모, 그 일은 이제 잊어버리세요. 그때는 너무 흥분해서 저도 모르게 그런 말들은 내뱉고 말았어요. 저를 좋게 생각하시도록 할 수만 있다면……."

"너는 성격이 아주 고약해. 지금까지도 이해할 수 없어. 구 년 동안 어떤 취급도 달게 받던 아이가 십 년째 되던 해에 왜 그렇게 무섭게 대든 건지……."

"제 성격은 외숙모가 생각하시는 것처럼 그렇게 나쁘지 않아요. 제가 외숙모를 사랑할 여지를 주셨더라면, 전 기꺼이 그렇게 했을 거예요. 외숙모, 저한테 입을 맞춰 주세요."

나는 뺨을 리드 부인의 입술 가까이에 갖다 댔다. 그러나 그녀는 고개를 돌려 버렸다. 가엾은 여인! 후회를 하는 것 같았지만, 평생 갖고 있던 생각을 고치기에는 너무 늦었다. 리드 부인은 죽어 가면서도 나를 계속 미워할 수밖에 없을 듯했다.

베시가 들어오고 나서 삼십 분쯤 더 곁을 지켰지만, 아무런 기척이 없었다. 리드 부인은 그날 밤 열두 시에 세상을 떠났다.

나는 그 소식을 다음 날 아침에야 들었다. 리드 부인은 이미 관 속에 누워 있었다. 나와 일라이자는 리드 부인을 보러 갔지만, 조지아나는 용기가 안 난다며 보지 않겠다고 했다. 일라이자는 말없이 자기 어머니를 살펴보다가 곧 돌아서서 나가 버렸다. 나도 따라 나갔다. 우리 둘 다 눈물 한 방울 흘리지 않았다.

제 15 장

폭풍이 몰아치다

나는 게이츠헤드에 온 지 한 달이 지나서야 손필드 저택으로 돌아갈 수 있었다. 장례식이 끝나자마자 떠나려고 했는데, 사촌들이 자신들의 거취가 결정될 때까지 함께 있어 달라고 조르는 바람에 얼른 떠날 수가 없었다.

조지아나는 런던에 있는 자신의 외삼촌 집으로 갔다. 그곳에서 금세 부유한 상류층의 남자를 만나 결혼을 했다. 일라이자는 프랑스에 있는 수녀원으로 가서 수녀가 되어 일생을 보냈다.

손필드 저택으로 돌아가는 길은 무척 멀게 느껴졌고, 마음도 편하지 않았다. 지금은 그곳으로 돌아가고 있지만, 얼마 후면 다시 떠나야 한다는 생각이 들었기 때문이다.

게이츠헤드에 머물 때, 페어팩스 부인에게서 편지를 한 통 받았다. 손필드에 머물던 손님들은 모두 돌아갔고, 로체스터 씨도 런던으로 떠났다고 했다. 마차를 새로 구입하겠다는 것으로 보아, 아마도 결혼식 준비를 하러 간 것 같다고 했다.

나는 페어팩스 부인에게 돌아갈 날짜를 정확히 알려 주지 않았다. 마차가 마중 나오게 하고 싶지 않았기 때문이다. 들판을 가로지르는 오래된 길을 따라 혼자서 조용히 걸어가고 싶었다.

기분 좋은 여름 저녁이었다. 하늘은 따스한 황금빛으로 물들어 가고 있었다. 나는 보고 싶은 얼굴을 그리며 쉬지 않고 걸었다. 이제 목초지를 한두 곳만 더 지나면 저택의 대문이 보일 터였다. 울타리에 야생 장미가 만발했지만 꺾을 여유가 없었다. 한시라도 빨리 돌아가고 싶었다.

키가 큰 장미 덤불을 지나자 울타리 옆에 좁은 돌계단이 보였다. 거기에 그가 앉아 있었다. 로체스터 씨가 공책과 연필을 들고 뭔가를 쓰고 있었던 것이다. 나는 그 자리에 얼어붙어 숨소리조차 내지 못했다. 로체스터 씨를 보고 이렇게 긴장할 줄은 몰랐다. 몸을 돌려 다른 길로 가고 싶었지만, 꼼짝도 할 수 없었다. 그때 로체스터 씨가 나를 보았다.

"아니!"

로체스터 씨는 깜짝 놀란 듯이 소리를 지르면서 공책과 연필을 내려놓았다.

"당신이로군! 이리 와 봐요!"

나는 아무렇지도 않게 보이려고 안간힘을 쓰며 그가 있는 쪽으로 걸어갔다.

"당신, 정말 제인 에어 맞나? 밀코트에서 오는 거요? 걸어서? 그렇지, 그것도 하나의 술책이지. 어둑어둑해질 무렵, 마치 혼령이나 꿈처럼 소리 없이 집으로 숨어드는 거지. 도대체 지난 한 달 동안 뭘 하고 있었던 거요?"

"외숙모님과 함께 있었어요. 지금은 돌아가셨지만요."

"정말 제인다운 대답이군. 신의 가호가 있기를! 저 사람은 저승에서 온 게 분명해. 정말 당신이 맞는지, 아니면 그림자일 뿐인지 만져 보고 싶군그래. 의리 없는 사람 같으니!"

로체스터 씨는 잠시 말을 멈추었다가 이렇게 덧붙였다.

"한 달이나 떠나 있는 동안 내 생각은 조금도 하지 않았겠지!"

그 말에 내 가슴은 한껏 부풀었다. 그 문제가 로체스터 씨한테는 아주 중요한 것처럼 여겨졌기 때문이다.

나는 그에게 런던에 다녀왔는지 물었다.

"그래요, 다녀왔소. 천리안이라도 있는 모양이지?"

"페어팩스 부인이 편지로 알려 주셨어요."

"그랬군, 당신이 그 마차를 봐야 하오. 그리고 그것이 미래의 로체스터 부인한테 잘 어울릴지 말해 줘요. 그녀한테 어울릴 만큼 내가 더 잘생겼으면 좋겠어. 제인, 나를 좀 더 미남으로 만들어 줄 약이 어디 없을까?"

"그건 마법의 힘으로도 할 수 없는 일이에요."

그렇게 대답하고는 마음속으로 덧붙였다.

'사랑이 담긴 눈만 있으면 되지요. 그런 눈으로 보면 당신은 누구에게도 빠지지 않는 미남이에요. 오히려 당신한테는 외모를 뛰어넘는 매력이 있는걸요.'

로체스터 씨는 가끔 말로 표현하지 않은 내 생각을 재빨리 읽어 낼 때가 있었다. 지금도 그는 퉁명스런 내 대답은 들은 척도 하지 않고, 나를 향해 미소를 지었다. 그 사람만이 지을 수 있는, 그리고 아주 드물게 볼 수 있는 그런 미소였다. 그것은 마치 따사로운 햇살 같은 느낌이었다. 그는 내가 지나갈 수 있도록 길을 비켜 주며 말했다.

"제인, 지나가시오. 이제 가서 쉬어요."

이제 내가 할 수 있는 일이라고는 말없이 그의 지시에 따르는 것뿐이었다. 나는 조용히 그의 곁을 지나갔다. 그 순간 알 수 없는 힘에 이끌려 나도 모르게 이렇게 말했다.

"이렇게 친절을 베풀어 주셔서 감사합니다, 로체스터 씨. 이상하게도 당신 곁으로 다시 돌아온 것이 정말 기뻐요. 당신이 있는 곳은 어디나 제 집이에요. 저의 하나뿐인 집이요."

그 말을 얼른 내뱉고는 도망치듯 달아나 버렸다. 그가 나를 따라오려고 했어도 따라잡을 수 없을 만큼 빠른 걸음으로.

아델은 나를 보고 너무나 반가워하며 방 안을 폴짝폴짝 뛰어다녔다. 페어팩스 부인은 언제나처럼 다정하게 맞아 주었고, 하인들도 진심으로 반겨 주었다. 정말 기분이 좋았다. 세상에 태어나서 처음으로 집에 돌아온 기쁨을 느꼈다.

손필드로 돌아온 후 이 주일 동안은 더할 나위 없이 평온하게 보냈다. 그런데 로체스터 씨의 결혼에 관해 어느 누구도 말 한 마디 하지 않는다는 것과, 그 어떤 준비도 하지 않는 것이 이상하게 여겨졌다. 그 무엇보다도 로체스터 씨가 블랑시 잉그럼과 한 번도 만나지 않았다는 사실이 가장 놀라웠다. 그런데도 로체스터 씨는 내내 더없이 즐거운 표정을 짓고 있었다.

그런 사실들 때문에 나는 한 가닥 희망을 품기 시작했다. 결혼 이야기가 모두 거짓이었으면 하고 바랐다. 함께 있을 때, 내 기분이 안 좋아 보이면 로체스터 씨는 더욱더 쾌활하게 행동했다. 로체스터 씨는 예전보다 더 자주 나를 자기 곁으로 불렀고, 함께 있을 때면 그렇게 친절할 수가 없었다. 그리고…… 나는 그 어느 때보다도 그를 사랑했다.

어느 날 저녁, 아델이 낮에 과일을 따느라 피곤했는지 일찍 잠자리에 들었다. 아델이 금세 잠에 곯아떨어지자, 나는 산책을 하려고 정원으로 나갔다. 이때가 하루 중에서 가장 달콤한 시간이었다. 한낮의 뜨거운 열기도 사라지고, 붉은 태양이 달에게 자리를 내어 줄 준비를 하고 있었다. 동쪽 하늘이 푸르스름하게 물들어 가자, 별들이 하나 둘 모습을 드러냈다. 나는 인적이 드문 오솔길을 찾아냈다. 그러고는 어느새 나타난 달빛에 이끌려 정원을 이리저리 돌아다녔다.

그런데 무언가가 내 걸음을 멈추게 했다. 그것은 어떤 소리도, 광경도 아니었다. 익숙한 냄새가 코끝에 와 닿아 가슴을 철렁하게 만들었다. 바로 로체스터 씨의 담배 냄새였다. 아니나다를까 그가 내 쪽으로 걸어오고 있었다. 나는 얼른 우거진 담쟁이덩굴 뒤로 숨었다.

'꼼짝 않고 있으면 나를 못 볼 거야.'

로체스터 씨는 천천히 거닐면서 과일 나무의 가지를 들어 올려 열매를 들여다보기도 하고, 허리를 굽혀 꽃 향기를 맡아 보기도 했다. 커다란 나방 한 마리가 시끄러운 소리를 내며 날아가, 그의 발치에 있는 풀잎 위에 내려앉았다. 로체스터 씨는 그 나방을 자세히 보려고 몸을 구부렸다.

'이제 등을 보이는구나. 조용히 걸어가면 눈치를 못 채겠지.'

나는 이렇게 생각하고 조심스럽게 걸어갔다. 로체스터 씨의 그림자가 길 위로 길게 드리워져 있었다. 그 그림자를 지나치는 순간, 로체스터 씨가 고개를 돌리지도 않은 채 조용히 말했다.

"이리 와요, 제인. 이렇게 아름다운 밤에 집 안에만 있는 것은 너무 아까운 일이지."

내 혀는 어떤 상황에서든 대답할 준비가 되어 있지만, 때로는 너무나 어이없게 말 한마디 못할 때가 있었다. 특히 지금처럼 단 한 마디만 해도 어색한 상황에서 충분히 벗어날 수 있을 때에 꼭 그랬다.

우리는 아무 말 없이 오솔길을 따라 천천히 걸었다. 로체스터 씨가 다시 입을 열었다.

"제인, 손필드의 여름은 정말 아름다워요. 안 그렇소? 이곳을 떠나면 후회하지 않겠소?"

내가 조용히 물었다.

"제가 꼭 떠나야만 하나요?"

"미안하지만 그래야 할 것 같소."

나는 마구 떨려 오는 가슴을 억누르며 말했다.

"드디어 결혼하시는 건가요?"

"바로 그거요. 한 달쯤 후에 신부를 집으로 데려올까 하오. 신부의 어머니를 통해서 당신한테 딱 맞는 일자리를 알아봐 두었소. 아일랜드에 사는 어느 부인의 딸들을 가르치는 일이오."

나는 조금 쓸쓸한 말투로 대답했다.

"아일랜드라고요? 아주 먼 곳이군요."

"걱정할 것 없어요. 당신 성격에 좀 멀다고 해서 싫어하지는 않겠지. 제인, 그동안 우린 좋은 친구였지, 그렇지 않소?"

"맞아요."

"좋은 친구들은 헤어지기 전 얼마 남지 않은 시간을 함께 보내곤 하지. 우리도 조용히 이야기를 나눠 봅시다. 여기 벤치에 앉아요. 이렇게 함께 앉을 일이 앞으로 두 번 다시 없겠지."

로체스터 씨는 마로니에 나무 옆에 있는 벤치에 나를 앉히고 자기도 앉았다. 그러고는 다시 입을 열었다.

"지금처럼 당신하고 가까이 있으면, 이상한 기분이 들 때가 있소. 내 왼쪽 갈비뼈 밑에 끈이 하나 달려 있어서 당신의 오른쪽 갈비뼈 아래에 달려 있는 끈과 단단히 묶여 있는 듯한 느낌이지……. 다시는 당신을 보지 못할 거요. 당신은 날 잊겠지?"

"그렇지 않아요. 잘 아시잖아요……."

나는 더 이상 말을 이을 수가 없었다.

"제인, 저 숲에서 새들이 노래하는 소리가 들리오?"

순간 나는 눈물을 뚝뚝 흘리고 말았다. 주체할 수 없는 슬픔이 밀려와 더 이상 내 감정을 숨길 수가 없었다. 내 입에서는 이 세상에 태어나지 말았어야 했다는 둥, 손필드에 오지 말았어야 했다는 둥 충동적인 말이 마구 튀어나왔다. 나는 그에 대한 사랑과 슬픔 때문에 몹시 격해진 상태였다.

"저는 손필드를 사랑해요. 이곳을 사랑하는 것은 여기서 행복하고 충만한 삶을 살았기 때문이죠. 여기서는 멸시당하거나 부당한 대우를 받지 않았어요. 제가 좋아하는 사람, 강인하고 독창적인 정신을 가진 사람과 얼굴을 맞대고 많은 이야기를 나누었지요. 로체스터 씨, 저는 당신을 알게 되었고, 그리고 당신과 영원히 헤어져야 한다는 사실을 견딜 수 없다는 것도 알게 되었어요. 이곳을 떠나야 한다는 것이 마치 죽음을 앞두고 있는 것처럼 괴로워요."

로체스터 씨가 갑자기 물었다.

"꼭 떠나야 할 이유가 어디에 있단 말이오?"

"당신이 제 앞에 가져다 주셨잖아요. 당신의 신부라는 모습으로 말이에요."

"내 신부라고? 나한테 신부 따윈 없소!"

"하지만 곧 맞이하실 거잖아요."

"그렇지, 그렇게 할 거요!"

로체스터 씨의 표정이 무섭도록 단호했다.

"그러니까 전 떠나야겠죠. 당신이 떠나라고 하셨잖아요."

"아니오, 떠나지 말아요. 떠나면 안 돼요!"

내 안에서 무언가가 울컥 치밀어 올랐다. 나는 큰 소리로 쏘아붙였다.

"당신한테 아무것도 아닌 존재인 채로 제가 여기에 있을 수 있다고 생각하세요? 저는 감정도, 영혼도 없는 기계인 줄 아세요? 제가 가난하고 평범하다고 해서, 또 못생기고 활기도 없는 사람이라고 해서 그렇게 생각하셨나요? 그렇다면 잘못 생각하셨어요! 만약 하느님께서 저한테 아름다운 외모와 많은 재산을 주셨더라면, 당신 곁을 떠나야 하는 지금의 저처럼 당신도 저를 떠나기 힘들었을 거예요. 관습이나 세속적인 기준에 따라 말하고 있는 게 아니에요. 우리가 죽고 나면 하느님 앞에서 동등하듯이 내 영혼이 당신의 영혼에 대고 말하는 거라고요! 사실 지금도 동등하긴 하지만요."

"우리가 동등하다고?"

로체스터 씨가 내 말을 되뇌었다. 그러더니 갑자기 나를 힘껏 끌어안으며 말했다.

"맞아요, 제인."

"네, 동등해요. 하지만 실제로는 그렇지 않아요. 당신은 이제 결혼한 거나 마찬가지니까요. 당신과 맞지 않는 사람과, 제가 보기엔 호감을 느끼지도 않고 진정으로 사랑하지도 않는 사람과 말이에요. 전 그런 결혼은 경멸해요. 그러니 제가 당신보다 더 나은 사람이에요. 어서 절 놔 주세요!"

"가만히 좀 있어요. 그렇게 들새처럼 버둥거리지 말고."

"전 새가 아니에요. 독립된 의지를 가진 자유로운 인간이라고요. 저는 그 의지로 이제 당신을 떠날 거예요."

나는 한 번 더 그의 품에서 빠져 나오려고 안간힘을 쓴 끝에 겨우 풀려날 수 있었다.

"그럼 당신의 의지로 운명을 결정해요. 나는 당신한테 내 손과 마음, 그리고 내가 가진 모든 것을 나눠 주겠소."

“지금 저를 놀리시는 건가요?”

“제인, 잠깐만 진정해요. 우선 마음을 가라앉힙시다.”

한 줄기 바람이 불어왔다. 사방이 너무나 고요한 가운데, 먼 데서 들리는 새소리만이 정적을 깨고 있었다. 나는 다시 조용히 눈물을 흘리기 시작했다. 한참 후에 로체스터 씨가 입을 열었다.

“내 곁으로 와요, 제인. 지금 나는 당신을 아내로서 부르는 거요. 내가 결혼하고 싶은 사람은 당신뿐이오.”

나는 잠자코 있었다. 그가 나를 놀리는 것이라고 생각했다. 로체스터 씨는 다시 나를 품에 안으며 말했다.

“내 신부는 여기 있소. 나와 닮은 사람 말이오. 제인, 나와 결혼해 주겠소?”

나는 아무런 대답도 하지 않은 채 그의 품에서 벗어나려고 몸부림쳤다.

“제인, 날 의심하는 거요?”

“그래요.”

“나를 믿지 않소?”

“전혀요.”

그러자 그가 흥분한 목소리로 말했다.

“당신 눈엔 내가 거짓말쟁이로 보이나? 날 믿게 만들어 주지! 블랑시 잉그럼 양한테 사랑을 느끼는지 궁금하오? 당신 말대로 사랑 같은 건 없었소. 그럼 그녀는 나를 사랑할까? 지난번에 나는 내 재산이 알려진 것의 삼분의 일밖에 안 된다는 소문이 그녀의 귀에 들어가게 만들었지. 그러고 나서 잉그럼 저택에 찾아갔더니, 잉그럼 양과 그 어머니가 아주 냉정하게 대하더군.

나는 절대로 그 여자와 결혼하지 않아. 아니, 결혼할 수 없소. 다만 당신이 질투를 느끼게 하려고 그랬던 것뿐이오. 당신을, 너무나 신비로운 당신을 내 몸처럼 사랑하오. 가난하고 평범한, 지금 있는 그대로의 당신을 말이오. 나를 당신의 남편으로 맞아주길 간절히 바라오."

나는 로체스터 씨의 말을 믿지 않을 수 없었다. 그는 더할 수 없이 진지했고, 꾸밈없이 진심을 말하고 있었다.

"정말로 절 사랑하세요? 진심으로 절 원하시나요?"

"너무나 간절하게 원하고 있소. 오직 나만의 사람이 되어 주겠소? 빨리 그렇다고 말해요."

"로체스터 씨, 당신과 결혼하겠어요."

로체스터 씨가 내 몸을 거세게 끌어당기더니, 내 뺨에 자신의 뺨을 맞대고 속삭였다.

"제인, 나의 행복이 되어 주시오. 나는 당신의 행복이 되어 줄테니. 오, 하느님, 용서해 주십시오! 어느 누구도 날 막지 못하게 해 주소서. 나는 이 사람을 제 사람으로 만들어 영원히 간직할 겁니다."

"우리의 결혼을 막을 사람은 아무도 없어요. 저한텐 참견할 친척 하나 없거든요.”

“아무도 없다고? 그거 천만다행이군.”

그러고는 혼잣말처럼 중얼거렸다.

“하느님께서는 내가 하는 일을 인정해 주실 거야. 세상 사람들의 심판 따위는 조금도 두렵지 않아.”

그때 시커먼 구름이 달을 가리고, 바람이 나무를 세차게 흔들어 대기 시작했다. 번개가 하늘을 가르더니 곧바로 우르릉 쾅! 하는 천둥소리가 따라왔다.

로체스터 씨가 말했다.

“안으로 들어가야겠소. 날씨가 심상치 않군.”

장대 같은 비가 쏟아지기 시작했다. 로체스터 씨는 나를 데리고 황급히 집 안으로 들어갔다. 우리는 금세 흠뻑 젖어 버렸다. 문 앞에서 로체스터 씨가 내 머리카락의 물기를 털어 주고 있을 때, 페어팩스 부인이 자기 방에서 나왔다. 페어팩스 부인은 우리 두 사람의 모습을 보고는 너무 놀라 순식간에 돌처럼 굳어졌다. 얼굴이 점점 창백해지더니 이내 심각한 표정을 지었다. 순간 나는 당황스러웠지만, 살짝 웃어 보이고는 위층으로 뛰어 올라갔다. 설명은 나중에 해도 된다고 생각했다.

폭풍우는 밤새 계속되었다. 아침이 되자 아델이 내 방으로 달려 들어오더니, 정원 아래쪽에 있던 커다란 마로니에 나무가 번개를 맞아 두 동강이 났다고 말해 주었다.

제 16 장

이루어질 수 없는 결혼

나는 자리에서 일어나 지난밤의 일을 생각해 보았다. 모든 것이 꿈만 같았다. 거울을 보면서 머리를 매만지다가, 내 모습이 많이 달라졌다는 것을 알았다. 표정에 희망의 빛이 떠올라 있었고, 생기가 넘쳐흘렀다. 나는 그 누구보다도 행복했다.

우리는 한 달 후에 결혼하기로 했다. 그동안 나는 로체스터 씨의 반대에도 불구하고 가정교사 일을 계속했다. 저녁 식사 후의 몇 시간을 제외하고는 그와 함께 있지 않으려고 노력했다. 그가 다정한 말이나 행동을 하지 못하도록 일부러 더 예의 바르게 대했고, 날카로운 말을 던져 일정한 거리를 유지했다. 그 방법은 나름대로 성공을 거두었다. 로체스터 씨는 가끔씩 화를 내기도 했지만, 대개는 사랑스런 눈빛으로 나를 바라보았다. 고분고분한 내 모습은 그에게 아무런 만족을 주지 못했을 것이다.

페어팩스 부인은 결혼 소식을 듣자, 처음에는 몹시 놀라면서 냉담하게 반응했다. 그녀는 로체스터 씨의 사랑과 내 진심을 의심했다. 그러나 결혼 발표 후에도 내가 변함없이 맡은 일을 충실히 하자 점차 나를 인정하기 시작했다.

로체스터 씨는 보석과 값비싼 옷을 사 주겠다며 나를 이리저리 끌고 다녔다. 하지만 나는 그 모든 것을 거절했다. 그런 것들은 내가 부자가 아니라는 사실을 일깨워 주기만 할 뿐이었다. 그렇게 정신없이 결혼 준비를 하는 동안, 잠시 잊고 지냈던 사실이 떠올랐다. 존 에어 삼촌이 리드 부인에게 보낸 편지와 나를 상속녀로 삼겠다는 그분의 뜻이었다.

'조금이라도 내게 돈이 생긴다면 좀 더 당당해질 수 있겠지? 삼촌한테 편지를 써서 내가 아직 살아 있고, 곧 결혼을 할 거라고 말씀드려야지.'

나는 곧 그 생각을 행동에 옮겼다.

한 달이 지나고 드디어 결혼식 전날이 되었다. 결혼식 준비는 모두 끝난 상태였다. 내 방 한쪽에는 자물쇠를 채운 여행 가방들이 줄지어 서 있었다. 가방에 매달 조그만 이름표는 서랍 속에 있었다. 로체스터 씨가 직접 '제인 로체스터 부인'이라고 써 놓은 것이었다. 우리는 결혼식이 끝나자마자 유럽 일주 여행을 떠날 예정이었다.

하지만 나는 결혼을 앞둔 신부답지 않게 마음이 불안했다. 결혼 준비를 너무 급하게 해서도 아니고, 내일부터 새로운 삶이 시작된다는 기대 때문에 마음이 들떠서도 아니었다. 사실은 도무지 이해할 수 없는 일을 겪은 터라 마음이 몹시 뒤숭숭했다. 그 사건은 전날 밤 로체스터 씨가 일이 있어 집을 비운 사이에 일어났는데, 나 말고는 아무도 본 사람이 없었다.

나는 이제나저제나 로체스터 씨가 돌아오기만을 기다렸다. 그러면 이 수수께끼 같은 일에 답을 해 줄 수 있을 것 같았다. 하지만 그는 시계가 밤 열 시를 알릴 때까지도 돌아오지 않았다. 하루 종일 세찬 바람이 불어 대더니, 결국은 비가 몰아치기 시작했다. 더 이상 집 안에서 가만히 앉아 기다릴 수만은 없어서 마중을 나가기로 했다. 얼마 가지 않아, 멀리서 말발굽 소리가 들려왔다. 로체스터 씨가 말을 타고 달려오고 있었다. 그는 나를 보고는 모자를 벗어 머리 위에서 흔들며 반가워했다.

잠시 후 로체스터 씨는 늦은 저녁 식사를 했다.

"제인, 이리 와서 같이 먹읍시다. 앞으로 한동안은 손필드에서 식사를 할 일이 없을 테니까. 아마도 이게 마지막일 거요."

나는 로체스터 씨의 옆에 가서 앉았지만 먹을 수가 없었다.

"여행이 걱정되어 그러는 거요? 저런, 뺨이 발그레하군. 눈빛은 이상하게 떨리고 있고……. 괜찮소?"

"괜찮아요……. 지금 이 시간이 영원히 끝나지 않았으면 좋겠어요. 이 다음에 무슨 일이 일어날지 아무도 모르잖아요."

"제인, 당신은 너무 흥분했어. 그리고 피곤해 보이는구려. 자신감을 보여 줘요. 무엇이 두렵소? 새로운 생활을 하게 되는 것이 걱정이 되오?"

"아니요, 그런 건 아니에요."

"도대체 무슨 일이오? 그렇게 슬픔에 찬 표정을 짓고 있으니 내가 어찌해야 할지 모르겠군."

"그럼 말씀드릴게요. 어젯밤의 일이었어요. 늦은 시간이었는데도 웬일인지 잠이 오지 않더군요. 그런데 폭풍이 밀려오는 듯 바람이 세차게 불기 시작하더니, 그 바람결에 구슬픈 소리가 실려 왔어요. 너무나 으스스하고 기분이 이상했지만, 멀리서 개가 짖는 소리가 들려오는 거라고 생각하고 말았지요. 그러다 잠이 들었는데 참 이상한 꿈을 꾸었어요.

손필드 저택에 저 혼자 서 있었어요. 무슨 일인지 이 아름다운 저택이 뼈대만 앙상하게 남아 폐허로 변해 버렸더군요. 그런데 갑자기 한쪽 벽이 무너지기 시작했어요. 저는 놀라 달아나다가 넘어지면서 잠이 깼어요."

"그게 다요?"

"아니요, 그건 시작일 뿐이에요. 이야기는 이제부터죠. 눈을 뜨니 환한 빛이 쏟아져서 한순간 해가 뜬 줄 알았어요. 그런데 가만히 보니 그건 촛불이더군요. 하녀가 들어온 건가 싶었죠. 탁자 위에 촛불이 놓여 있고, 웨딩 드레스와 면사포를 걸어 두었던 옷장 문이 열려 있었거든요.

그때 옷장 쪽에서 인기척이 나기에 '거기서 뭐 하는 거예요?'라고 물었죠. 아무 대답이 없었어요. 그런데 잠시 후 누군가가 옷장 쪽에서 쓰윽 나오는 거예요. 제가 다시 큰 소리로 불렀지만 여전히 아무 말도 하지 않았어요. 전 침대에서 일어나 몸을 앞으로 내밀었지요. 순간 너무나 놀라서 온몸의 피가 말라 버리는 것 같았어요. 아, 그 사람은 하녀가 아니었어요. 그 이상한 여자 그레이스 풀도 아니었고요."

로체스터 씨가 단번에 내 말을 잘랐다.

"그 사람들 중의 한 명이 틀림없소."

나는 세차게 고개를 저으며 말했다.

"절대로 아니에요."

"어떻게 생겼는지 설명해 봐요."

"여자 같았어요. 숱이 많은 검은 머리카락이 등까지 내려와 있었거든요. 키가 크고 몸집이 좋았어요. 그 여자는 제 면사포를 집어 들더니 자기 머리에 뒤집어쓰고 거울을 보더군요. 저는 거울에 비친 여자의 얼굴을 보았어요. 생전 처음 본 얼굴이었는데, 어찌나 사나운 표정을 짓고 있던지 순식간에 두려움이 밀려오더군요. 그 여자는 면사포를 거칠게 벗더니, 두 갈래로 쫙 찢어서 바닥에 내동댕이치고는 발로 짓밟았어요.”

“그다음엔?”

“방에서 나가려는지 촛불을 들고 문 쪽으로 걸어갔어요. 그러다가 제 침대 옆에서 멈추더군요. 제 얼굴에 촛불을 가까이 대고 무섭게 노려보더니, 눈 바로 밑에서 촛불을 훅 꺼 버렸어요. 아, 그렇게 무서운 얼굴은 처음 봤어요. 그녀의 시뻘건 눈이 제 얼굴 앞에서 이글이글 타오르던 것까지는 기억이 나는데…….그 뒤로 그만 기절해 버렸어요.”

“정신을 차렸을 때 옆에 누가 있었소?”

“아무도 없었어요. 날이 환하게 밝아 있었죠. 이 사실은 당신 말고는 아무한테도 이야기하지 않았어요. 그러니까 이제 그 여자가 누구인지, 어떤 사람인지 말해 주세요.”

“너무 흥분한 나머지 당신의 상상이 만들어 낸 인물일 뿐이오. 틀림없어.”

“당신 말대로 상상일 뿐이라면 얼마나 좋겠어요. 하지만 정신이 든 다음 방 안을 둘러보았을 때, 갈기갈기 찢어진 면사포가 바닥에 떨어져 있었다고요! 그건 꿈이 아니라 현실이었어요.”

로체스터 씨는 놀라서 움찔했다. 그러나 곧 침착한 모습을 되찾고는 나를 달랬다.

“피해를 입은 게 면사포뿐이라니 정말 다행이군! 자, 제인, 내가 설명해 주리다. 반은 꿈이고 반은 사실이었소. 당신 방에 들어간 여자는 분명 그레이스 풀이었을 거요. 비몽사몽간에 그 여자의 얼굴을 다른 얼굴로 착각했겠지. 면사포를 찢은 건 진짜요. 그 여자는 그런 짓을 하고도 남을 사람이지. 당신은 왜 그런 여자를 내 집에 두냐고 묻겠지? 결혼하고 일 년이 지나면 말해 주리다. 이제 됐소?”

나는 곰곰이 생각해 보았다. 로체스터 씨의 말이 유일한 해결책인 것 같았다. 만족스럽지는 않았지만 그를 기쁘게 하기 위해서 안심하는 것처럼 보이려고 애를 썼다.

“오늘 밤은 아델의 방에서 자도록 해요. 혼자 잠들지 않는 게 좋을 것 같소. 방문을 안에서 잠가요. 오늘 밤은 무서운 꿈도, 슬픈 꿈도 꾸지 않을 거요. 행복한 결혼식을 꿈꾸면서 푹 자도록 해요.”

그러나 나는 슬픈 꿈도, 행복한 꿈도 꾸지 않았다. 밤새 뒤척이며 뜬눈으로 밤을 새웠던 것이다. 나는 해가 뜨자마자 자리에서 일어났다.

아침 일곱 시에 하녀가 옷 입는 것을 도와주러 왔다. 그녀가 하도 꾸물거리는 바람에 예상보다 시간이 오래 걸렸다. 로체스터 씨는 계단 아래에서 안절부절못하며 기다리고 있었다. 준비를 마치고 서둘러 내려가자 로체스터 씨가 나를 꼼꼼히 뜯어보며 말했다.

“오, 제인! 한 송이 백합이 따로 없군! 그런데 너무 늦었소.”

그는 곧 하인을 불러 짐과 마차를 문 앞에 대기시키라고 명령했다.

“제인, 이제 갑시다.”

나는 자리에서 일어났다. 기다려야 할 손님도, 친척도 없었다. 결혼식에 참석할 사람은 로체스터 씨와 나뿐이었다. 로체스터 씨는 나를 데리고 성큼성큼 집 밖으로 걸어 나갔다.

나는 지금도 손필드 저택의 바로 옆에 자리 잡고 있던 오래된 교회와 그 너머로 펼쳐진 붉은 하늘을 기억한다. 교회 마당으로 들어서자 낯선 남자 두 명이 서성거리다가 우리를 보고는 황급히 건물 뒤로 돌아가 버렸다. 나는 그들이 결혼식을 보러 온 사람들인 줄 알았다. 로체스터 씨는 그 사람들을 보지 못했다.

교회 건물 안으로 들어가니, 목사와 서기가 우리를 기다리고 있었다. 사방이 고요한 가운데, 멀리 한쪽 구석에서 그림자 두 개가 어른거렸다.

목사는 결혼의 신성함과 의무를 설명한 다음, 한 발 앞으로 나와서 로체스터 씨 쪽으로 몸을 약간 숙이고 말을 계속했다.

“두 사람에게 묻겠습니다. 두 사람 가운데 누구든 합법적인 결혼으로 맺어지지 못할 사연이 있습니까? 그렇다면 지금 고백하십시오.”

목사는 결혼식 관례대로 잠시 말을 멈추었다. 이 물음 뒤에 따라오는 침묵이 누군가의 고백으로 깨졌던 적이 있을까? 그것은 백 년에 한 번 있을까 말까 한 일일 것이다. 목사가 기도서에서 눈을 떼지도 않은 채 잠깐 기다렸다가 다시 말을 이으려고 하는 찰나, 낯선 목소리가 가로막았다.

"이 결혼은 안 됩니다. 나는 이 결혼이 이루어질 수 없는 이유를 알고 있습니다."

목사는 소리가 들려오는 쪽을 쳐다보았다. 조금 전에 교회를 어슬렁거리던 낯선 남자들 가운데 한 사람이 말하고 있었다. 로체스터 씨는 고개도 돌리지 않은 채 굳건하게 서서 내 손을 꽉 움켜잡았다. 낯선 남자가 다시 말했다.

"이 결혼식은 무효입니다. 저는 그 주장을 뒷받침할 만한 증거를 가지고 있습니다."

목사가 당황한 얼굴로 물었다.

"그 이유가 무엇입니까? 누군가가 해명을 하면 해결될 수도 있는 문제인가요?"

"그럴 수 없을 겁니다. 그 문제란 로체스터 씨가 예전에 결혼한 적이 있다는 것입니다. 로체스터 씨한테는 현재 살아 있는 아내가 있습니다."

그 말에 내 온몸의 신경이 격렬하게 떨리기 시작했다. 나는 로체스터 씨를 바라보았다. 그러고는 손으로 그의 얼굴을 돌려 나를 바라보게 했다. 로체스터 씨의 얼굴은 돌덩어리처럼 차갑게 굳어 있었지만 두 눈은 이글이글 불타오르고 있었다. 아무 말도 하지 않고 아무 감정도 없는 표정을 한 채 내가 꼼짝하지 못하도록 팔로 내 허리를 굳게 감싸고 있을 뿐이었다.

로체스터 씨가 낯선 사람에게 물었다.

"당신은 누구요?"

"내 이름은 브리그스이고, 변호사입니다."

"지금 나한테 아내가 있다는 거요?"

"당신이 인정하지 않는다 해도 법은 인정하는 사실이지요."

"그렇다면 그 사람에 대해 설명해 보시오. 그녀의 이름이라든지, 가족이라든지."

"그러지요."

브리그스 씨는 주머니에서 종이 한 장을 꺼내 들더니 담담한 목소리로 읽어 나갔다.

"나는 손필드 저택의 에드워드 로체스터가 십오 년 전 자메이카의 스패니시 타운에서 내 여동생 버사 메이슨과 결혼했음을 증명하는 바입니다. 그 결혼에 관한 자세한 내용은 그곳 교회의 기록을 통해 알 수 있으며, 사본 한 통을 가지고 있다는 사실을 밝힙니다. 서명, 리처드 메이슨."

"그 서류가 진짜라면 내가 결혼했다는 사실을 증명할 수는 있겠지. 하지만 나의 아내라는 사람이 아직도 살아 있다는 증거는 없소."

“석 달 전까지는 살아 있었습니다. 그것을 본 증인이 있지요.”

“그 증인이란 사람이 대체 어디에 있다는 거요?”

“이 자리에 와 있습니다. 메이슨 씨, 앞으로 나와 주십시오.”

그 이름을 듣자 로체스터 씨는 보기에 안쓰러울 정도로 부들부들 몸을 떨었다. 갑작스러운 분노와 절망이 그의 온몸을 감싸고 지나가는 것을 느낄 수 있었다. 지금까지 어둠 속에 남아 있던 다른 한 사람이 가까이 다가왔다. 변호사의 어깨 너머로 창백한 얼굴이 나타났다. 메이슨 씨였다.

로체스터 씨가 고개를 돌려 메이슨 씨를 노려보았다. 그러더니 그를 향해 저벅저벅 걸어가, 억센 팔을 치켜들었다. 로체스터 씨 정도라면 메이슨 씨를 때려눕히고도 남았을 것이다. 메이슨 씨는 뒷걸음질치면서 “아이구, 맙소사!” 하고 소리쳤다. 로체스터 씨는 팔을 내리고 이렇게 물었다.

“자네가 나한테 무슨 할 말이 있다는 거지? 똑바로 대답해!”

목사가 이 상황을 수습하려는 듯 끼어들었다.

“로체스터 씨, 이곳이 교회라는 사실을 잊지 마십시오.”

그러고는 메이슨 씨를 향해 조용히 물었다.

“이 신사 분의 아내가 아직 살아 있다는 게 사실입니까?”

메이슨 씨가 기어 들어가는 목소리로 대답했다.

“제 동생은 아직도 손필드 저택에 살고 있습니다. 지난 4월에도 그곳에서 봤습니다.”

목사가 크게 소리쳤다.

"손필드 저택에서 봤다고요? 그럴 리가 없소! 이 동네에서 오랫동안 살았지만 그 집에 로체스터 부인이 산다는 말은 들어 본 적이 없어요!"

그때 씁쓸한 웃음을 머금고 있던 로체스터 씨의 입술이 일그러졌다. 그는 이를 부드득 갈며 말했다.

"절대 그럴 리 없지! 아무도 그런 이름을 듣지 못하게 단단히 단속해 두었으니까."

로체스터 씨는 한 십 분쯤 침묵을 지켰다. 그러더니 무언가를 결심한 듯 입을 열었다.

"이제 됐습니다. 목사님, 기도서를 덮으십시오. 오늘 결혼식은 이것으로 끝이오."

로체스터 씨는 담담하게 자신의 이야기를 하기 시작했다.

"나는 악마보다도 나을 게 없는 사람이오. 틀림없이 하느님의 엄중한 심판을 받게 되겠지. 여러분, 새로운 삶을 시작하려던 내 계획은 산산조각이 나 버렸소이다! 이 변호사와 메이슨이 한 말은 사실이오. 목사님은 로체스터 부인이 있다는 이야기는 들어 본 적이 없다고 했지만, 정체를 알 수 없는 미친 여자가 손필드 저택에 갇혀 있다는 소문은 들어 봤을 겁니다. 이제 그 여자가 내 아내이며, 백지장처럼 창백한 얼굴로 부들부들 떨고 있는 이 사내의 여동생이라는 사실을 털어놓겠습니다.

내 아내인 버사 메이슨은 정신이 온전치 못합니다. 삼대에 걸
쳐 백치와 난폭한 미치광이가 태어난 집안에서 태어났지요. 그
녀의 어머니 또한 미치광이인 데다 엄청난 술꾼이었소. 버사는
그 두 가지 면에서 제 어머니를 쏙 빼닮았지! 나는 결혼한 후에
야 그 사실을 알게 되었습니다. 모두들 집안의 비밀을 쉬쉬하고
있었으니까.

더 이상 설명하지 않겠소. 여러분 모두를 우리 집으로 초대하
지요. 가서 그레이스 풀이 돌보고 있는 미치광이를 만나 보시오.
내 아내 버사 말입니다!"

그러고는 비통한 표정으로 나를 바라보며 말을 이었다.

"여기 이 아가씨는 이런 추악한 비밀을 전혀 알지 못합니다.
모든 것이 정당하고 합법적이라고 생각했지요⋯⋯. 자, 여러분,
모두 나를 따라오시오!"

로체스터 씨는 여전히 내 손을 꽉 잡은 채 교회를 나섰다. 목사
와 두 신사도 뒤따랐다. 교회 앞에는 우리를 태우고 떠날 마차가
서 있었다. 로체스터 씨가 마부에게 차가운 말투로 지시했다.

"존, 마차를 갖다 두게. 오늘은 쓸 일이 없을 걸세."

얼마 후, 우리가 손필드 저택 안으로 들어가자 페어팩스 부인
과 아델, 그리고 하인들이 인사를 하러 나왔다. 로체스터 씨가
소리쳤다.

"저리들 가시오! 축하 인사 따위는 집어치워요! 누가 행운을

빌어 달라고 했지? 난 아니야! 이미 십오 년이나 늦었다고!"

로체스터 씨는 사람들을 지나쳐서 삼층으로 올라갔다. 그가 자그마한 검은색 문을 열쇠로 열자 메이슨 씨가 다쳐서 누워 있던 방이 나왔다. 그는 커튼을 걷어 뒷방의 문을 열고 우리를 그 안으로 안내했다.

그 방에는 창문이 하나도 없었다. 난롯가에는 높고 튼튼한 철망이 둘러쳐져 있었으며, 천장에는 쇠사슬로 묶어 놓은 전등 하나가 매달려 있었다. 그레이스 풀은 화덕 위로 몸을 구부린 채 음식을 만들고 있는 듯했다. 그리고 방의 한쪽 끝, 컴컴한 곳에서 어떤 형체가 앞뒤로 뛰어다니고 있었다. 첫눈에는 그것이 사람인지 짐승인지 알 수 없었다. 네 발로 기어 다니는 데다 그르렁대며 이상한 소리를 내기도 했기 때문이다. 잿빛이 도는 검은 머리카락이 마구 헝클어진 채 얼굴을 가리고 있었다.

로체스터 씨가 물었다.

"안녕하시오, 그레이스. 오늘은 환자가 좀 어떤가?"

그레이스 풀이 냄비를 화덕에서 내려놓으며 대답했다.

"그럭저럭 괜찮습니다. 난폭한 짓은 하지 않았어요."

그러자 조금 전의 그 짐승이 그녀의 대답이 거짓이라고 항변이라도 하듯 이내 사나운 고함을 지르며 벌떡 일어섰다. 그러자 그레이스 풀이 급박하게 소리쳤다.

"아, 주인님을 봤어요! 조심하세요!"

미친 여자는 짐승처럼 사나운 비명을 질러 대고는 헝클어진
머리를 얼굴 뒤로 넘겼다. 그러고는 자신을 찾아온 손님들을 사
나운 눈빛으로 노려보았다. 나는 그 추악한 얼굴을 한눈에 알아
보았다. 면사포를 찢은 바로 그 얼굴이었다.

그레이스 풀이 그녀에게 다가가자 로체스터 씨가 나섰다.

"비켜 서시오. 지금은 칼을 가지고 있지 않은 것 같소."

그때 그레이스 풀이 외쳤다.

"조심하세요!"

신사들은 얼른 뒤로 물러났다. 로체스터 씨는 재빨리 나를 자
기 뒤로 숨겼다. 미친 여자가 로체스터 씨에게 달려들어 목을
움켜쥐더니 사정없이 뺨을 깨물었다. 두 사람은 몸싸움을 벌였
다. 그 여자는 키가 로체스터 씨만 했고, 건장한 남자 못지않게
힘이 셌다. 로체스터 씨가 제대로 한 대 때리면 그녀를 진정시
킬 수 있었겠지만, 그는 그렇게 하지 않았다.

잠시 후 로체스터 씨가 여자의 팔을 붙잡았다. 그레이스 풀이
얼른 밧줄을 내밀었다. 로체스터 씨는 마구 몸부림을 치며 울부
짖는 여자를 꽉 붙들어 의자에 묶었다. 그런 다음 씁쓸하고 절
망스러운 표정으로 그곳에 있던 구경꾼들에게 말했다.

"저 사람이 내 아내라는 사람이오."

그러고는 내 어깨에 손을 올려놓으며 말을 이었다.

"그리고 이 사람은 내가 간절히 원했던 사람이오. 너무나 조용

하고 침착하게 서 있는 이 어린 아가씨 말입니다. 두 사람이 얼마나 차이가 나는지 보시오. 이 맑은 눈동자와 광기 어린 저 시뻘건 눈을 비교해 보란 말입니다. 그러고 나서 판단을 내려 주시오. 자, 이제 모두 나가요.”

우리는 모두 그 방을 나왔다. 로체스터 씨는 뒤에 남아서 그레이스 풀에게 몇 가지 더 지시를 내렸다. 아래층으로 내려가는데, 브리그스 씨가 나에게 말했다.

“아가씨는 분명 아무 잘못이 없습니다. 숙부님께서 이 사실을 알면 기뻐하실 겁니다. 아직 살아 계시다면 말이지요.”

“숙부님이라고요? 제 삼촌 말인가요? 그분을 아세요?”

나는 변호사의 말에 깜짝 놀라 그 자리에 우뚝 섰다.

“메이슨 씨가 알지요. 에어 씨는 오랫동안 마데이라에서 메이슨 씨와 거래를 하고 있었습니다. 아가씨가 로체스터 씨와 결혼한다는 내용의 편지를 에어 씨한테 보냈을 때, 마침 메이슨 씨가 그곳에 있었어요. 에어 씨는 메이슨 씨가 로체스터 씨와 잘 아는 사이라는 것을 알고 있던 터라 결혼 이야기를 꺼냈습니다. 메이슨 씨는 그 소식에 충격을 받아 괴로워하다가 결국 모든 사실을 털어놓았던 겁니다.

이런 말씀드려 유감입니다만, 에어 씨는 지금 병상에 계십니다. 매우 위독하셔서 다시 일어나기는 어려울 것 같습니다. 그래서 아가씨를 구하러 영국으로 직접 오실 수 없었지요. 에어 씨는 메이슨 씨한테 이곳으로 와서 사기 결혼을 막아 달라고 부탁했습니다. 그리고 저한테는 메이슨 씨를 도우라고 하셨지요. 아가씨가 메이슨 씨와 함께 마데이라로 가시면 좋겠지만, 에어 씨가 언제 돌아가실지 모르는 상황이니……. 일단 에어 씨나 제가 연락할 때까지 영국에 계시는 것이 좋을 듯합니다."

그러고는 메이슨 씨에게 물었다.

"여기 남아서 해야 할 일이 또 있습니까?"

"아니, 없어요. 어서 여길 떠납시다."

메이슨 씨는 불안한 목소리로 대답했다. 그들은 로체스터 씨에게 인사도 하지 않고 현관문을 나섰다. 목사도 곧 그들의 뒤를 따라 나갔다.

나는 내 방 앞에 서서 목사가 돌아가는 소리를 들었다. 모두가 떠나 버리자, 방으로 들어가 문을 잠근 다음 조용히 웨딩 드레스를 벗었다. 그러고는 전날 입었던 평상복으로 갈아입었다. 이제 다시는 입지 않을 줄 알았던 옷이었다. 옷을 갈아입고 나니, 한순간 기운이 쭉 빠지면서 피곤이 몰려왔다. 나는 탁자 위에 팔을 올리고 얼굴을 파묻었다.

한때 열정적이고 행복했던 여자, 그리고 신부가 될 뻔했던 여자 제인 에어는 또다시 춥고 외로운 신세가 되었다. 희망은 모두 사라졌다. 어제까지 환하게 빛나던 그 소망들은 이제 차디차게 식고 딱딱하게 굳어 버려서 다시는 살아날 수 없을 것 같았다.

다시는 로체스터 씨를 사랑할 수 없다는 사실이 가장 괴로웠
다. 이제 로체스터 씨는 예전의 그가 아니었다. 로체스터 씨를
떠나야 한다는 생각이 들었다. 그도 그러기를 바라겠지. 나를 향
한 열정은 한낱 변덕에 불과할 뿐이었다. 그 열정이 장애물을
만났으니, 이제 더 이상 나를 필요로 하지 않을 터였다. 그런 생
각이 들자 가슴이 미어지 듯 아파 왔다.

나는 모든 것을 포기하는 심정이 되어, 어지럽게 소용돌이치
는 어둠 속으로 휘말려 들어갔다. 죽음만을 생각하며 아무 생각
없이 누워 있었다. 그 시간이 얼마나 고통스러웠는지 말로 다
설명할 수가 없다. 나는 점점 깊은 수렁 속으로 빠져 들었다.

제 17 장

로체스터 씨의 이야기

몇 시쯤 되었을까? 고개를 들어 주위를 둘러보니 어느덧 해가
저물어 가면서 마지막 햇살을 뿌리고 있었다. 나는 나 자신에게
물었다.

'이제 어떻게 하지?'

내 마음은 아무런 망설임도 없이 '지금 당장 손필드를 떠나야
해.'라고 대답했다. 나는 그 말을 실제로 듣기라도 한 듯 얼른 귀
를 틀어막았다. 그건 너무나 고통스런 일이었다. 하지만 내 안의
목소리는 자꾸만 떠날 수 있으며, 떠나야 한다고 강하게 말했다.
내 의지는 열정이 정신적인 고통을 이기지 못하고 지쳐 떨어질
때까지 싸우고 또 싸웠다.

어느 순간, 내 마음속에서 들려오는 단호한 목소리가 너무 무서워져서 자리에서 벌떡 일어났다. 하루 종일 아무것도 먹지 않은 탓에 현기증이 일었다. 방문을 열고 밖으로 나가다가 무언가에 걸려 비틀거렸다. 다리에 힘이 풀려 나도 모르게 그 자리에 주저앉을 뻔했는데, 누군가가 나를 부축해 주었다. 로체스터 씨였다.

"드디어 방에서 나왔군. 당신이 나오기만을 기다렸소. 차라리 나한테 욕이라도 퍼부으며 화를 내시오. 왜 한 마디도 안 하는 거요? 제인! 당신한테 상처를 줄 생각은 눈곱만큼도 없었어요. 나를 용서해 줄 수는 없겠소?"

어떻게 그를 용서하지 않을 수 있겠는가! 로체스터 씨의 눈 속에는 깊은 자책과 진실이 담겨 있었고, 말과 행동에서는 변함없는 사랑이 우러나왔다. 나는 그 자리에서 로체스터 씨를 용서했다. 하지만 그것을 내색할 수는 없었다.

"제인, 무슨 말이든 해 봐요."

"지금은 너무 피곤하고 기운이 하나도 없어요. 물을 좀 마시고 싶어요."

로체스터 씨는 나를 번쩍 안아 들고 서재로 갔다. 포도주를 입에 대자 정신이 드는 것 같았다. 그러고 나서 음식을 좀 먹으니 기운이 났다. 내 모습을 보며 로체스터 씨가 말했다.

"당신은 나를 오해하고 있겠지? 나를 바람둥이에다가 거짓말쟁이라고 여겨도 어쩔 수 없소. 그렇지만 차마 미친 여자와 결혼했다는 말을 할 수는 없었어요. 예전에도 그랬지만, 그 여자가 있는 곳은 늘 불행뿐이었지. 나는 앞으로 손필드에서 살지 않을 거요. 그레이스 풀한테 월급을 더 많이 주고, 이곳에서 그 미친 마녀와 살게 할 거요."

"그 불행한 분한테 너무 가혹하시군요. 증오심을 가지고 그분에 대해 말씀하시잖아요."

"나를 또 오해하는군! 나는 그 여자가 미치광이라서 증오하는 게 아니오. 어쨌든 당신을 다른 곳으로 데려가겠소. 내일 당장 떠납시다. 하룻밤만 더 견뎌 주시오."

"아니요, 그럴 수 없어요. 저는 그 어느 때보다도 당신을 사랑하지만, 당신 곁을 떠나야만 해요."

"떠나겠다고? 이럴 수가! 그런 얼토당토않은 말은 못 들은 걸로 하겠소. 당신은 나의 아내가 될 거야. 로체스터 부인이 되는 거지. 당장 프랑스로 갑시다. 거기서라면 더없이 안전하고 행복하게 살 수 있을 거요."

그는 몹시 흥분한 듯 떨리는 목소리로 말했다. 나는 용기를 내어 단호하게 말했다.

"당신한테는 이미 아내가 있잖아요. 제가 당신과 함께 산다면 전 당신의 정부가 되는 셈이에요. 아무리 다른 이름으로 부른다 해도 다 거짓일 뿐이죠."

"당신은 아무것도 모르잖소? 내가 왜 결혼을 했는지, 어떻게 살아왔는지……. 그걸 알게 된다면 내 곁에 있을 거야. 제발 내 말을 좀 들어 봐요."

"네, 그러겠어요. 몇 시간이고 듣겠어요. 하지만 제 마음은 변하지 않을 거예요."

"지금 내가 이런 상황에 놓여 있는 것은 모두 아버지 탓이오. 나한테 형님이 한 분 있었다는 말을 들은 적이 있겠지? 아버지는 탐욕스러운 분이었소. 나한테 유산을 남겨 주려면 재산을 둘로 나누어야 한다는 사실을 견딜 수 없어 했지. 결국 모든 것을 형님한테 주기로 결정했소. 그러면서도 작은 아들이 가난해지는 것은 참을 수가 없었나 보오. 나를 부유한 집안의 딸과 결혼시키려고 백방으로 신붓감을 찾아다녔지.

서인도 제도의 부유한 상인인 메이슨 씨는 아버지와 오랫동안 알고 지낸 사이였소. 그에게는 아들 하나와 딸 하나가 있었는데, 딸한테 삼만 파운드를 물려줄 것이라고 했다더군. 아버지는 그 정도면 충분하다고 생각했던 모양이오. 나는 대학을 졸업하자마자 신붓감으로 정해진 여자와 결혼하기 위해 자메이카로 가야 했소. 아버지는 신부한테 재산이 많다는 이야기는 전혀 하지 않았고, 그저 스패니시 타운의 자랑거리로 불릴 만큼 미인이라는 말씀만 하셨지요.

그것은 거짓말이 아니었소. 버사는 블랑시 잉그럼 양처럼 키가 크고 무척 아름다웠지. 버사는 나를 유혹하기 위해 자신의 모든 매력을 보여 주더군. 게다가 남자들이 모두 그녀를 사모했고, 나한테 질투의 시선을 보냈소. 나는 그녀와 단둘이서 만난 적이 거의 없었고, 개인적인 대화를 나눈 적도 별로 없었지. 그렇지만 젊디젊은 데다 세상 경험도 없었기에, 아름다운 그녀에게 마음이 끌렸소. 그것이 사랑이라고 생각했던 거요.

그러다 내가 미처 현실을 깨닫기도 전에 결혼식이 치러지고 말았소. 아, 얼마나 한심했던지! 나는 그 여자를 사랑한 적도 없었을 뿐더러 심지어 어떤 성격인지조차 제대로 알지 못했소. 그런데도 결혼을 하다니……. 진실은 금세 제 모습을 드러냈소. 그동안 나는 버사의 어머니가 죽은 줄로만 알았지. 그런데 그게 아니라, 미쳐서 정신 병원에 갇혀 있었던 거요. 내 아버지와 형님은 그 모든 사실을 알고 있었으면서도 그깟 삼만 파운드에 눈이 멀어 나를 속였지.

아내는 너무나 무지하고 천박했소. 단 한 시간도 정상적인 대화를 나눌 수 없을 정도였지. 부도덕한 데다가 절제라는 걸 모르고 타락의 나락으로 빠져 들더군. 그러면서 점점 사납고 잔혹한 면모를 보이더니, 마침내는 제 어머니처럼 미치고 만 거요. 내 인생은 그야말로 최악의 상태가 되었소. 그사이에 형님과 아버지가 차례로 세상을 떠났소. 덕분에 나는 큰 부자가 되었지만, 노예보다도 더 불행한 삶을 살고 있었던 거요. 나는 그 지옥 같은 삶에서 벗어나기만을 바랐지.

어느 날 밤, 그 미친 여자가 온갖 저주의 말을 퍼부으며 고함을 질러 대더군. 그날따라 얼마나 지독하게 굴던지, 나는 잠시 자살을 할까도 생각했다오. 하지만 곧 마음을 다잡고는 한 가지 결심을 했소. 내 결혼에 대해 아는 이가 없는 영국으로 돌아오기로 한 거요. 정신이 온전하지 못한 사람과 함께 배를 타는 것은 정말이지 끔찍한 일이었지…….

마침내 손필드 저택으로 데려온 후, 삼층의 비밀 방에다 가두었소. 그러고는 정신 병원에서 일한 경험이 있는 그레이스 풀을 고용해서 그녀를 돌보게 한 거요.

내 비밀을 알고 있는 사람은 그레이스 풀과 의사인 카터뿐이었소. 페어팩스 부인은 의심을 품었을지는 몰라도 정확히 알지는 못했지. 그레이스는 가끔씩 술을 많이 마시긴 하지만, 자신이 할 일을 그런대로 훌륭히 해냈소. 한 번인가 두 번, 그 여자가 그레이스 몰래 빠져 나온 적은 있긴 하지만 말이오.

그동안 나는 버사와 전혀 다른 성향의 여자를 찾기 위해 이런저런 여자들을 만나며 방황했지. 하지만 그건 모두 무의미한 날들이었소. 그런데 당신을 만나게 된 거요. 당신의 미소가 날 얼마나 웃게 만들었는지, 그리고 그 가냘픈 몸속에 숨어 있는 통찰력과 생동감이 날 얼마나 행복하게 만들었는지…….”

로체스터 씨는 그동안 자신이 얼마나 비참한 나날을 보냈는지 이야기하며 계속해서 나를 설득했지만 내 의지를 꺾을 수는 없었다.

"제인, 정말 가려는 거요?"

"네, 가야 해요."

가겠다는 말을 해야 한다는 건 참을 수 없이 고통스러웠다. 내 마음은 로체스터 씨의 곁에 남아 상처를 보듬어 주라고 말하고 있었다. 하지만 이성은 도덕적인 원칙에 따라 나 스스로를 지키라고 다그쳤다. 내 표정을 읽은 로체스터 씨가 내 팔을 억세게 움켜쥐더니, 집어삼킬 듯한 눈빛으로 바라보며 이렇게 말했다.

"그럼 가시오. 그러나 당신이 나한테 얼마나 큰 아픔을 안겨 주었는지 잊지 말아요. 제발 내 고통을 생각해 주시오."

그러고는 소파에 쓰러져 얼굴을 묻고 울부짖기 시작했다.

"오, 제인! 나의 제인, 나의 사랑!"

나는 나가려다 말고 몸을 돌려 그에게 다가갔다. 그러고는 무릎을 꿇고 앉아 그의 얼굴에 입을 맞추며 말했다.

"하느님께서 당신에게 축복을 내려 주시기를. 언제나 당신을 지켜 주시고 위로해 주시기를."

"당신의 사랑이 나에게는 무엇보다 큰 축복이었소. 그 사랑 없인 난 아무것도 아니오."

로체스터 씨가 자리에서 벌떡 일어나 날 껴안으려고 했다. 하지만 나는 그를 피해 얼른 방에서 나왔다. 내 마음이 소리쳤다.

'안녕히 계세요. 영원히!'

나는 방으로 오자마자 침대 위에 쓰러져 버렸다. 잠을 자고 싶지는 않았지만 이상하게도 깊은 잠에 빠져 들었다. 그러다 몇 시간 후 눈이 떠졌다. 나는 자리에서 일어나 간단하게 짐을 꾸린 후, 조용히 방문을 열고 나와 쓸쓸히 아래층으로 내려갔다.

로체스터 씨의 방 앞을 지나는 순간, 나도 모르게 숨이 멎으면서 발걸음이 떨어지지 않았다. 로체스터 씨는 잠을 이루지 못한 채 방 안을 왔다 갔다 하고 있었다. 아침이 되면 그는 분명히 나를 찾을 것이었다. 하지만 나는 이미 떠나고 없겠지. 로체스터 씨는 너무나 괴로운 나머지 헤어 날 길 없는 절망에 빠질지도 모른다.

부엌에 들러서 물과 빵을 조금 먹었다. 꽤 오랫동안 걸어야 할지도 모르기 때문이었다. 그러고는 조심스럽게 현관문을 열고 밖으로 나갔다. 새벽 빛이 어스름하게 밝아 오고 있었다. 들판 너머로 밀코트와 반대 방향으로 뻗어 있는 길이 하나 있었다. 자주 보긴 했지만 한 번도 가 보지 않은 길이었다. 나는 그 길을 향해 발걸음을 옮겼다.

어느새 청명한 아침이었다. 그러나 싱그러운 아침 풍경도 나에게 기쁨을 주지 못했다. 나는 남겨 두고 온 사랑을 생각하며 가슴을 쥐어뜯었다. 난 왜 도망치는 걸까? 나 자신이 너무 싫었다. 돌아가고 싶었다. 하지만 발걸음은 계속 앞으로 나아가고 있었다. 하느님이 나를 이끌어 주셨던 게 분명하다.

나는 정신이 나간 사람처럼 휘청휘청 걸으면서 소리 내어 마구 울었다. 그러다가 온몸의 힘이 빠지고 정신이 아득해지면서 결국 쓰러지고 말았다. 한동안 땅바닥에 누워 있었다. 죽을지도 모른다는 두려움, 아니 죽어 버렸으면 좋겠다는 간절한 소망을 갖기도 했다. 하지만 곧 어느 때보다 마음을 굳게 먹고 다시 일어섰다.

길가에 서서 잠시 숨을 고르며 쉬고 있을 때, 멀리서 바퀴 소리가 들리더니 마차 한 대가 다가오는 것이 보였다. 나는 손을 흔들어 마차를 세웠다. 그러고는 마부에게 내가 가지고 있는 돈 전부를 보여 주며, 그만큼 멀리 데려다 달라고 부탁했다. 마차 안은 텅 비어 있었다. 내가 올라타자마자 마차는 다시 달리기 시작했다.

제 18 장

낯선 세상을 떠돌다

다음 날 저녁, 마차는 낯선 거리에 나를 내려 놓고 떠나가 버렸다. 내가 낸 돈으로는 더 이상 태워 줄 수가 없다고 했다. 나는 다시 혼자가 되었다. 마차의 뒷모습이 가물가물 사라져 갈 때, 그제서야 마차에서 짐을 내리지 않았다는 사실을 깨달았다. 이제 나는 가진 게 아무것도 없었다.

내가 내린 곳은 도시도, 작은 시골 마을도 아니었다. 그저 네거리에 표지판이 하나 서 있을 뿐이었다. 표지판을 보니 가장 가까운 마을이 십육 킬로미터쯤 떨어진 곳에 있었다.

어떻게 하지? 어디로 가야 할까? 아무것도 할 수 없고 갈 곳도 없는 마당에 이런 물음은 너무나 견디기 힘들었다. 나는 길가에 쪼그리고 앉아 풀을 만져 보았다. 바싹 말라 있긴 했지만 낮 동안 뜨거운 햇살을 받아 아직 따스했다. 하늘은 더없이 맑았으며 바람 한 줄기 불지 않았다. 오늘 밤은 자연의 신세를 져야겠다고 생각했다. 자연은 아무 대가도 바라지 않고 쉴 곳을 내어 주리라. 다행히 빵 한 조각이 남아 있었다. 낮에 지나쳤던 마을에서 주머니 속에 있던 동전 한 닢으로 산 것이었다. 그것으로 허기를 달랜 다음, 적당한 자리를 찾아 잠자리를 만들었다.

마음속으로 슬픔이 차올라 쉽게 잠을 이룰 수가 없었다. 나는 자리에서 일어나서 무릎을 꿇고 기도를 했다. 눈물을 흘리며 기도를 하는 동안 점점 마음이 편안해졌다. 하느님이 로체스터 씨를 지켜 줄 거라는 확신이 들었다. 다시 잠을 청했을 때는 금세 잠에 빠져 들 수 있었다.

다음 날은 뜨거운 해를 등지고 걸었다. 더 이상 한 발짝도 뗄 수 없을 만큼 기진맥진해 있을 때, 어디선가 교회의 종소리가 들려왔다. 인간의 삶과 노동은 늘 가까이에 있었다. 문득 나도 다른 사람들처럼 열심히 노력하고 일하며 살아가야 한다는 생각이 들었다.

잠시 후 마을로 들어섰다. 거리의 맨 끝에, 먹음직스런 빵을 진열해 놓은 작은 빵집이 있었다. 빵을 보니 배가 고파 견딜 수가 없었다. 내가 가진 것 중에 빵과 바꿀 만한 것이 있는지 생각해 보았다. 비단 손수건이나 장갑이라면 바꿔 주지 않을까? 빵

집 안으로 들어가자 여자 한 명이 앉아 있었다. 그 여자는 잘 차려입은 내 모습을 보더니 정중하게 인사를 건넸다. 순간 수치심이 밀려왔다. 손수건과 장갑을 내밀고 빵을 달라고 말할 용기가 나지 않았다. 나는 잠시 앉았다 가도 좋은지 물었다. 빵집 주인은 실망한 기색을 감추지 않고 냉랭한 태도로 의자를 가리켰다. 잠시 후 그녀에게 물었다.

"이 마을에 재봉사나 허드렛일을 하는 사람이 있나요?"

"네, 두세 명 있어요. 작은 마을이라 그 정도면 충분하지요."

"그럼 혹시 하녀를 구하는 집이 있는지 아세요?"

"아니, 몰라요."

빵집 주인은 더 이상 이야기를 나누고 싶어 하지 않는 것 같았다. 빵집에서 나오기 전에, 나는 용기를 내어 손수건을 내밀며 물었다.

"이 손수건으로 빵 하나만 얻을 수 있을까요?"

여자는 수상쩍다는 듯한 눈초리로 나를 보았다.

"안 돼요, 난 그런 식으로는 빵을 팔지 않아요. 그 손수건이 어디서 난 건지 어떻게 알겠어요?"

평범한 거지는 가끔 동정의 대상이 되기도 하지만, 번듯하게 차려입은 거지는 누구나 의심을 하기 마련이었다. 그 여자를 비난할 수는 없었다. 나는 절망스러운 심정으로 마을을 벗어났다. 그날 먹은 것이라고는 어느 농부한테서 얻은 작은 빵 한 조각뿐이었다. 그날 밤도 숲 속에서 보냈다. 땅이 눅눅해지고 공기가 차가워지더니, 다음 날 아침이 되자 결국 비가 내리기 시작했다. 비는 이틀 내내 쉬지도 않고 내렸다. 배가 몹시 고팠다. 차라리 죽고 싶다는 생각이 슬그머니 고개를 쳐들었다. 아, 얼마나 끔찍했는지! 그 비참한 심정을 단 일 분도 기억하고 싶지 않다.

다음 날 저녁 무렵, 멀리서 희미한 불빛이 보였다. 나는 세차게 내리치는 비를 맞으며 천천히 그쪽으로 걸어갔다. 어둠이 점점 짙어지자, 다른 형체들은 사라지고 흰색 대문만이 눈에 들어왔다. 나는 대문을 지나 부엌 창문 쪽으로 다가갔다.

식탁 위에 촛불이 타고 있었고, 그 빛을 받으며 나이가 지긋한 여인이 바느질을 하고 있었다. 무뚝뚝해 보였지만 아주 깔끔한 인상이었다. 난롯가에는 꽤 교양 있어 보이는 젊은 여자 두 명이 앉아 있었는데, 두 사람 모두 검은 상복을 입고 있었다.

이렇게 초라한 부엌에 저런 숙녀들이 앉아 있다니! 저들은 도대체 누구일까? 한참 동안 바라보고 있자니 생김새 하나하나가 왠지 모르게 친근하게 와 닿았다. 두 사람은 각자 고개를 숙인 채 책을 읽다가, 이따금씩 옆에 놓인 다른 커다란 책을 들춰 보았다. 큰 책은 아마도 번역을 하는 데 필요한 사전 같았다.

나는 그들을 관찰하는 데 정신이 팔려 순간적으로 내 처지를 잊고 말았다. 그러다가 나이 든 여인이 식사 준비하는 것을 보고 정신이 번쩍 들었다. 나는 잠시 망설이다가 용기를 내어 문

을 두드렸다. 늙은 여인이 문을 열었다. 그녀는 들고 있던 촛불
로 나를 이리저리 뜯어보며 놀란 목소리로 물었다.

"무슨 일이우?"

"젊은 숙녀 분들과 이야기를 좀 나눌 수 있을까요?"

"할 말이 있으면 나한테 먼저 하시구려. 어디서 왔수?"

"지나가는 사람이에요."

"이런 시간에 무슨 일이시우?"

"헛간이든 어디든, 하룻밤 묵을 자리와 빵 한 조각을 얻을 수
있을까요?"

순간 그녀의 얼굴에 내가 가장 두려워했던 불신의 감정이 스
쳐 지나갔다.

"빵은 줄 수 있어요. 하지만 거렁뱅이를 안으로 들여 재울 수
는 없다우."

"그럼 전 어디로 가야 하죠?"

"그거야 댁이 더 잘 알겠지. 동전 한 닢 줄 테니 당장 여길 떠
나요."

무정한 여인은 문을 닫고 안에서 잠가 버렸다. 그것으로 끝이
었다. 나는 이미 지칠 대로 지쳐 있던 상태라 더는 한 발짝도 움
직일 수 없었다. 나는 문 앞에 털썩 주저앉아 소리 내어 울기 시
작했다. 그러다 나도 모르게 마음속의 말이 소리가 되어 입 밖
으로 나오고 말았다.

"이제 죽는 일만 남았어. 그저 조용히 하느님의 뜻을 기다릴 수밖에……."

그 순간 바로 옆에서 차분한 목소리가 들려왔다.

"사람은 누구나 죽습니다. 하지만 모두가 다 젊어서 죽을 운명은 아니지요."

"누구세요?"

나는 뜻밖의 소리에 놀라 물었다. 어떤 사람이 가까이에 서 있었다. 그 사람은 문을 쾅쾅 두드리며 열어 달라고 소리쳤다. 그러자 조금 전에 나왔던 여인이 큰 소리로 외쳤다.

"세인트 존 도련님이세요?"

"어서 문을 열어요, 한나."

"저런, 이렇게 사나운 날씨에 비를 맞고 얼마나 추우셨을까! 어서 들어오세요. 아가씨들이 걱정을 많이 하고 있었어요. 거렁 뱅이 여자가 왔었거든요. 아직 안 갔을 거예요."

그러다가 나를 보더니 다시금 소리를 질렀다.

"세상에, 어서 일어나요! 썩 물러가라고 했잖아!"

"한나, 조용히 해요. 한나가 해야 할 일은 다했으니 이제 나한 테 맡기세요. 뭔가 사정이 있는 것 같아요."

남자는 나에게 집 안으로 들어가라고 했다. 나는 젖 먹던 힘을 짜내 몸을 가까스로 움직여 부엌으로 들어갔다. 사람들이 모두 나를 뚫어지게 바라보고 있었다. 머리가 빙빙 돌면서 몸이 푹

꺼지는 순간, 다행히도 바로 뒤에 있던 의자가 나를 받쳐 주었
다. 숙녀 가운데 한 명이 빵을 잘라 우유에 적신 뒤 내 입술에 갖
다 대 주었다. 연민과 동정이 가득한 기색이었다.

"어서 먹어요."

"그래요, 어서 먹어 봐요."

다른 숙녀도 부드럽게 말했다. 나는 주는 대로 받아먹었다. 처
음에는 겨우겨우 받아먹다가, 나중에는 허겁지겁 먹었다.

세인트 존이 말했다.

"이제 그만 줘, 다이애나. 기운이 없어서 먹는 것조차 힘에 부
칠 거야. 어디, 말을 할 수 있나 보자. 메리, 이름을 물어봐."

"제 이름은 제인 엘리엇이에요."

본명은 밝히지 않는 게 좋을 것 같았다.

"어디 살아요? 아는 사람 중에 불러올 만한 사람이 있어요?"

나는 아무 대답 없이 고개를 저었다. 따뜻한 집에 들어와 집주
인들과 얼굴을 마주하자, 더 이상 갈 곳 없는 떠돌이라는 기분
은 들지 않았다. 나는 조금씩 원래의 침착한 모습을 되찾아 갔
다. 세인트 존은 무엇이든 나에 대해 말해 보라고 했다. 나는 잠
시 뜸을 들였다가 입을 열었다.

"오늘은 자세한 이야기를 할 수가 없을 것 같아요."

"우리가 어떻게 해 주면 좋겠소?"

"전 아무것도 바라지 않아요."

그러자 다이애나가 말했다.

"그럼 이제 필요한 도움을 받았으니, 이런 밤에 다시 밖으로 내쫓아도 된다는 뜻인가요?"

나는 다이애나를 물끄러미 바라보았다. 강인함과 선량함이 동시에 묻어나는 보기 드문 얼굴이었다. 덕분에 갑자기 용기가 생겨서 그녀의 질문에 미소를 지으며 대답했다.

"당신들을 믿어요. 제가 집도 주인도 없는 떠돌이 개라고 해도 지금 당장 쫓아내지 않을 거라는 걸 알아요. 그래서 아무것도 두렵지 않아요. 다만 말을 많이 못하는 것은 이해해 주세요. 말할 때마다 경련이 일어나서 너무 힘들거든요."

세 사람 모두 아무 말 없이 나를 바라보았다. 잠시 후, 세인트 존이 말했다.

"한나, 지금은 아무것도 묻지 말고 이 사람을 가만히 내버려 두세요. 십 분쯤 지나면 빵과 우유를 더 주고요. 다이애나하고 메리는 거실로 가서 이 문제를 좀 의논해 보도록 하자."

세 사람은 부엌에서 나갔다. 잠시 후 아가씨 한 명이 돌아와서 한나에게 몇 가지 지시를 했다. 얼마 안 있어 나는 한나의 부축을 받으며 위층으로 올라갔다. 비에 젖은 옷을 갈아입고 침대에 몸을 뉘었다. 나는 하느님께 진심으로 감사 드렸다. 그러고는 고마움과 안도감이 주는 온기를 느끼며 깊은 잠에 빠져 들었다.

제 19 장
리버스 가족

그 후 사흘 밤낮에 대한 기억은 아주 희미하게 남아 있다. 손가락 하나 움직일 수 없었고, 아무 생각도 할 수 없었다. 작은 방의 좁은 침대 위에 누워 있다는 것과 누군가가 들어오고 나가는 것을 겨우 알아차릴 수 있을 뿐이었다. 가까이에서 한 말을 알아듣기도 했다. 그러나 몸은 침대에 딱 달라붙어 버린 듯 꼼짝할 수가 없었다.

한나가 가장 자주 나를 찾았다. 하지만 그녀는 여전히 나를 믿지 못하는 것 같았기에, 비몽사몽간에도 불안했다. 다이애나와 메리는 하루에 두 번씩 찾아왔다. 그들은 내가 어떤 사람인지 궁금해 하면서, 나한테 쉴 곳을 마련해 줄 수 있어 다행이라고 속삭이곤 했다. 친절을 의심할 만한 말은 단 한 마디도 하지 않았고, 나를 의심하거나 싫어하는 듯한 낌새 또한 느끼지 못했기 때문에 마음이 놓였다.

세인트 존은 딱 한 번밖에 오지 않았다. 그는 잠시 동안 나를 바라보며 서 있다가 이렇게 말했다.

"똑똑해 보이기는 하지만 그다지 예쁜 얼굴은 아니군."

사흘째가 되자 몸이 좀 나아졌다. 말을 하고, 침대에서 일어나 조금씩 몸을 움직일 수 있게 되었다. 그리고 음식이 맛있게 느껴지기 시작했다. 움직일 만하니, 가만히 누워 있는 게 지겨워졌다. 마침 깨끗이 빨아 개어 놓은 내 옷가지들이 눈에 띄었다. 힘들어서 몇 번씩 쉬기는 했지만 혼자 힘으로 옷을 갈아입은 뒤, 방에서 나가 천천히 계단을 내려갔다.

한나가 부엌에서 빵을 굽고 있었다. 며칠 새에 그녀가 나를 대하는 태도는 점점 누그러져 있었다. 내가 옷을 단정하게 갖춰 입고 나타나자 방긋 웃어 보이기까지 했다.

"어머, 일어났네! 좀 괜찮은 모양이지요? 힘들면 저기 난롯가에 있는 의자에 앉아요."

한나는 바쁘게 왔다 갔다 하면서 이따금씩 곁눈질로 나를 살폈다. 얼마 후 화덕에서 빵을 꺼내며 대수롭지 않은 듯 물었다.

"여기 오기 전에도 구걸을 해 본 적이 있수?"

그 순간 기분이 몹시 상했다. 그러나 그녀가 나를 처음 봤을 때 나의 몰골이 어떠했는지를 떠올리면서 단호한 목소리로 대답했다.

"저를 거지라고 생각했다면 잘못 보신 거예요. 저는 거지가 아니에요."

한나는 잠시 침묵을 지키더니 입을 천천히 열었다.

"이해할 수가 없네. 내가 보기엔 집도 돈도 없는 것 같은데?"

"집이나 돈이 없다고 해서 모두 거지가 되진 않지요."

잠시 후 그녀가 다시 물었다.

"학교는 다녔어요?"

"네, 기숙 학교에 팔 년 동안 있었어요."

순간 한나의 눈이 휘둥그레졌다.

"그럼 왜 자기 힘으로 벌어먹고 살지 않는 거유?"

"이제껏 저는 제 힘으로 살아왔고 앞으로도 그렇게 살려고 해요. 그러니 제가 예전에 뭘 했는지는 신경 쓰지 말아 주세요. 이제 아주머니가 모시는 이 댁 주인의 성함이나 알려 주세요. 그 신사 분의 이름이 어떻게 되나요?"

"여긴 리버스 씨 댁이에요. 세인트 존 리버스. 큰 아가씨는 다이애나 리버스고, 작은 아가씨는 메리 리버스고요. 다들 이 집을 무어 하우스라 부르지요."

"세 사람 모두 여기에 사는 건가요?"

"아니요, 도련님은 잠시 머무는 것뿐이에요. 여기서 몇 킬로미터 떨어진 모턴에서 목회 일을 하고 계시지요."

"상을 당했나 봐요. 상복을 입고 있던데."

"네, 삼 주 전에 세 분의 아버님이 돌아가셨어요."

"어머니는 안 계신가요?"

"마님은 오래전에 돌아가셨지요. 내가 여기서 일한 게 벌써 삼십 년이나 되었어요. 저 세 분을 모두 내 손으로 키웠다우."

"아주머니가 충직하고 성실한 분이라는 증거네요. 칭찬하는 말이에요. 제가 도움을 청했을 때 거지라면서 거절하기는 하셨지만요."

한나는 깜짝 놀란 표정으로 나를 보며 말했다.

"내가 아가씨를 잘못 봤어요. 하지만 날 그렇게 나쁘게 생각하진 말아요. 이 댁 아가씨들을 생각해서라도 그렇게 할 수밖에 없었으니까요."

나는 다소 근엄한 목소리로 말했다.

"전 아주머니가 나쁘다고 생각해요. 제가 도와 달라고 했을 때 거절해서가 아니라, 가진 것이 없다는 이유로 홀대했기 때문이죠. 가난은 죄가 아니에요."

한나는 고개를 숙이며 사과했다.

"그건 사실이에요. 세인트 존 도련님도 그렇게 말씀하셨거든요. 내가 잘못했어요."

"그만하면 됐어요. 용서할게요. 한나, 우리 악수해요."

한나는 거친 손을 내밀며 미소를 지었다. 그 순간부터 우리는 친구가 되었다.

한나는 말이 엄청나게 많았다. 그녀는 일을 하면서 리버스 가족에 대해 이런저런 이야기를 들려주었다. 돌아가신 리버스 씨는 유서 깊은 가문의 신사였지만, 한순간의 잘못된 판단으로 큰돈을 날렸다고 했다. 물려받을 재산이 없었으므로 아가씨들은 가정교사 일을 하면서 자기 힘으로 살아야 했다. 그 때문에 다들 떨어져 지내고 있었는데, 지금은 아버지가 돌아가시는 바람에 오랜만에 이 집에 모여 함께 지내고 있는 것이었다. 그들은 남매간의 우애가 워낙 돈독해서, 함께 지내는 것만으로도 무척 행복해 한다고 했다.

오래지 않아 모턴까지 산책을 나갔던 리버스 남매들이 돌아왔다. 세인트 존은 나를 보고 미소를 지으며 지나쳐 갔고, 두 아가씨는 발길을 멈췄다. 메리는 작은 목소리로 내가 아래층까지 내려온 것을 보니 기쁘다고 말했다. 다이애나는 내 손을 잡고 얼굴을 바라보며 고개를 저었다.

"내려와도 된다고 할 때까지 기다려야 했어요. 아직도 굉장히 창백해 보이는데. 그리고 왜 여기에 있어요? 메리하고 나야 편하게 지내고 싶어서 가끔 여기에 있지만, 당신은 손님이니까 거실로 가야죠."

다이애나는 나를 일으켜 세우더니 거실로 안내했다. 그러고는 소파에 앉히면서 이렇게 말했다.

"여기 앉아요. 우린 옷을 갈아입고 차를 준비할게요."

다이애나가 나가 버리자, 거실에는 나와 세인트 존만 남게 되었다. 그는 맞은편에서 책을 읽고 있었다. 나는 거실을 찬찬히 살펴보았다. 크기는 작은 편이었지만 꽤 깔끔하고 아늑했다. 가구와 장식품, 그리고 양탄자 등이 오랜 세월 동안 정갈하게 관리해 온 티가 났다.

세인트 존은 목석같이 앉아 있었다. 스물여덟이나 서른 살쯤 되었을까? 큰 눈은 푸른빛을 띠었으며, 넓고 하얀 이마에는 금빛 머리카락이 몇 가닥 흘러 내려와 있었다. 얼굴은 잘생겼지만, 부드럽거나 온화한 성품이라는 느낌은 들지 않았다. 내면에 강렬하고 냉엄한 면모가 숨어 있는 것 같았다. 그는 내가 자신을 관찰하고 있다는 걸 알면서도 말 한마디 걸지 않았다.

얼마 후, 다이애나와 메리가 차와 케이크를 가지고 왔다. 나는 마침 허기를 느끼던 참이라 맛있게 먹었다. 세인트 존은 그제야 책을 덮고 나에게 눈길을 주었다.

"배가 몹시 고팠나 보군요. 지난 사흘 동안 음식을 자제했던게 그나마 다행이에요. 먹고 싶은 대로 먹었다면 위험했을 겁니다. 이제는 마음껏 먹어도 돼요."

"오랫동안 신세 질 일은 없을 거예요."

나도 모르게 어색한 대답이 튀어나오고 말았다. 세인트 존은 냉정한 목소리로 대꾸했다.

"그렇겠죠. 당신 친구나 친척의 주소를 알려 주면 편지를 써 보내겠소. 그러면 그들한테 돌아갈 수 있을 거요."

"그러고 싶어도…… 그럴 수가 없어요. 집도 친구도 없으니까요."

세 사람은 내 대답에 깜짝 놀랐는지 동시에 나를 보았다. 믿을 수 없다기보다는 호기심이 어려 있는 눈빛이었다. 특히 아가씨들의 눈빛에서 그런 것을 강하게 느낄 수 있었다. 세인트 존의 눈은 좀처럼 속을 헤아리기 힘들었다. 그의 눈은 자기 생각을 표현하기보다는 다른 사람의 생각을 살피는 데 더 익숙한 것 같았다. 세인트 존이 물었다.

"가족이 아무도 없다는 말이오?"

"네, 아무도 없어요."

세인트 존은 재빨리 내 손을 훑어보고 나서 말했다.

"아직 미혼인가요?"

"결혼은 하지 않았어요."

순간 내 얼굴이 발갛게 달아오르며 화끈거렸다. 고통스러운 기억이 몰려와 마음을 헤집었다. 세 사람 모두 나의 감정이 흔들리고 있다는 것을 알아차린 듯했다. 고맙게도 다이애나와 메리는 눈길을 돌려 주었다. 하지만 냉정한 세인트 존은 나한테서 눈을 떼지 않았다. 결국 나는 눈물을 보이고야 말았다. 세인트 존이 다시 물었다.

"그럼 마지막으로 살았던 곳이 어딥니까?"

"그건 비밀이에요."

나는 짤막하게 대답하자, 메리가 세인트 존을 바라보며 나직이 속삭였다.

"오빠, 질문을 너무 많이 했어요."

그러나 세인트 존은 계속 다그쳤다.

"당신이나 당신의 과거를 알지 못하고는 아무것도 도와줄 수가 없어요. 당신은 지금 도움이 필요합니다. 안 그래요?"

"네, 필요해요. 도움을 줄 만한 사람을 만나서 제가 할 수 있는 일을 찾게 된다면 좋겠어요."

"그럼 당신이 할 수 있는 일은 뭡니까?"

나는 세인트 존을 똑바로 바라보며 말했다.

"리버스 씨, 당신 가족은 저한테 너무 많은 것을 베풀어 주셨어요. 당신이 저를 구해 주셨으니, 과거를 털어놓으라고 충분히 요구할 수 있지요. 원하신다면 제가 어떤 사람인지 되도록 많이 말씀드리겠습니다. 제가 마음의 평정을 잃지 않고, 제 자신과 다른 사람의 사생활을 해치지 않는 범위 내에서요.

저는 목사의 딸로 태어났지만, 아주 어렸을 때 부모님이 돌아가시는 바람에 고아가 되었지요. 후견인의 집에서 자라다가 로우드 자선 학교에서 교육을 받았어요. 그곳에서 육 년은 학생으로, 이 년은 교사로 지냈답니다. 일 년 전쯤 학교에서 나와서 어느 저택의 가정교사가 되었습니다. 그곳에서 참 행복한 시간을 보냈어요. 하지만 말씀드릴 수 없는 이유로 그곳을 떠날 수밖에 없었답니다. 제 잘못은 아니었어요. 맹세코 비난받을 만한 행동은 하지 않았습니다.

어쨌든 그때는 한시바삐 그곳을 떠나야 한다는 생각뿐이었어요. 워낙 정신이 없어서 얼마 안 되는 짐마저 마차에 두고 내렸지요. 그 바람에 빈털터리로 여기까지 오게 된 거예요. 며칠 동안 아무것도 먹지 못한 채 이리저리 헤매고 다니다가, 피로와 절망으로 죽을 것만 같았을 때 이곳에서 저를 받아 주셨던 것입니다.”

내가 말을 중단하자 다이애나가 나섰다.

“오빠, 이제 그만해요. 아직 기력을 회복하지 못했어요. 엘리엇 양, 여기 난로 앞으로 와서 앉아요.”

순간 나도 모르게 움찔했다. 새로운 이름을 깜빡 잊고 있었던 것이다. 세인트 존이 곧바로 그것을 눈치 챘다. 그가 물었다.

“이름이 제인 엘리엇이라고 했죠?”

“네, 그렇게 말했어요. 당분간 그 이름을 쓰려고요. 지금은 그렇게 불리는 것이 좋겠다고 생각합니다.”

“신세를 지고 싶지 않다고 했죠? 우리 집에서 오래 지낼 생각은 없는 모양이군요.”

"제가 부탁드리고 싶은 것은 일자리를 구할 수 있게 도와주셨으면 하는 것뿐입니다. 그때까지는 여기에 있게 해 주세요. 또다시 집 없이 떠도는 끔찍한 일을 겪고 싶지는 않아요."

다이애나가 말했다.

"물론 여기에 있어야죠."

메리도 진실한 어조로 말했다.

"그럼요, 그래야 해요."

"보시다시피 내 누이들은 아가씨가 이 집에 있는 것을 환영해요. 나는 물론 당신이 자립할 수 있도록 일자리를 찾아 주는 게 더 낫다고 생각하지만요. 어쨌든 당신을 도울 방법이 있는지 찾아보겠소. 하지만 내가 맡고 있는 교구는 워낙 가난한 곳이라, 당신이 보기에 보잘것없는 일자리만 있을지도 모르오."

나는 그가 구해 주는 것이라면 어떤 일자리든 기꺼이 받아들이겠다고 말했다. 세인트 존은 다시 책으로 눈길을 돌렸다. 나는 곧 이층으로 올라갔다. 말을 너무 많이 해서 그런지 탈진할 지경이었다.

며칠이 더 지나자, 나는 가끔씩 산책을 다닐 만큼 건강이 회복되었다. 다이애나와 메리는 알면 알수록 좋은 사람들이었다. 나는 그 자매가 하는 일은 무엇이든지 함께할 수 있었고, 그럴 때마다 태어나서 처음으로 삶이 주는 즐거움을 만끽했다. 취향과 감정, 그리고 생각까지도 딱 맞는 사람들과 함께 지내면서 느낄 수 있는 기쁨이었다.

두 사람은 나보다 훨씬 더 재능이 많고 교양도 풍부했다. 나는 그들이 닦아 놓은 지식의 오솔길을 열심히 따라갔다. 다이애나가 나한테 독일어를 가르쳐 주기 시작했다. 서로가 잘 맞아서 그런지 무척 즐거운 시간이었다. 내가 그림을 그린다는 것을 알자, 두 사람은 당장 화구를 마음대로 쓸 수 있게 해 주었다. 그림 그리기만큼은 내 실력이 월등해서 다이애나와 메리를 깜짝 놀라게 만들었다. 메리는 나한테 그림을 가르쳐 달라고 했다. 이런 식으로 하루가 한 시간처럼, 한 주가 하루처럼 지나갔다.

그러나 안타깝게도 세인트 존과는 친밀한 우정을 쌓을 기회가 많지 않았다. 그가 집에 있는 시간이 별로 없다는 게 가장 큰 이유였다. 세인트 존은 아픈 사람이나 가난한 사람들을 찾아다니는 데 많은 시간을 보냈다. 아무리 날씨가 궂어도 자신의 의무를 소홀히 하는 법이 없었다. 한편으로 세인트 존은 혼자 있는 것을 좋아했기 때문에 가까이 다가갈 수 없었다. 나는 가끔씩 세인트 존이 깊은 생각에 빠져 있는 모습을 발견하곤 했다. 그는 우울해 보였고, 정신적인 평온을 찾지 못하는 듯했다.

한번은 교회에서 세인트 존의 설교를 들은 적이 있었다. 그의 설교는 비교적 조용한 편이었다. 말투와 목소리는 시종일관 차분했으나, 그 속에는 절제된 열정과 힘이 살아 있었다. 나는 그의 말 한 마디 한 마디에 깃든, 영혼을 뒤흔드는 강한 힘에 큰 감동을 받았다. 그 일로 나는 세인트 존이라는 사람을 다시 생각하게 되었다.

어느새 그곳에 머문 지 한 달이 지나갔다. 다이애나와 메리는 곧 영국 남부로 가서 가정교사 일을 다시 시작해야 했다. 세인트 존은 나의 거취에 대해 아무 말도 하지 않았다.

어느 날 아침 세인트 존과 단둘이 있게 되자, 나는 용기를 내어 거실의 한쪽 구석에 자리 잡은 그의 책상 앞으로 다가갔다. 무슨 말부터 해야 할지 몰라 난감하기만 했다. 그런데 그가 내 어려움을 덜어 주려는 듯 고개를 들며 말했다.

"나한테 물어볼 말이 있죠?"

"네, 제가 일할 만한 곳을 찾았는지 알고 싶어서요."

"사실은 삼 주 전에 당신이 할 만한 일을 찾았어요. 하지만 당신이 여기서 행복하게 지내고 있는 데다, 누이들도 당신과 함께 있는 것을 유난히 즐거워하는 것 같아서 떠날 때까지 편안하게 지내도록 내버려 두었소. 이제 곧 누이들이 떠나면 나도 모턴에 있는 목사관으로 돌아갈 거요. 한나도 나랑 같이 갈 겁니다. 그러면 무어 하우스는 문을 닫게 되겠지요."

"제가 할 일은 어떤 것이죠?"

"그다지 수입이 많은 일은 아니오. 하지만 인류를 발전시키는 데 기여할 수 있는 일이라면 어떤 일도 하찮다고 할 수 없겠지요. 당신은 그 일을 잘해 낼 겁니다. 당신의 본성을 영원히 만족시키기는 어려울 테지만요."

"어떤 일인지 말씀해 주세요."

"아버지께서 돌아가셨으니 내가 더 이상 모턴에 머물러야 할 이유는 없어졌소. 일 년 안에 영국을 떠날 예정이지요. 하지만 여기에 있는 동안에는 이 마을을 좀 더 나은 곳으로 만들기 위해 최선을 다할 겁니다.

내가 이 년 전에 이곳에 왔을 때는 변변한 학교 하나 없었지요. 그래서 가난한 소년들을 위해 학교를 세웠소. 이번에는 소녀들을 위한 학교를 만들 생각입니다. 그러기 위해 건물을 하나 빌렸어요. 교사가 생활할 수 있는 작은 집도 한 채 딸려 있지요. 교사의 일 년치 봉급은 삼십 파운드입니다. 당신이 그 학교의 교사가 되어 주겠소?"

꽤나 다급한 말투였다. 혹시라도 내가 거절할까 봐 걱정이 되는 듯한 눈치였다. 사실 그 일은 보잘것없었다. 하지만 내가 이미 경험해 본 일인 데다 불명예스럽거나 품위를 떨어뜨리는 일이 아니었다. 나는 결정했다.

"제안에 감사드려요. 기꺼이 받아들이겠습니다."

"당신이 가르칠 아이들은 가난한 여학생들일 뿐이오. 대부분 소작농의 딸이거나 가난한 농부의 딸들이지. 고작해야 바느질과 읽기, 쓰기, 간단한 셈 정도를 가르쳐야 할 텐데, 당신이 지닌 재능을 그대로 썩혀도 괜찮겠소?”

“필요한 순간이 올 때까지 아껴 두죠, 뭐.”

세인트 존은 그제야 만족스러운 듯 빙그레 웃었다.

다이애나와 메리는 무어 하우스를 떠나야 할 날이 가까워 올수록 점점 더 우울해지고 말이 없어졌다. 아무렇지도 않은 듯이 보이려고 애썼지만, 슬픔을 감출 수는 없었다. 다이애나는 이번에 헤어지면 세인트 존과 오랫동안 떨어져 있어야 할지도 모른다고 말했다. 메리가 작은 목소리로 중얼거렸다.

“우리한테는 아버지도 안 계신데, 곧 이 집과 오빠한테서조차 떠나야 하다니…….”

그때 마침 그들을 실망시키는 소식이 한 가지 더해졌다. 세인트 존이 편지를 들고 거실로 들어왔다.

“존 외삼촌이 돌아가셨다는구나. 이 편지를 읽어 봐.”

다이애나와 메리는 몹시 놀란 표정이었지만, 충격을 받은 것 같지는 않았다. 두 사람은 아무 말 없이 편지를 읽었다. 그들은 슬퍼하기보다는 쓴웃음을 지었다. 메리가 한숨을 푹 내쉬며 말했다.

“설마 지금보다 가난해지기야 하겠어?”

얼마 동안 침묵이 이어졌다. 그러다 다이애나가 나를 돌아보며 말했다.

“제인, 우리의 이런 행동이 이상하게 여겨질 거예요. 외삼촌처럼 가까운 친척이 돌아가셨는데도 이렇게밖에 표현하지 못하는 우리가 매정하게 보이겠죠. 하지만 우리는 그분을 만난 적도 없고 잘 알지도 못해요. 그분은 어머니의 동생인데, 우리 아버지와 심하게 다투셨다는군요. 아버지가 그분의 조언을 듣고 재산을 모두 투자했다가 파산하고 말았거든요. 결국 두 분은 서로를 비난했고, 화가 나서 인연을 끊으셨지요. 그 후로는 전혀 왕래가 없었고요.

외삼촌은 나중에 사업이 번창해서 부자가 되었는데, 결혼도 안 하신 데다 친척이라고는 거의 없었죠. 아버지는 외삼촌이 우리한테 재산을 물려주어서 빚을 갚을 수 있게 되기를 바라셨어요. 그런데 이 편지에는 외삼촌이 모든 재산을 다른 친척한테 물려주었다고 적혀 있네요. 물론 외삼촌이야 원하시는 대로 할 권리가 있죠. 하지만 지금은 실망감을 감출 수가 없어요. 아주 적은 돈이라고 해도 지금 우리한테는 큰 도움이 될 텐데 말이죠."

그 후 우리는 아무도 그에 관한 이야기를 꺼내지 않았다. 그리고 다음 날 나는 새로운 생활을 시작하기 위해 모턴으로 갔다. 다음 날은 다이애나와 메리도 남부로 떠났다. 일주일 후에 세인트 존과 한나가 목사관으로 떠났다. 무어 하우스는 이제 빈 집이 되었다.

제 20 장

상속녀 제인 에어

마침내 새로운 보금자리를 찾았다. 나는 적극적으로 학교 일을 했다. 처음에는 적응하기가 무척 어려웠다. 하지만 학생들의 성격을 파악하는 데는 그리 오랜 시간이 필요하지 않았다.

제대로 된 교육을 받아 본 적이 거의 없는 아이들이라, 처음에는 아무리 가르쳐도 달라지지 않을 것 같았다. 그러나 곧 내 생각이 틀렸다는 것을 알게 되었다. 학생들 가운데 몇몇이 금세 영리한 본성을 드러내기 시작하더니, 차츰차츰 아이들 모두가 배움의 기쁨을 느끼기 시작했다.

아이들의 발전 속도가 생각지도 못할 만큼 빠른 것을 볼 때마다, 내가 하는 일에 진정으로 행복과 자부심을 느꼈다. 나는 자주 학생들의 집으로 찾아가 저녁 시간을 함께 보내곤 했다. 그때마다 학부모들은 나에게 진심 어린 고마움과 존경심을 보여 주었고, 덕분에 그 마을에서 인정받는 사람이 되었다는 기쁨을 느낄 수 있었다.

낮에는 학생들을 가르치고, 저녁에는 그림을 그리거나 책을 읽으며 시간을 보냈다. 나름대로 만족스럽긴 했지만 그것이 내 생활의 전부는 아니었다. 나는 밤마다 이상한 꿈을 꾸곤 했다.

꿈속에서 나는 언제나 모험과 낭만이 가득한, 비현실적인 상황 속에 놓여 있었다. 그때마다 로체스터 씨가 나타났다. 감정이 격해지는 순간이면, 사랑하는 그의 곁에서 남은 인생을 보내고 싶다는 간절한 소망이 강렬하게 되살아났다. 그러다 잠에서 깨면, 내가 어디에 있고 어떤 처지인지를 너무나 절절하게 확인했다. 어둡고 적막한 밤은 이내 나를 절망 속으로 몰아넣었다.

그렇게 이중적인 하루하루를 보내던 어느 날이었다. 마침 휴일이라 집 안을 청소한 후 그림을 그리고 있었다. 그때 누군가 가 똑똑똑 하고 빠르게 문을 두드리더니, 곧바로 문이 열리면서 세인트 존이 들어왔다.

"여가 시간을 어떻게 보내는지 궁금해서 왔소. 그림을 그리고 있었군요. 저녁 시간에 읽기 좋은 시집을 가지고 왔어요."

내가 책장을 넘기며 시집을 훑어보고 있는 동안, 세인트 존은 몸을 구부린 채 내가 그린 그림을 들여다보았다. 그는 그림을 감상하고 난 뒤 그림 위에 얇은 종이를 덮었다. 그림을 그릴 때마다 혹시라도 손때가 묻을까 봐 손을 올려놓는 종이였다.

그 순간, 뭔가가 세인트 존의 관심을 끈 것 같았다. 그는 낚아채듯 종이를 집어 들고는 눈앞으로 가져가 뚫어지게 바라보았다. 그의 얼굴에 말로 표현할 수 없는 이상한 빛이 떠올랐다. 세인트 존은 무슨 말을 하려는 듯 입을 달싹거리다가 터져 나오려는 말을 안으로 삼켰다. 내가 물었다.

"무슨 일이에요?"

"아무것도 아니오."

세인트 존은 종이를 도로 제자리에 두고는 가장자리 부분을 조심스럽게 찢어 주머니 속에 넣었다. 그러고는 곧바로 "잘 있어요."라는 말을 남기고 서둘러 떠났다. 나는 그 종이를 집어 들고 자세히 살펴보았다. 물감이 몇 방울 떨어져 있는 것 외에는 아무것도 발견할 수 없었다. 몇 분 정도 그 수수께끼 같은 일을 생각하다가 결론을 내리지 못한 채 마음속에서 지워 버렸다.

세인트 존이 떠나자마자 눈이 내리기 시작했다. 그러더니 밤새도록 거센 폭풍이 몰아쳤다. 다음 날 얼음장 같은 바람이 또다시 눈을 몰고 와서, 저녁 무렵에는 문을 열기도 힘들 정도가 되었다. 나는 난롯가에 앉아 세인트 존이 놓고 간 시집을 읽기 시작했다. 그런데 느닷없이 문이 열리더니 세인트 존이 나타났다. 발걸음을 떼기도 어려울 만큼 눈이 많이 내리는 밤에 찾아 온 그를 보고 놀라서 나도 모르게 자리에서 벌떡 일어났다.

"무슨 나쁜 소식이라도 있나요? 무슨 일이 있어요?"

"아니요, 당신은 정말 걱정이 많다니까!"

세인트 존은 이렇게 대답하며 외투를 벗었다. 그러고는 발을 쾅쾅 굴러 구두에 묻은 눈을 털어 내며 말했다.

"내가 깨끗한 마루를 더럽히는군요. 하지만 이번만은 용서해 줘야겠소. 여기까지 오느라 무척 힘들었어요."

"무슨 일로 온 거예요?"

"손님한테 그런 질문을 하다니, 좀 야박하군요. 그저 당신과 이야기를 나누고 싶었을 뿐이오. 이야기를 절반만 듣다 만 후, 어서 뒷이야기를 듣고 싶어 하는 사람처럼 안달이 났거든요."

세인트 존이 자리에 앉으며 말했다. 나는 그가 다시 말을 꺼내기를 기다렸다. 그러나 그는 금세 자기 생각에 빠져 버린 듯했다. 그래서 그가 들어오는 바람에 덮어 두었던 시집을 집어 들고 다시 읽기 시작했다. 세인트 존은 주머니에서 편지 한 통을 꺼내 말없이 들여다보다가, 한참 후에 입을 열었다.

"잠깐 책을 덮고 이쪽으로 가까이 와 봐요."

나는 이상하게 여기며 그가 시키는 대로 했다.

"조금 전에 내가 뒷이야기를 듣고 싶어 안달이 났다고 했지요? 하지만 곰곰이 생각해 보니, 내가 그 나머지 이야기를 하고 당신이 듣는 게 좋을 것 같소. 어쩌면 귀에 익은 이야기일 수도 있어요.

이십 년 전 한 가난한 목사가 어느 부잣집 딸을 사랑하게 되었어요. 아, 그의 이름이 뭔지는 신경 쓰지 말아요. 곧 알게 될 테니까. 어쨌든 부잣집 딸도 그를 사랑하게 되어, 주위 사람들의 반대에도 아랑곳하지 않고 그와 결혼을 했어요. 그 결과 결혼과 동시에 가족 모두와 인연을 끊게 되었지요. 그런데 불행하게도 두 사람은 이 년이 채 안 돼서 차례로 세상을 떠났어요. 딸 하나를 세상에 남기고 말입니다. 그 딸은 외숙모의 손에서 자랐습니다. 게이츠헤드의 리드 부인이라는 분이지요……. 무척 놀란 표정이군요.

아무튼 그 고아 소녀는 게이츠헤드에 한 십 년쯤 있었다고 해요. 그런 다음 당신도 알고 있는 로우드 학교로 보내졌지요. 그곳에서 그녀는 공부를 상당히 잘했던 모양이에요. 처음에는 학생이었지만 나중에는 그 학교의 교사가 되었으니까요. 로우드 학교에서 팔 년을 보낸 후, 그녀는 로체스터 씨라는 사람의 집에서 가정교사 일을 하게 되었소."

"세인트 존 리버스 씨!"

나는 그의 말을 가로막았다. 그러나 그는 말을 계속했다.

"조금만 더 참아요. 거의 다 끝났으니까. 로체스터 씨는 그 어린 가정교사를 사랑하게 되어 정중하게 청혼을 했다더군요. 그런데 결혼식 날, 그 아가씨는 로체스터 씨한테 미친 여자이긴 하지만 아내가 있고 아직 살아 있다는 사실을 알게 된 겁니다. 다음 날 그녀는 갑작스럽게 사라졌지요.

그 일이 있은 직후, 그 가정교사의 행방을 알아야 할 일이 생겼습니다. 언제, 어디로 떠난 것인지 아무도 몰랐기 때문에 찾을 길이 없었어요. 하지만 아주 중대한 일이어서 신문마다 광고를 냈지요. 나는 브리그스라는 변호사한테서 이런 내용이 담긴 편지를 받았습니다. 참 이상한 일이지 않소?”

그의 말이 끝나자 나도 모르게 이런 질문이 튀어나왔다.

“그렇다면 로체스터 씨는요? 그분은 잘 지내고 있나요?”

“나는 로체스터 씨에 관한 것은 아무것도 모르오. 그가 법을 기만하려 했다는 것 이외에는.”

“브리그스 씨가 로체스터 씨한테도 편지를 썼겠죠? 로체스터 씨가 뭐라고 했다고 하던가요?”

“브리그스 씨 말로는 답장에 로체스터 씨가 아니라 페어팩스 부인의 서명이 씌어 있었다고 했어요. 로체스터 씨는 나쁜 사람이었던 게 분명하오.”

나는 세인트 존의 마지막 말에 발끈해서 쏘아붙였다.

“어떤 사람인지 잘 알지도 못하면서 함부로 말하지 말아요.”

“알겠소. 로체스터 씨 이야기는 그만두고, 하던 이야기를 마저 하지요.”

세인트 존은 주머니에서 종이 한 장을 꺼냈다. 물감이 묻어 있는 그 종이는 어제 그가 찢어 간 것이었다. 세인트 존은 그 종잇조각을 내 눈앞에 들이댔다. 종이에는 나의 필체로 '제인 에어'라고 적혀 있었다. 그림을 그리면서 무심결에 적어 둔 모양이었다. 세인트 존이 말했다.

"브리그스 씨는 나한테 제인 에어라는 사람의 소식을 알고 있는지 편지를 보내 왔어요. 광고에서도 그 이름을 가진 사람을 찾고 있었고요. 내가 아는 사람은 제인 엘리엇이었지만, 의심이 생기더군요. 그런데 어제 이 종잇조각이 진실을 말해 주었던 겁니다. 제인 에어가 당신의 본명이지요?"

"네, 그래요. 그런데 브리그스 씨는 어디에 있죠? 어쩌면 로체스터 씨의 근황을 자세히 알고 있을지도 몰라요."

나는 정말이지 로체스터 씨의 안부가 궁금했다.

"브리그스 씨는 런던에 있어요. 하지만 그 사람이 로체스터 씨한테 관심이 있을 것 같진 않소. 그가 찾는 건 당신이니까. 그런데 왜 브리그스 씨가 당신을 찾는지는 궁금하지 않아요?"

"글쎄요, 무슨 일 때문일까요?"

"마데이라에 계셨던 당신의 삼촌 존 에어 씨가 돌아가셨다는 소식을 알려 주기 위해서지요. 존 에어 씨가 당신한테 전 재산을 남겼고, 이제 당신은 부자가 되었다는 소식을 알리려고 했던 것이오. 단지 그뿐이지 다른 일은 아니에요."

“제가요? 제가 부자가 되었다고요?”

“그래요, 당신은 이제 부자예요. 엄청난 재산을 물려받게 된 겁니다.”

세인트 존과 나 사이에 잠시 침묵이 흘렀다. 한순간에 부자가 되는 것은 상상 속에서나 가능할 법한, 정말이지 근사한 일이었다. 하지만 너무나 갑작스러워서 그 사실을 받아들이기가 쉽지 않았다. 게다가 내 유일한 혈육, 언젠가 한 번은 꼭 만나고 싶었던 삼촌이 돌아가셨다는 소식은 나를 슬픔으로 이끌었다. 세인트 존이 다시 말문을 열었다.

“마침내 당당하게 자립할 수 있게 되었군요. 재산이 얼마나 되는지 묻지 않을 거요?”

“얼마나 되죠?”

“아, 얼마 안 돼요! 입에 올릴 만한 정도는 아니오. 이만 파운드밖에 안 되니까.”

“이만 파운드라고요?”

“그렇소.”

세인트 존이 소리 내어 웃었다. 나는 그가 웃을 때 소리를 내기도 한다는 사실을 그제야 깨달았다.

“당신이 살인죄를 저질렀는데 그 사실이 밝혀졌다는 소식을 전해도 지금보다 더 걱정스러운 표정을 짓지는 않을 거요.”

“어마어마하게 큰돈이에요. 뭔가 잘못된 것 같지 않아요?”

"그런 건 아니오."

세인트 존은 말을 마치고 자리에서 일어났다. 그는 외투를 걸치면서 잘 자라는 인사를 하고는 문 쪽으로 걸음을 옮겼다. 그때 갑자기 내 머릿속에 어떤 생각이 떠올라 황급히 그를 붙잡았다.

"잠깐만요!"

"왜 그래요?"

"브리그스 씨가 왜 당신한테 편지를 보낸 거죠? 이렇게 외진 곳에 살고 있는 당신이 어떻게 나를 찾는 데 도움이 될 거라고 생각했을까요?"

"아, 그건 내가 목사니까요. 사람들은 여러 가지 다양한 문제로 목사들한테 도움을 요청하지요."

"그건 충분한 이유가 되지 않아요. 이 일을 좀 더 자세히 알아야겠어요!"

"다음에 이야기합시다."

"아니요, 오늘 밤에 해요!"

나는 재빨리 문 앞으로 가 그를 막아섰다. 그는 조금 당황하는 것 같았다.

"다이애나나 메리한테서 듣는 게 좋을 것 같소. 난 고집이 센 편이라 설득하기 어려울 거요."

"저도 호락호락하지 않아요. 거절하기 힘든 사람이라고요."

"좋아요, 내가 졌소. 정말로 집요하군. 하긴 언젠가는 알아야 할 사실이지……. 지금 말하나 나중에 말하나 달라질 건 별로 없을 테니까. 당신 이름이 제인 에어죠?"

"그래요, 그건 이미 밝혀진 거잖아요."

"내 이름이 세인트 존 에어 리버스라는 것은 몰랐겠지?"

"전혀요! 가만, 당신이 빌려 준 책에 이름이 적혀 있었는데 E라는 머릿글자는 본 것 같아요. 그런데 그게 왜요? 오, 맙소사! 그렇다면 설마……."

나는 더 이상 말이 나오지 않았다. 머릿속에서 따로 떨어진 각각의 사실들이 서로 연결되더니 마침내 하나의 진실이 되어 떠올랐다. 세인트 존이 차분히 말했다.

"우리 어머니의 성이 에어였소. 어머니한테는 남동생이 두 명 있었어요. 한 분은 목사였는데 게이츠헤드의 제인 리드 양과 결혼했고, 다른 한 분은 마데이라의 존 에어 씨예요. 존 외삼촌의 변호사인 브리그스 씨가 지난 8월에 외삼촌이 돌아가셨다는 소식을 전해 주었소. 그분은 전 재산을 고아가 된 형님의 딸한테 남겼다고 하더군요.

우리 아버지와 외삼촌은 사이가 좋지 않아 되돌릴 수 없이 멀어졌어요. 그래서 우리한테는 재산을 한 푼도 남기지 않았던 겁니다. 몇 주 전에 브리그스 씨가 다시 편지를 보내 왔소. 외삼촌의 상속녀가 사라졌다는 내용이었지요. 그리고 그 사람에 대해 아는 것이 있는지 묻더군요. 결국 종이에 적혀 있던 이름 때문에 당신을 찾게 된 거요. 나머지 이야기는 다 알겠지요?"

세인트 존은 말을 마치자마자 다시 가려고 했다. 나는 다시 문을 막아섰다.

"나도 말 좀 할게요. 그럼 당신 어머니가 우리 아버지의 누님이란 말인가요?"

"그렇소."

"존 삼촌이 당신의 외삼촌이고요? 그렇다면 당신과 다이애나, 그리고 메리는 나와 사촌간이란 말이네요?"

"그래요, 우린 사촌간이오."

나는 눈을 동그랗게 뜨고 다시 세인트 존을 바라보았다. 절망의 나락에서 나를 구해 준 이들이 나의 사촌이라니! 그들이야말로 진정한 재산이었다. 나는 기쁨을 감추지 못하고 비명을 지르듯 큰 소리로 외쳤다.

"오, 맙소사! 정말 기뻐요!"

세인트 존은 나를 바라보며 빙그레 웃었다.

"당신은 사소한 사실 때문에 진짜 중요한 것은 잊고 있군요. 엄청난 재산이 생겼다는 말을 들었을 때는 더없이 심각하다가, 사촌이 생겼다는 말에는 이렇게 기뻐 날뛰니 말이오."

"당신한테는 별로 중요한 일이 아닐지도 모르죠. 누이동생이 둘이나 있으니 사촌 따위는 관심이 없을 테니까요. 하지만 내겐 아무도 없었어요. 그런데 갑자기 피붙이가 셋이나 생겼다고요.

다시 말하지만 너무너무 기뻐요!”

나는 흥분한 나머지 방 안을 정신없이 왔다 갔다 했다. 머릿속에서 빠르게 여러 가지 생각들이 떠올랐다. 지금까지 아무런 보답도 할 수 없었던 사촌들에게 도움이 될 수 있었다. 나는 세인트 존에게 말했다.

“내일 다이애나와 메리한테 편지를 써서 곧바로 집으로 돌아오라고 해요. 다이애나는 적은 돈이라도 큰 도움이 될 거라고 했어요. 오천 파운드라면 다들 잘 지낼 수 있지 않을까요?”

“물을 한 잔 갖다 주리다. 마음을 가라앉혀야 할 것 같소. 너무 갑작스런 일이라 지나치게 흥분한 모양이군.”

세인트 존이 자리에서 일어나려고 했다.

“제 말을 못 알아듣겠어요? 저는 지금 말짱해요.”

“그렇다면 좀 더 알아들을 수 있게 설명해 봐요.”

“설명이라고요? 설명할 게 뭐 있어요? 이만 파운드를 우리 네 사람이 똑같이 나누어 가지면 각자한테 오천 파운드씩 돌아가잖아요. 다이애나와 메리한테 빨리 이 소식을 알리고 싶어요. 저는 이기적인 사람도 아니고, 배은망덕한 사람도 아니에요. 법적으로는 어떨지 몰라도, 이치로 따지자면 저 혼자 가져서는 안 되는 돈이잖아요.”

“제인, 그런 선물을 받지 않아도 우린 당신의 사촌이 될 거요.”

“나는 부자고 당신들은 가난하다고요!”

"가족이라면 돈 따위는 크게 문제가 되지 않아요. 더구나 가족 간의 유대와 행복은 다른 방법으로도 얻을 수 있소. 결혼 같은 걸로 말이오."

"하지만 전 저와 다른 사람은 싫어요. 저하고 마음이 맞는 친척이 필요해요. 한 번만 더 제게 오빠가 되어 주겠다고 말씀해 주세요."

"얼마든지! 당신은 다이애나나 메리와 비슷하오. 그리고 나한테 큰 기쁨을 주지요. 그러니 당신을 기꺼이 동생으로 받아들일 수 있소."

"고마워요, 정말 고마워요."

"그건 그렇고, 학교는? 이제 학교는 문을 닫아야겠지요?"

세인트 존의 물음에 나는 고개를 저으며 말했다.

"아니요, 다른 교사를 찾을 때까지 아이들을 가르치겠어요."

그는 알아들었다는 듯 미소를 지어 보였다.

유산을 내가 원하는 대로 처리하는 일은 생각보다 쉽지 않았다. 하지만 내 결심은 변함이 없었다. 사촌들과 수없이 논쟁을 벌이며 설득을 했다. 그들이 내 입장이었어도 똑같이 했을 거라는 사실을 일깨워야 했기 때문이다. 결국 사촌들은 내 의견에 동의했다. 변호사가 내 뜻에 따라 필요한 서류를 작성하고 서명했다. 마침내 세인트 존과 다이애나, 메리, 그리고 나는 각각 오천 파운드씩을 갖게 되었다.

제 21 장

제인! 제인! 제인!

크리스마스가 가까워질 무렵에야 모든 일이 말끔하게 해결되었다. 그리고 마을 학교와도 이별할 시간이 다가왔다. 비록 긴 시간은 아니었지만, 학생들과 나는 서로에게 큰 도움이 되었다. 무엇보다 그들의 마음속에 내가 자리하고 있다는 사실이 무척 흐뭇했다. 나는 일주일에 한 번은 꼭 학교에서 수업을 하겠다고 약속했다.

마지막 날, 나는 육십 명에 달하는 여학생들이 모두 건물에서 빠져 나가는 것을 지켜본 후 문을 잠갔다. 그러고는 학생 몇 명과 작별 인사를 나누고 있을 때, 세인트 존이 찾아왔다. 학생들이 모두 가고 나자 세인트 존이 물었다.

"열심히 일한 것에 대한 보상을 충분히 받았다고 생각하니? 인류의 발전을 위해 평생을 바치는 건 어떨까? 그것도 행복하지 않을까?"

세인트 존은 어느새 나를 스스럼없는 말투로 대하고 있었다.

"그래요, 하지만 저는 영원히 그렇게 살지는 못해요. 다른 사람의 능력을 발전시키는 것도 좋지만 제 자신의 능력도 마음껏 누리고 싶거든요. 이제는 누려야겠어요. 일단은 학교에서 벗어났으니 휴가를 즐기고 싶어요."

세인트 존은 진지한 표정으로 다시 물었다.

"그게 무슨 소리야? 무슨 일을 하려고 그러는 거지?"

"활동적으로 지내고 싶어요. 우선 대청소를 좀 해야겠어요. 한나를 보내 주세요. 일주일 후면 다이애나 언니와 메리 언니가 집으로 돌아오겠죠? 한나와 함께 무어 하우스를 깔끔하게 꾸며 놓고 언니들을 맞고 싶어요."

"그러마, 나는 네가 어디 여행이라도 떠나려는 줄 알았다. 지금은 집을 단장하는 일 따위가 아주 즐겁게 느껴지겠지. 하지만 조금만 지나면 집안일보다 더 고상한 기쁨을 바라게 될 거야."

그 후 한나와 나는 열심히 일했다. 며칠 동안 부산을 떨며 청소를 하고, 음식을 잔뜩 장만했다. 새 가구와 양탄자를 사들이기도 했다. 드디어 기다리던 그날이 왔다. 세인트 존이 가장 먼저 도착했다. 나는 부엌에서 케이크를 굽고 있었다. 세인트 존은 집

안을 대강 둘러보는 시늉을 하더니 곧 거실로 가서 책을 읽기 시작했다.

"아가씨들이 오세요! 아가씨들이 오신다고요!"

한나가 문을 활짝 열어젖히며 소리쳤다. 나는 밖으로 달려 나갔다. 마차 소리가 점점 가까워지더니 이내 대문 앞에 멈춰 섰다. 드디어 그리운 이들이 활짝 웃으며 나에게 다가왔다. 잠시 후, 세인트 존이 거실에서 나오자 두 사람은 동시에 그에게 달려가 얼싸안았다. 세인트 존은 말없이 누이들에게 입을 맞췄다.

그날 저녁은 너무나 행복했다. 사촌 언니들은 끊임없이 이야기 보따리를 풀어 놓았다. 그 덕분에 세인트 존의 침묵이 크게 의식되지 않았다. 세인트 존은 누이들과의 만남을 진심으로 기뻐하기는 했지만, 그들의 천진스러운 유쾌함을 함께 나누지는 못했다. 오히려 좀 더 차분한 내일이 오기를 바라는 듯했다.

일주일 내내 세인트 존은 자신의 인내심을 시험해야만 했을 것이다. 우리 셋이 크리스마스 주간을 맞아 소풍을 하루 앞둔 꼬마들처럼 한껏 들떠 있었기 때문이다. 다이애나와 메리는 시골의 상쾌한 공기와 편안한 집에서 느끼는 해방감, 그리고 넉넉하고 풍요로운 생활이 주는 안정감으로 한껏 행복해 했다. 그 외중에도 세인트 존은 병든 사람과 가난한 이들을 돌보러 다녔다.

시간이 흘러 즐겁고 들뜬 기분이 어느 정도 가라앉자, 우리는 다시 평소의 습관대로 생활하기 시작했다. 그러자 세인트 존도 집에서 보내는 시간이 훨씬 더 많아졌다. 그는 머지않아 인도로 가서 선교 활동을 할 예정이었다. 그래서 인도 말을 공부하는 중이었다.

가끔 세인트 존의 푸른 눈이 앞에 펼쳐 놓은 문법 책을 떠나 방황하다가 나한테로 와서 멈출 때가 있었다. 그러다가 눈이라도 마주칠 양이면 곧바로 눈길을 돌렸다. 나는 그가 왜 그러는지 궁금했다.

그리고 내가 매주 빼놓지 않고 마을 학교를 찾아가는 것을 몹시 만족스러워했다. 눈이 많이 내리거나 바람이 거세게 부는 날이면 다이애나와 메리가 가지 말라고 말리곤 했다. 그러나 세인트 존은 항상 나를 부추겨서 가도록 만들었다. 때때로 비를 잔뜩 맞거나 완전히 녹초가 되어서 돌아와도 감히 불평을 늘어놓을 수 없었다. 그러면 그가 무척 못마땅해 했기 때문이다.

그러던 어느 날 오후, 나는 감기 기운이 심해 집에 있어도 좋다는 허락을 받았다. 나 대신 다이애나와 메리가 학교에 갔다. 나는 책을 읽고 있었고, 세인트 존은 이해할 수 없는 인도의 문자를 번역하고 있었다. 문득 고개를 들었을 때, 그의 푸른 눈이 계속 나를 지켜보고 있다는 것을 깨달았다. 그 눈빛은 몹시 냉정하고 날카로워 보였다. 세인트 존이 입을 열었다.

"제인, 뭐하고 있니?"

"독일어로 된 책을 읽고 있어요."

"독일어 공부는 그만두고 힌디 어를 배우는 게 어떨까?"

"진심이에요?"

"진심으로 그랬으면 좋겠구나."

세인트 존은 지금 인도에서 사용하는 힌디 어를 공부하고 있는데, 시간이 지날수록 앞에서 익힌 기초적인 부분들을 자꾸만 잊게 된다고 했다. 그래서 누군가를 가르치면 처음에 공부한 부분을 다시 한 번 복습하는 셈이 되니까, 머릿속에 확실히 새겨 놓는 데 도움이 될 거라고 했다. 결론은 자기를 위해 학생이 되어 달라는 것이었다. 석 달 후면 떠날 테니까 시간을 많이 빼앗지는 않을 거라고 덧붙였다. 세인트 존은 무엇이든 쉽게 거절할 수 있는 상대가 아니었다. 결국 나는 그렇게 하겠다고 했다.

세인트 존은 인내심이 많은 편이었지만, 그만큼 엄격한 선생이었다. 그는 나한테 너무 많은 것을 기대했고, 그러면서 서서히 내 마음의 자유를 앗아 가기 시작했다. 그가 가까이 있을 때는 마음껏 웃음을 터뜨리거나 자유롭게 말할 수 없었다. 진지한 생각이나 행동만이 그에게서 인정받는다는 것을 알고 있었기 때문이다. 내가 쾌활한 모습을 보이면 그는 어김없이 싫은 내색을 했다. 무엇보다 마음에 들지 않았던 것은 그런 것을 의식하는 나 자신이었다. 나는 어느새 세인트 존이 나한테 무관심해지기만을 간절히 바라고 있었다.

그 즈음 세인트 존은 나를 누이처럼 대하겠다는 약속을 지키지 않았다. 그는 점점 더 나를 차갑게 대했고, 엄격한 눈으로 바라보았다. 한 지붕 밑에 살고 있었지만 마을 학교 선생님이었을 때보다 더 거리감이 느껴졌다.

이런 변화를 겪으면서도 나는 로체스터 씨를 한순간도 잊을 수 없었다. 무어 하우스에서의 생활은 더없이 풍요롭고 편안했지만, 불안이라는 병이 늘 내 마음속을 파고들었다. 로체스터 씨한테 무슨 일이 일어나지나 않았는지 알고 싶다는 절박함이 언제나 나를 따라다녔다.

유산 문제로 브리그스 씨와 편지를 주고받으면서, 로체스터 씨의 안부를 물어본 적이 있었다. 하지만 그는 로체스터 씨와 관련된 일은 아무것도 몰랐다. 나는 페어팩스 부인에게 편지를 보내 로체스터 씨의 소식을 알려 달라고 간청했다. 하지만 이 주일이 지나도록 답장이 오지 않았다. 두 달이 지나도 나한테 오는 편지는 단 한 통도 없었다. 그렇게 하루하루를 보내는 동안 나의 조바심만 극에 달했다.

나는 다시 편지를 썼다. 먼저 보낸 편지가 도중에 사라졌을지도 모른다는 생각이 들어서였다. 다시 몇 주 동안은 희망에 부풀어 있었지만, 시간이 지날수록 점차 허망하게 무너져 갔다. 반 년이란 세월이 그렇게 부질없이 흘러가자 희망은 완전히 사라져버리고 말았다. 마음 깊은 곳에서부터 슬픔이 북받쳐 올라왔다.

화사한 봄이 반짝반짝 빛나고 있었지만, 나는 하나도 즐겁지 않았다. 사촌 언니들이 내 기분을 북돋워 주려고 애썼다. 다이애나는 내가 아픈 것 같다면서 쉬는 날에 바닷가로 가서 바람이라도 쐬자고 했지만 세인트 존이 강경하게 반대했다. 그는 나한테 필요한 것은 휴식이 아니라 뚜렷한 목표와 일이라고 했다. 그가 힌디 어 공부 시간을 마음대로 더 늘려도, 나는 바보처럼 거절할 생각조차 하지 못했다.

어느 날 저녁, 나는 여느 때보다 더 서글픈 마음으로 공부를 하기 시작했다. 아침에 한나가 나한테 온 편지가 있다고 하기에, 드디어 애타게 기다리던 소식이 온 것이라고 기뻐했다. 하지만 막상 받아 본 편지는 실망스럽게도 브리그스 씨가 보낸 것이었다. 나도 모르게 쓰디쓴 눈물이 흘러내렸다.

세인트 존과 단둘이 앉아 힌디 어와 씨름을 하고 있자니 또다시 눈물이 쏟아졌다. 세인트 존은 자기 옆으로 와서 힌디 어로 씌어진 책을 읽어 보라고 했다. 하지만 목소리가 전혀 나오지 않았다. 그는 내가 눈물을 흘리고 있어도 전혀 놀라는 기색을 보이지 않았다. 왜 우는지 이유도 묻지 않았다. 그저 이렇게 말할 뿐이었다.

"진정될 때까지 잠시 기다리마."

나는 눈물을 닦은 뒤, 몸이 별로 좋지 않은 것 같다고 핑계를 대고 다시 책에 열중했다. 수업을 마친 후 세인트 존이 말했다.

“제인, 산책을 좀 하자. 너한테 하고 싶은 말이 있어.”

나는 그럴 기분이 아니었지만, 마땅히 거절할 핑곗거리가 떠오르지 않아 그의 말을 따랐다. 우리는 나란히 오솔길을 걸었다. 산들바람이 불어오고, 그 바람결에 상큼한 향기가 실려 왔다. 우리는 삼십 분쯤 아무 말 없이 그냥 걷기만 했다. 그러다 마침내 세인트 존이 입을 열었다.

“제인, 이제 육 주 남았구나. 6월 20일에 출항하는 배에 좌석을 예약해 두었어.”

그 말을 듣자 이상한 불안감이 밀려왔다. 내 의지와 상관없이 몸이 후들후들 떨렸다. 세인트 존의 목소리가 이어졌다.

“제인, 나와 함께 인도로 가지 않겠니? 나의 아내이자 동료로서 말이다.”

갑자기 하늘이 빙글빙글 돌더니, 멀리 있는 산들이 울렁거리며 다가왔다. 숨이 막혀 와 가슴이 터질 것처럼 답답했다. 나는 소리쳤다.

“오, 제발 이러지 마세요!”

그러나 그는 아랑곳하지 않고 계속해서 말했다.

“하느님과 자연은 네가 선교사의 아내가 되도록 정해 놓으셨어. 넌 사랑을 위해서 만들어진 사람이 아니라, 열심히 일하고 수고하도록 만들어진 사람이야. 넌 반드시 나와 함께 가게 될 거다. 네가 하느님을 위해 봉사하길 바란다.”

"저는 선교사의 아내로 적합한 사람이 아니에요. 선교사의 삶이 어떤지, 무슨 일을 해야 하는지도 몰라요. 제 마음속 어디에서도 그 일을 해야 한다는 사명감이 생기질 않아요."

"내 말이 대답이 될 거야. 우리가 처음 만난 날부터 줄곧 널 지켜보았어. 여러 가지를 꼼꼼하게 살피면서 너의 성격을 시험해 보았지. 마을 학교에서는 기질에 맞지도 않는 일을 참을성 있게 열심히 하더구나. 갑자기 부자가 되었다는 소식을 듣고도 침착한 것을 보고 돈이 많고 적음에 큰 영향을 받지 않는다는 것도 알게 되었다. 자기 재산을 기꺼이 네 사람 몫으로 나누는 것을 보고 다른 사람을 위해 희생하는 모습을 보았고.

그리고 내가 원한다는 이유로, 흥미롭게 여기던 공부를 포기하고 다른 공부를 시작하는 모습에서 내가 찾고 있던 자질들을 발견했다. 인도 사람들을 위해 봉사할 때, 너는 나한테 굉장한 가치를 지닌 사람이 될 거야."

나는 감옥에 갇힌 듯한 기분이었고, 갖가지 생각들이 뒤죽박죽 엉켜 버려 머릿속이 터질 것만 같았다. 하지만 한 가지 분명한 것은, 세인트 존과 나는 부부가 될 만큼 서로를 사랑하지 않는다는 것이었다.

"자유롭게 가는 거라면 동료의 의미로 인도에 갈 수도 있어요. 하지만 아내로서는 아니에요. 당신은 저의 사촌 오빠이고, 앞으로도 계속 그렇게 지내는 게 좋을 것 같아요."

"그건 절대로 안 돼. 결혼한 사이가 아니라면 어떻게 서른 살도 안 된 내가 열아홉 살 처녀와 같이 인도로 갈 수 있겠니? 우리는 꼭 결혼해야 해. 절대로 후회하지 않을 거다. 일단 결혼을 하고 나면 옳은 선택이었다고 느껴질 만한 애정이 생길 거야. 충동적으로 결정한 일이 아니라, 오랫동안 심사숙고해서 내린 결론이다. 그것만이 나의 목표를 이룰 수 있는 길이고, 너는 그 계획과 하느님을 위해 꼭 필요한 사람이야. 지금은 더 이상 말하지 않으마. 나는 며칠 후에 케임브리지로 떠났다가 이 주일쯤 후에 돌아올 생각이다. 그동안 곰곰이 생각해 봐. 네가 거절한다면, 그건 내가 아니라 하느님을 거절하는 것이라는 사실을 잊지 않았으면 좋겠다."

세인트 존이 케임브리지로 떠나기 전날 저녁이었다. 그동안 우리 사이는 무척 소원해졌다. 다이애나와 메리 역시 우리 두 사람 사이에서 어쩔 줄 몰라 했다. 다이애나는 세인트 존이 청혼했다는 사실을 알고서, 필요하기 때문에 결혼을 하는 것은 어리석은 일이라고 단호하게 말했다.

저녁 식사를 마친 후 우리는 세인트 존에게 작별 인사를 했다. 그는 다음 날 새벽에 떠날 예정이었다. 다이애나와 메리가 먼저 인사를 하고 방에서 나갔다. 일부러 자리를 피해 준 듯했다. 세인트 존이 말했다.

"제인, 이 주일 동안 잘 생각해 보려무나. 내 자존심만 생각한다면 더 이상 너한테 결혼하자는 말을 하지 말아야겠지. 하지만 나는 내 의무에 귀를 기울이고, 하느님의 영광을 위해 인내하고 있다. 넌 하느님이 일러 주신 길을 선택해야 해."

"저는 그런 나라에서 오래 살지 못할 거예요."

그러자 그가 나무라듯이 말했다.

"아! 두려워하고 있군."

"무슨 말이에요?"

"네 마음이 어디를 향하고 있는지 알고 있어. 자신을 부끄럽게 생각해라. 네 속에 생생하게 간직하고 있는 그 열정은 법과 종교를 거스르는 것이야. 로체스터 씨를 생각하고 있는 거지?"

그 말은 사실이었다. 나는 침묵으로 그 말을 인정했다. 상황은 매우 분명했다. 로체스터 씨가 어디에 있든 이제 나한테는 그 무엇도 되어 줄 수 없었다. 잃어버린 삶의 욕구를 대신할 또 다른 것을 찾아야 했다. 그렇다면 세인트 존이 제안한 것보다 더 쓸모 있고 만족스러운 것은 없을지도 모른다는 생각이 슬며시 고개를 들었다.

나는 마침내 입을 열었다.

"나한테 확신이 생긴다면 결심할 수 있을 거예요. 그게 하느님의 뜻이라는 확신만 선다면요."

세인트 존은 가만히 나를 감싸안았다. 나는 옳은 길이 어디인지 진심으로 알고 싶었다. 세인트 존의 말처럼 하느님이 그 길을 보여 주길 바랐다. 나는 그 어느 때보다 격앙된 감정으로 진심을 다해 하느님께 기도했다.

"저를 인도해 주소서. 옳은 길을 가르쳐 주소서!"

집 안은 무척 조용했다. 세인트 존과 나 말고는 모두 잠자리에 든 모양이었다. 어느새 초가 다 타 버리자, 방 안에는 달빛만이 가득했다. 심장이 어찌나 세차게 뛰는지 쿵쾅거리는 소리가 사방에 다 들리는 것 같았다. 그때 갑자기 뭐라 설명할 수 없는 어떤 감정이 온몸으로 전해지면서 심장이 뚝 멎어 버렸다. 정체를 알 수 없는 생소한 느낌이 내 몸 곳곳을 흔들어 깨우고 지나가자, 내 눈과 귀가 활짝 열리고 살이 부르르 떨렸다.

내 모습을 보고 세인트 존이 물었다.

"무슨 말을 들은 거냐? 무엇을 본 거야?"

눈앞에선 아무것도 보이지 않았지만 어디선가 간절하게 외치는 목소리가 들려왔다.

"제인! 제인! 제인!"

단지 그뿐이었다. 방 안에서 들리는 소리 같지는 않았다. 집 안도 아니고 정원도 아니었다. 공기를 타고 오는 것도, 땅속이나 머리 위에서 나는 소리도 아니었다. 어디서 들려오는지 알 수 없었지만, 그것은 분명히 사람의 목소리였다. 귀에 익은, 내가 사랑하는, 너무나 선명한 기억으로 남아 있는 목소리, 바로 로체스터 씨의 목소리였다. 그 목소리는 고통 속에서 절박하게 나를 부르고 있었다. 나는 정신없이 소리쳤다.

"제가 갈게요! 기다려요!"

그러면서 문 쪽으로 달려가 복도를 살펴보았다. 그러나 텅 비어 있었다. 이번에는 정원으로 달려 나갔지만 역시 아무도 없었다. 나는 다시 한 번 애타게 소리쳤다.

"어디 계세요?"

내 목소리가 거뭇한 언덕을 돌아 메아리가 되어 돌아왔다. 하지만 아무런 대답도 없었다. 세인트 존이 뒤따라 나왔다. 나는 아무것도 묻지 말고 그냥 내버려 둬 달라고 부탁했다. 그러자 그는 조용히 내 말에 따랐다. 나는 방으로 올라가 문을 잠근 다음, 무릎을 꿇고 앉아 밤새도록 기도를 드렸다.

하늘이 어슴푸레 밝아 오기 시작하자, 나는 서둘러 짐을 쌌다. 세인트 존이 방에서 나와 밖으로 나가는 소리가 들렸다. 아침 식사 시간까지는 아직 두 시간이나 남아 있었다. 나는 지난밤에 있었던 일을 생각하면서 방 안을 서성거렸다.

내가 경험했던, 도저히 말로는 표현할 수 없는 내면의 감정을 되새겨 보았다. 그때 들었던 그리운 이의 목소리가 귓전에서 맴돌았다. 어디서 온 것이었을까? 그것은 바깥 세계에서 들려온 것이 아니라 내 안에서 울려 나온 소리 같았다. 너무 예민해진

탓에 느낀 것일까? 아니면 상상에서 나온 것이었을까? 그 이상
한 경험이 꽁꽁 묶여 있던 내 영혼을 자유롭게 만들어 주었다.

아침 식사를 하면서 나는 다이애나와 메리에게 여행을 가겠
다고 말했다. 적어도 나흘은 걸릴 거라는 말도 덧붙였다. 두 사
람이 동시에 물었다.

"혼자 가려고?"

"오랫동안 몹시 보고 싶었던 친구를 만나러 가려고요. 아니면
소식이라도 들을까 싶어서요."

두 사람은 섬세하고 신중한 성격이어서 그런지 더 이상 질문
을 던지지 않았다. 다만 다이애나가 장거리 여행을 해도 좋을
정도로 몸이 괜찮은지 조심스레 물었을 뿐이다.

나는 오후 세 시에 무어 하우스를 나섰다. 그리고 네 시가 조
금 넘었을 무렵, 마차 정거장의 표지판 아래에 서서 나를 손필
드로 데려다 줄 마차를 기다리고 있었다. 고요한 언덕들 사이로
멀리 마차 소리가 들렸다. 일 년 전 바로 이 자리에 나를 내려 주
었던 그 마차였다. 그때는 얼마나 외롭고 절망적이었던가! 손필
드로 가는 마차에 올라타니, 마치 집으로 돌아가는 듯한 기분이
들었다.

서른여섯 시간의 마차 여행이 끝나갈 무렵, 광활한 들판과 나
지막한 구릉이 눈앞에 펼쳐지기 시작했다. 초록빛을 뿜내는 한
적한 언덕들은 낯익은 얼굴처럼 반갑기만 했다. 마차는 작은 여

관 앞에서 멈췄다. 나는 손님을 맞으러 나온 웨이터에게 물었다.

"손필드 저택까지는 얼마나 남았죠?"

"들판을 건너 한 삼 킬로미터쯤 더 가시면 됩니다."

나는 마차에서 내려 여관에 짐을 맡겼다. 아침 햇살에 금빛 글자로 새긴 여관 간판이 반짝거렸다. 간판에는'로체스터 암스'라고 씌어 있었다. 내 심장이 기쁨을 억누르지 못하고 마구 뛰었다. 벌써 로체스터 씨의 땅에 들어와 있었던 것이다. 그런데 갑자기 심장이 철렁 내려앉았다.

'어쩌면 그분은 이곳에 없을지도 몰라. 아니, 있다고 한들 내가 무엇을 할 수 있을까? 그 사람한테는 이미 아내가 있어. 감히 말을 걸거나 얼굴을 마주할 수도 없을 거야. 더 이상 가지 않는 게 좋아. 여관 종업원한테 물어보는 게 낫겠지.'

일리 있는 생각이었지만 차마 그렇게 할 수가 없었다. 나를 다시 절망 속으로 몰아넣을 대답이 나올까 봐 두려웠다. 손필드 저택을 다시 한 번 보고 싶었다. 내가 무슨 짓을 하고 있는지 알아채기도 전에 발길은 이미 그쪽을 향하고 있었다. 얼마나 열심히 걸었던지! 드디어 눈에 익은 숲이 나타났다. 나는 더욱 서둘러 발걸음을 옮겼다. 들판을 하나 지나고 오솔길 하나를 더 지나자, 손필드 저택 안뜰의 울타리와 뒤쪽 건물들이 보였다. 집은 아직 보이지 않았다.

'제일 먼저 정면을 봐야지. 로체스터 씨의 방 창문이 보일 거야. 어쩌면 그분은 창문 앞에 서 있을지도 몰라. 아침에 일찍 일어나는 편이니까. 가만, 지금쯤이면 정원을 산책하고 있을지도 모르겠네. 그분을 볼 수만 있다면…….’

　나는 안뜰의 울타리를 지나 모퉁이를 돌았다. 그 너머 두 개의 돌기둥 사이에 대문이 있었다. 나는 돌기둥 하나에 등을 기대고 숨었다. 그러고는 두려우면서도 기쁜 마음으로 천천히 고개를 내밀어 저택을 바라보았다. 내 눈에 들어온 것은 예전의 손필드 저택이 아니었다! 저택은 새카맣게 타서 폐허로 변해 버렸고, 그 주변으로 죽음 같은 정적만이 감돌고 있었다.

제 22 장
과거와 미래

마음속으로 거세게 밀려드는 질문에 대답을 찾아 주어야 했다. 아무리 생각해도 여관이 아니고서는 대답을 들을 만한 곳이 없었다. 나는 황급히 여관으로 돌아갔다. 여관 주인이 직접 내방으로 아침 식사를 가지고 왔다. 하지만 무슨 말부터 꺼내야 할지 몰라 망설이다가, 용기를 내어 겨우 입을 열었다.

"손필드 저택을 아시겠지요?"

"그럼요, 알다마다요. 로체스터 씨가 돌아가실 때까지 그 댁에서 일했으니까요."

"돌아가셨다고요! 그분이 정말 돌아가셨어요?"

"지금 계시는 에드워드 로체스터 님의 아버님 말입니다."

나는 놀란 가슴을 쓸어내렸다.

"로체스터 씨는 지금 손필드 저택에 계신가요?"

"아니에요, 작년 가을에 큰 화재가 난 이후로 거기엔 아무도 안 살아요. 끔찍한 사건이었지요! 그렇게 어마어마한 저택이 한순간에 잿더미로 변해 버리다니……. 한밤중에 불이 났는데 어찌나 처참한지 눈 뜨고 볼 수 없을 정도였어요. 제 눈으로 직접 봤지요."

한밤중이라고! 그 시간은 손필드 저택에서는 늘 재앙의 시간이었다.

"어떻게 불이 났는지 아세요?"

"짐작만 할 따름이지요. 사실 의심할 여지가 없어요."

여관 주인은 나한테 좀 더 가까이 다가오더니 나지막한 소리로 말을 이었다.

"그 저택에 미치광이 여자가 있었다는 거 아세요?"

"그런 이야기를 들은 적이 있어요."

"그 여자가 로체스터 부인이었다더군요. 다들 소문으로만 미친 여자가 있다는 걸 들었지, 그 여자가 누군지는 짐작조차 못했어요. 그런데 그게 정말 묘한 순간에 밝혀진 거예요. 그 저택에 가정교사로 일하던 숙녀가 있었는데, 로체스터 씨가……."

내 이야기가 나올 것만 같아서 얼른 말을 가로막았다.

"그런데 불은……."

"그 이야기는 곧 할게요. 로체스터 씨가 그 가정교사를 사랑하게 됐다 이겁니다. 하인들 말로는 로체스터 씨가 누군가를 그토록 사랑하는 걸 본 적이 없었대요. 그 여자는 미인도 아닌 데다가 몸집이 어찌나 작은지 마치 어린아이 같았다고 하더군요. 로체스터 씨는 그 가정교사와 결혼하려고 했었다지요."

"그 이야기는 나중에 해 주세요. 지금은 화재 이야기를 듣고 싶어요. 그 미친 여자가 불을 질렀나요?"

"그 여자가 불을 지른 장본인이라는 건 확실해요. 그동안 풀 부인이라는 사람이 미친 여자를 돌보았는데, 딱 한 가지 단점만 빼고는 아주 믿을 만한 사람이었답니다. 가끔씩 독한 술을 너무 많이 마신다는 것이었죠. 하기야 그런 일은 워낙 힘드니까 그럴 만하다 싶기도 하지만요.

아무튼 풀 부인이 술에 잔뜩 취해서 잠이 들면, 그 미친 여자가 열쇠를 훔친 다음에 방에서 빠져 나오곤 했대요. 불이 난 그날 밤도 그 여자는 옆방 커튼에 불을 지른 다음, 아래층으로 내려가서 가정교사의 침대에 불을 질렀다지 뭐예요. 하지만 다행히도 그 방에는 아무도 없었어요. 가정교사는 두 달 전에 떠나 버렸거든요.

가정교사가 사라졌을 때, 로체스터 씨는 그 아가씨가 마치 이 세상에서 가장 소중한 보물이라도 되는 양 찾아 헤맸지만 아무 소식도 들을 수가 없었지요. 그 후로 로체스터 씨는 점점 난폭해졌고, 혼자 있으려고만 했어요. 그분은 돌봐 주던 아델 양을 학교로 보내더니, 나중에는 페어팩스 부인도 멀리 떨어진 친구 집으로 보내 버렸어요. 그러고는 아무도 만나지 않고 집 안에만 틀어박혀 지내셨답니다.”

“뭐라고요? 영국을 떠난 게 아니었어요?”

“떠나다니요! 문 밖으로도 안 나오셨어요. 하지만 한밤중이 되면 마치 유령처럼 정원을 돌아다니셨다지요. 제 생각에 그분은 제정신이 아니었던 것 같아요. 그 가정교사가 마음을 뒤흔들어 놓기 전까지는 더없이 의지력이 강하고 점잖은 신사 분이었는데……. 그렇게 미남은 아니었지만, 용기 있고 정신력이 강한 분이었어요.”

“그럼 불이 났을 때 로체스터 씨가 집에 계셨나요?”

“그럼요, 계시다마다요. 아래층이고 위층이고 전부 불타고 있을 때, 삼층으로 가서 하인들을 무사히 빠져 나오게 했답니다. 그러고는 미치광이 부인을 구하려고 다시 위층으로 올라가셨어요. 그 여자는 지붕 위에 서서 팔을 휘두르며 미친 듯이 소리를 지르고 있었지요. 몸집이 아주 크고, 검은 머리를 길게 기른 여자였어요. 로체스터 씨가 지붕으로 올라가서 ‘버사!’라고 부르며 다가갔답니다. 그런데 아이고 맙소사! 그 미친 부인은 끔찍스런 소리를 내지르면서 펄쩍 뛰어내렸지 뭡니까.”

“그 여자는 죽었나요?”

"죽었냐고요? 그럼요! 피가 사방으로 흩뿌려지면서 돌처럼 싸늘하게 굳어 버렸지요. 정말로 끔찍했답니다."

"죽은 사람은 또 없었지요?"

"없었어요. 하지만 죽는 편이 더 나았을지도 모르죠."

"그게 무슨 말이에요?"

"가엾은 로체스터 씨! 어떤 사람들은 아내가 살아 있는데도 다른 여자와 결혼하려 했으니 벌을 받아 마땅하다고 말하기도 하지만, 저는 그분이 너무나 불쌍해요."

"그분은 살아 있다고 하지 않았나요?"

"네, 그래요. 하지만 돌아가시는 게 나았을 거라고 생각하는 사람들도 많답니다."

"왜요? 어째서요?"

나는 피가 얼어붙는 것 같았다.

"장님이 되었으니까요."

나는 그보다 더 끔찍한 이야기일까 봐 두려워하고 있었다. 혹시 그가 미치지는 않았는지 겁이 났다. 나는 마음을 쓸어내리며 로체스터 씨가 어쩌다 시력을 잃게 되었는지 이유를 물었다.

"그게 모두 그분의 용기와 온정 때문이지요. 그분은 사람들이 모두 집에서 빠져 나올 때까지 남아 있었어요. 미치광이 부인이 뛰어내린 다음, 마지막으로 중앙 계단을 내려오는데 갑자기 쾅! 소리가 나면서 저택이 무너지고 말았답니다. 나중에 잿더미 속에서 그분을 구해 내긴 했지만 이미 심하게 다친 후였죠. 한쪽 눈이 튀어나오고, 한쪽 손은 심하게 으스러지는 바람에 잘라 버려야 했어요. 게다가 다른 한쪽 눈마저 시력을 잃으셨고요.”

“로체스터 씨는 지금 어디에 계시죠? 사는 곳을 아세요?”

“펀딘 저택에 계세요. 그곳 농장에 딸린 시골집에요. 여기서 오십 킬로미터쯤 떨어진 곳이랍니다.”

“함께 있는 사람이 있나요?”

“늙은 하인 두 명이 전부예요. 마부인 존 부부랍니다. 다른 사람은 싫다고 하셨대요. 몸이 많이 쇠약해지셨다던데…….”

“혹시 마차가 있나요?”

“그럼요, 꽤 훌륭한 마차가 한 대 있지요.”

“지금 바로 준비해 주세요. 날이 저물기 전까지 펀딘에 데려다주면, 당신과 마부한테 요금을 두 배로 드리지요.”

펀딘 저택은 숲 속 깊숙이에 자리 잡은 아주 오래된 건물이었다. 예전에 그 집에 대해 들은 적이 있었다. 그 집은 원래 로체스터 씨의 아버지가 사냥할 때 쓰려고 산 집이었다. 로체스터 씨는 그 집을 세놓으려고 했지만, 다니기가 워낙 불편하고 건강에도 좋은 환경이 아니라서 나서는 사람이 없었다. 그래서 계속 빈 집으로 남아 있었다. 사냥철이 되면 로체스터 씨가 가끔 찾아갈 뿐이었다.

음침한 하늘은 비를 뿌릴 듯했고, 싸늘한 바람이 불어왔다. 다행히 날이 어두워지기 전에 도착할 수 있었다. 나는 마차에서 내려 남은 길을 걸어갔다. 집 주위의 나무들이 너무 울창해서 아주 가까운 거리까지 갔는데도 아무것도 보이지 않았다.

마침내 오솔길이 확연히 모습을 드러냈다. 나는 어느새 울타리 안에 들어와 있었다. 집의 윤곽이 어슴푸레하게 보이기는 했지만, 날이 저물어 가고 있어서 그런지 나무들과 거의 구분이 되지 않았다. 무척 쓸쓸한 집이었다. 이런 곳에 과연 사람이 살고 있을지 의심스러울 지경이었다.

그때 뭔가 움직이는 기척이 나더니 현관문이 천천히 열렸다. 누군가가 문을 열고 나와 현관에 섰다. 그 남자는 비가 오나 보려는 듯 손을 내밀었다. 어둑해질 무렵이었지만 나는 그를 곧바로 알아보았다. 나의 주인, 에드워드 로체스터! 바로 그였다.

나도 모르게 숨이 콱 막혀 왔다. 몸을 숨기려고 했는데, 아! 그는 나를 볼 수 없었다. 너무나 갑작스런 만남, 터질 듯한 기쁨과 쓰라린 고통이 함께하는 만남이었다. 로체스터 씨는 예전 모습 그대로 건장해 보였다. 여전히 걸음걸이가 꼿꼿했고 머리카락도 까맸다. 외모는 전혀 변하지 않았지만, 그의 표정은 몹시 슬프고 절망적으로 보였다. 마치 우리에 갇힌 들짐승처럼, 위험해 보이면서도 애처롭게 느껴졌다.

로체스터 씨는 계단을 내려와 잔디밭으로 천천히 움직였다.

그러다가 어느 쪽으로 가야 할지 모르겠다는 듯 멈춰 섰다. 그는 고개를 들어 애써 하늘을 올려다보더니, 숲 쪽을 멍하니 바라보았다. 로체스터 씨한테는 모든 것이 텅 빈 어둠이라는 것을 알 수 있었다. 그때 존이 나타났다.

"주인님, 제 팔을 잡으세요. 곧 폭우가 쏟아질 것 같습니다. 들어가시는 게 좋을 것 같아요."

로체스터 씨가 쓸쓸한 어조로 대답했다.

"나 혼자 있게 해 주게."

존은 나를 보지 못하고 집 안으로 들어가 버렸다. 로체스터 씨는 이리저리 거닐어 보려고 애썼지만, 뜻대로 되지 않자 다시 더듬거리며 안으로 들어갔다.

나는 현관 앞으로 다가갔다. 문 앞에서 잠시 심호흡을 하며 마음을 가라앉히고 문을 두드렸다. 곧 존의 아내인 메리가 문을 열었다.

"메리, 잘 있었어요?"

내가 인사를 하자, 그녀는 유령이라도 본 듯 새하얗게 질려서는 뒷걸음질을 쳤다. 나는 메리에게 조용히 하라고 이른 다음, 부엌으로 따라 들어갔다. 존이 불가에 앉아 있다가 나를 보고는 벌떡 일어났다. 존과 메리는 내 손을 꼭 잡으며 무척 반가워했다. 나는 두 사람에게 그동안 손필드 저택에 있었던 일들을 다 들었다고 말하고, 로체스터 씨를 만나고 싶다는 이야기를 했다.

그때 거실에서 종이 울렸다. 그러자 메리가 컵에 물을 따른 다음 촛불과 함께 쟁반 위에 올려놓았다. 내가 물었다.

"로체스터 씨가 부르는 거예요?"

메리가 안쓰럽다는 듯이 말했다.

"네, 주인님은 어두워지면 늘 촛불을 가져오라고 하세요. 앞이 안 보이시는데도 말이에요."

"이리 주세요. 제가 가지고 들어갈게요."

쟁반을 받아 드는 내 손이 주체할 수 없이 떨리는 바람에 컵에서 물이 넘쳤다. 가슴이 빠르게 쿵쿵 뛰었다.

거실에는 우울한 기운만이 감돌았다. 벽난로에서 불꽃이 꺼질 듯 희미하게 타오르고 있었고, 그 앞에서 눈이 먼 로체스터 씨가 몸을 구부린 채 앉아 있었다. 늙은 개 파일럿이 한쪽에 누워 있다가 내가 들어가자 벌떡 일어났다. 그러더니 낑낑거리며 반갑게 달려들었다. 그 바람에 하마터면 쟁반을 떨어뜨릴 뻔했다. 나는 쟁반을 탁자 위에 내려놓은 후, 파일럿을 토닥이며 나직이 말했다.

"엎드려!"

로체스터 씨는 무슨 일인가 하고 뒤를 돌아보았다가, 자신이 앞을 못 본다는 사실을 떠올리고는 다시 고개를 돌렸다. 그러고는 기운이 없는 목소리로 말했다.

"물을 주게."

나는 로체스터 씨에게 가까이 다가가 물을 건넸다. 파일럿은 여전히 흥분해서 내 뒤를 따라다녔다. 내가 다시 말했다.

"파일럿, 앉아!"

로체스터 씨는 컵을 입에 가져가다 말고 멈췄다.

"누구요? 대답해요!"

"물을 좀 더 드릴까요? 물이 쏟아져서 조금밖에 없어요."

"대체 누구요?"

"파일럿은 저를 알아보네요. 존과 메리도 그렇고요. 지금 막 도착했어요."

"이럴 수가! 이게 무슨 일이지? 어디 있는 거요? 볼 수가 없으니 만지기라도 해야겠어!"

로체스터 씨는 허겁지겁 손을 내밀었지만, 그저 헛손질을 할 뿐이었다. 나는 가슴이 저려 오는 것을 느끼며 허공에서 헤매는 그의 손을 잡았다. 그가 흥분해서 소리쳤다.

"제인이오? 맞아, 그 사람의 손이야! 이건 제인의 몸이고! 제인의 작은 몸집……."

로체스터 씨는 손으로 더듬어 내 팔과 어깨, 그리고 허리를 움켜잡았다. 내가 덧붙여 말했다.

"그리고 이건 제인의 목소리예요. 제인의 전부가 여기 있어요. 마음까지도요. 세상에나! 이렇게 당신 곁에 다시 있게 되다니, 정말 행복해요."

"이게 꿈이야, 생시야? 당신, 살아 있는 나의 제인이 맞소? 정말이오?"

"만져 보세요. 지금 이렇게 꼭 안고 있잖아요."

"아, 내 사랑! 정말로 나의 제인이야. 지금 내가 꿈을 꾸고 있는 건가? 그동안 나는 아무런 기대도 없이 그저 죽음만을 생각하며 비참하게 살았지. 나의 제인이 보고 싶어 미칠 것 같았어. 그 제인이 어떻게 내 곁에 있을 수 있단 말인가? 갑자기 나타난 것처럼 한순간에 사라져 버리는 건 아니겠지?"

"아니에요, 다시는 당신 곁을 떠나지 않아요."

"정말이오? 난 너무 쓸쓸하고 고통스러웠소. 아무런 희망도 없었어……. 제인, 날 좀 안아 주시오."

나는 빛을 잃은 로체스터 씨의 두 눈에 입을 맞춘 뒤, 그의 반듯한 이마를 손으로 어루만졌다.

"정말 당신이지, 제인? 그럼 이제 나한테 돌아온 거요?"

"그래요, 게다가 전 혼자 살 수 있을 만큼 부자가 되었어요."

"그게 무슨 소리요?"

"돌아가신 삼촌이 유산을 남겨 주셨거든요. 오천 파운드나요. 만약 당신이 저와 같이 살지 않겠다고 하면, 이 집 바로 옆에다 집을 짓고 매일같이 당신을 보며 지낼 거예요."

내 말에 로체스터 씨는 무척 기뻐했다. 그러다 곧 얼굴빛이 흐려졌다.

"부자가 되었다면 친구도 많아졌겠지? 이제 나같이 눈먼 사람하고는 어울리지 않겠군."

"전 당신 곁에서 당신의 눈과 손이 될 거예요. 그러니 그런 걱정은 말아요."

로체스터 씨의 얼굴이 점점 어두워지더니 나를 힘껏 끌어안았다. 내가 몸을 조금 움직이자 더욱 세게 끌어안으며 외쳤다.

"제인! 안 돼, 가면 안 돼!"

"아무 데도 가지 않을 거예요. 당신 곁에 있을게요."

"하지만 언제까지나 내 시중을 들며 살 순 없잖소. 결혼도 해야 하고."

"결혼 같은 건 아무래도 좋아요."

로체스터 씨는 다시 침울해졌다. 그는 잠깐 생각에 잠겼다가 품 속에서 불구가 된 팔을 꺼내 보이며 말했다.

"난 이제 눈도 보이지 않고 한쪽 손도 없소. 너무 끔찍스럽지. 난 당신이 내 모습을 보고 도망칠 거라고 생각했소."

"말도 안 돼요."

"내 귀여운 아가씨, 당신의 얼굴이 보이지 않아. 그렇지만 목소리를 들을 수 있고, 만질 수 있다는 것만으로도 너무나 기뻐서 가슴이 터질 것 같군."

로체스터 씨는 몹시 흥분한 것 같았다. 그럴 때는 일상적인 일을 하며 시간을 보내는 것이 좋을 것 같았다. 나는 메리를 불러 저녁 식사를 준비해 달라고 부탁했다. 곧 탁자 위에 음식이 놓이고, 난롯불도 더욱 따스하게 타올랐다. 우리 두 사람은 들뜬 마음으로 저녁 식사를 했다. 식사를 끝낸 후에는 오랫동안 편안하고 즐겁게 이런저런 이야기를 나누었다.

로체스터 씨와 함께 있으면 신중하려고 애쓸 필요도 없고, 즐겁거나 기쁜 마음을 감추지 않아도 되었다. 그의 곁에 있는 것이 너무나 행복했다. 내가 로체스터 씨와 잘 어울리는 사람이라는 것을 알고 있기 때문이었다. 그의 얼굴이 미소로 환하게 피어났다. 얼굴에 서려 있던 슬픔의 빛도 어느새 사라져 버렸다.

"제인, 여태껏 누구와 함께 있었소?"

"오늘 밤에는 그 이야기를 들을 수 없을 거예요. 내일까지 기다리세요. 저는 이제 그만 가서 쉬어야겠어요. 사흘 동안 여행을 했더니 몹시 피곤해서 쓰러질 것 같아요. 안녕히 주무세요."

"제인, 딱 하나만 더. 당신이 지냈던 곳은 여자들만 있는 집이었소?"

나는 소리 내어 웃으며 방에서 나왔다. 나는 이제 그의 슬픔을 몰아내는 방법을 알았다.

다음 날 아침 일찍, 나는 로체스터 씨가 아래층으로 내려가는 소리를 들었다. 그는 존과 메리를 보자마자 "에어 선생이 떠나지 않았겠지?"라고 물었다. 그러고는 이것저것 지시를 내렸다.

"어느 방으로 모셨지? 일어나셨나? 가서 뭐 필요한 게 없는지,

또 언제 내려올 건지 물어보게.”

나는 방에서 나와 발소리를 죽이고 살그머니 식당으로 들어갔다. 로체스터 씨는 의자에 앉아 있었다. 그 강인했던 얼굴에는 슬픔이 배어 주름으로 깊게 자리 잡았다. 나는 가능한 한 쾌활하게 말을 걸었다.

“화창한 여름 아침이에요. 비도 그쳤고요. 조금 있다가 산책을 나가요.”

나의 말 한 마디에 로체스터 씨의 얼굴이 환하게 빛났다.

우리는 오전 내내 밖에서 시간을 보냈다. 로체스터 씨는 그동안 내가 무슨 일을 겪었는지 말해 달라고 재촉했다. 나는 지난 한 해 동안의 일을 모두 들려주었지만, 처음 사흘 동안 이리저리 헤매고 다녔던 일은 대충 얼버무리고 말았다.

로체스터 씨는 그렇게 아무 대책 없이 자기를 떠난 것은 어리석은 일이었다고 말했다. 내가 아는 사람이라곤 하나도 없는 낯선 세상에서 고생하는 것을 보느니, 차라리 아무 대가 없이 자신의 재산 절반을 떼어 주었을 거라고 했다. 그리고 이렇게 덧붙였다.

“당신은 지금 말한 것보다 더 많은 고통을 겪었을 게 분명해.”

“글쎄요, 어떤 고통을 겪었든 간에 아주 금방 끝이 났어요.”

나는 리버스 가족과 함께 있었던 이야기를 들려주었다.

그러자 로체스터 씨가 물었다.

"그럼 그 세인트 존이라는 사람이 당신 사촌이란 말이오?"

"네."

"그 사람 이야기를 자주 하는 걸 보니 그를 좋아했나 보군."

"세인트 존은 아주 훌륭한 사람이에요. 좋아하지 않을 수가 없었죠."

"좋은 사람이라……, 그 말은 그 사람이 한 쉰 살쯤 된 존경할 만한 사람이란 뜻인가?"

"세인트 존은 스물아홉 살밖에 안 됐어요."

"키가 작고 못생긴 사람이겠지?"

"아주 잘생겼고 키도 훤칠하지요. 푸른빛이 반짝이는 눈에, 부드러운 금발이 무척 인상적이고요."

"머리는 좀 아둔한 편일 것 같은데?"

로체스터 씨는 어떻게 해서든지 세인트 존을 깎아 내리고 싶어 안달이었다.

"그 사람은 말수가 적은 편이지만, 일단 말을 하면 한마디 한마디가 귀 기울여 들을 만한 가치를 지니고 있죠. 정말 지적인 사람이에요."

"제인, 그 사람을 좋아하오?"

"네, 그럼요. 그 사람을 좋아했어요. 그건 조금 전에도 물어봤잖아요."

로체스터 씨는 질투심에 사로잡혀 어느새 생기를 되찾았다.

“무어 하우스에서 지내는 동안, 세인트 존은 집안 여자들과 시간을 많이 보냈소?”

“네, 우리는 같은 방에서 공부를 했어요.”

“무슨 공부를 했지?”

“독일어를 배웠지요.”

“그 사람이 가르쳐 주었소?”

“세인트 존은 독일어를 몰라요. 그 사람한테는 힌디 어를 조금 배웠어요.”

“그 사람이 당신한테 힌디 어를 가르쳐 줬단 말이오?”

“네, 그래요.”

“자기 누이들도 가르쳤소?”

“아니요, 저한테만 가르쳤어요.”

“당신이 배우겠다고 했나?”

“아니요, 세인트 존이 가르쳐 주고 싶어 했어요.”

“왜 가르쳐 주고 싶어 했지? 당신한테 힌디 어가 무슨 소용이 있다고?”

“그 사람은 제가 자기와 함께 인도에 가기를 바랐어요.”

“당신과 결혼하고 싶어 했소?”

“네, 청혼을 했지요.”

로체스터 씨는 화가 난 듯한 말투로 중얼거렸다.

“나를 놀리려고 지어낸 게 분명해.”

“정말로 청혼을 했다니까요. 당신만큼 진지하고 간절하게, 그 것도 여러 번씩이나요.”

그러자 그가 가라앉은 목소리로 냉정하게 말했다.

“에어 양, 나를 떠나도 좋소. 가서 그 세인트 존이라는 사람과 결혼해요.”

“세인트 존은 결코 제 남편이 되지 못할 거예요. 그 사람은 저를 사랑하지 않고 저 역시 마찬가지거든요. 세인트 존이 절 원한 건 단지 제가 목사의 아내로 알맞은 사람이라고 생각했기 때문이에요. 세인트 존은 훌륭한 사람이지만 저한테는 너무 차가워요. 그런데도 당신을 떠나서 그 사람한테 가야 할까요?”

“제인! 정말 그런 거요?”

“정말이에요. 제 마음은 모두 당신 거예요.”

“하지만 나는 이제 벼락 맞은 늙은 나무나 다름없소. 어떻게 내가 당신을 붙잡을 수 있겠소?”

“당신은 늙은 나무가 아니에요. 예전처럼 혈기 왕성한걸요. 저는 당신의 넉넉한 그늘을 좋아해요. 당신한테 기대고 의지할 수 있으니까요.”

“그렇다면 친구를 말하는 건가?”

“그래요.”

“아, 제인, 나는 아내가 있다면 좋겠소.”

“그러세요? 그렇다면 세상에서 당신을 가장 사랑하는 여자를 택하세요.”

“나는 내가 가장 사랑하는 여자를 선택할 것이오. 제인, 나와
결혼해 주겠소?”

“아! 그럼요! 물론이에요.”

“난 당신이 손을 잡아 줘야 하는 가엾은 장님인데도?”

나는 로체스터 씨의 손을 꼭 잡고 말했다.

“진심으로 원해요.”

“아, 내 사랑! 하느님이 당신에게 축복을 내리시기를!”

잠시 후 로체스터 씨가 말했다.

“제인, 며칠 전에 이상한 일이 있었소. 지난 월요일 밤이었지.
나는 당신이 이 세상을 영원히 떠나 버린 게 틀림없다고 생각해
왔소. 어떻게 해도 찾을 수가 없었으니까. 그날 밤 늦게 기도를
하기 시작했지. 내가 받아야 할 벌은 충분히 받았으니, 그 벌을
끝내 달라고. 그래서 당신과 함께할 희망이 있는 저승으로 가게
해 달라고 간절하게 애원했소. 어느 순간 가슴속의 간절한 소망
이 입 밖으로 터져 나오지 뭐요. ‘제인! 제인! 제인!’이라고.

내 이야기를 들으면 당신은 그저 내 상상일 뿐이라고 생각할
거요. 하지만 이건 사실이오. 내가 그렇게 소리치는데 어디서 들
리는지 알 수는 없지만, 누구인지는 분명한 목소리가 이렇게 대
답하더군. ‘제가 갈게요! 기다려요!’ 그리고 잠시 후 ‘어디 계세
요?’라는 속삭임이 바람을 타고 들려왔지. 나는 우리의 영혼이

서로를 찾아 헤맸던 게 분명하다고 믿소.

그래서 당신이 홀연히 나타나 나를 불렀을 때 그게 정말 당신인지, 그 한밤중의 속삭임처럼 바람을 타고 들려온 것은 아닌지 도저히 믿을 수가 없었소. 이제야 당신이 정말 돌아왔다는 걸 믿게 되었구려. 아, 하느님! 감사합니다!"

말을 마친 로체스터 씨가 길을 안내해 달라고 손을 내밀자, 나는 그 손에 입을 맞추었다. 우리는 다정하게 숲길을 걸었다.

제 23 장

마지막 이야기

며칠 후, 나는 로체스터 씨와 조용히 결혼식을 올렸다. 그리고 곧 사촌들에게 그 사실을 편지로 알렸다. 다이애나와 메리는 진심으로 기뻐하며 축하해 주었다. 하지만 세인트 존은 그 소식을 어떻게 받아들였는지 알 수가 없었다. 그는 내가 보낸 편지에 한동안 답장을 하지 않았기 때문이다.

여섯 달 후, 세인트 존은 침착하고 정중한 내용의 편지를 보내 왔다. 하지만 로체스터 씨의 이름은 단 한 번도 언급하지 않았다. 그 후 세인트 존은 아주 가끔씩이지만 꾸준하게 편지를 보내 자신의 소식을 전했다.

나는 곧 아델이 다니는 학교를 찾아갔다. 나를 보자마자 좋아서 팔짝팔짝 뛰는 아이를 보니 측은해서 가슴이 미어지는 듯했다. 아델은 그사이 좀 마른 것 같았다. 나는 그 학교의 규칙이 지나치게 엄격하다는 사실을 확인하고서 곧 아델을 집으로 데려왔다.

하지만 오래지 않아 나 혼자의 힘으로는 로체스터 씨를 돌보기에도 벅차다는 것을 깨달았다. 고민 끝에 아델을 집에서 가까운 학교로 보냈다. 그러고는 자주 집에 오게 하고, 가끔은 내가 찾아가기도 하면서 아델이 외로움을 느끼지 않도록 했다. 세월이 흘러 아델이 학교를 졸업할 즈음에는, 함께 있으면 기분이 좋고 또 서로의 고마움을 아는 친구가 되어 있었다.

로체스터 씨는 결혼 후 이 년 동안 앞을 보지 못한 채 지냈다. 그런데 어느 날 아침의 일이었다. 내가 로체스터 씨를 대신해서 편지를 쓰고 있는데, 그가 내 쪽으로 몸을 숙이며 말했다.

"제인, 목에 뭔가 반짝거리는 것을 걸고 있소?"

그때 나는 금목걸이를 하고 있었다.

"그래요."

"그리고 연두색 드레스를 입고 있소?"

그의 말 그대로였다. 로체스터 씨는 언제부터인가 한쪽 눈을 덮고 있던 어둠이 점점 옅어지는 것 같았는데, 지금은 확실히 걷힌 것 같다고 말했다. 나는 너무나 기뻐서 눈물을 흘리며 로체스터 씨를 힘껏 껴안았다.

우리는 당장 런던으로 갔다. 로체스터 씨는 유명한 안과 의사의 도움으로 한쪽 눈의 시력을 되찾을 수 있었다. 아주 선명하게 보이는 정도는 아니었다. 그러나 첫 아이를 처음으로 품에 안았을 때, 그 사내아이가 한때 강렬하게 빛나던 자신의 크고 까만 눈을 그대로 빼닮았다는 것을 직접 확인할 수는 있었다.

다이애나와 메리도 결혼해서 해마다 우리를 만나러 왔다. 다이애나의 남편은 해군 대령이었고, 메리의 남편은 목사로 세인트 존의 대학 친구였다.

세인트 존은 아직 결혼하지 않았으며, 앞으로도 결혼하지 않을 것이라고 했다. 그는 갖가지 고난 속에서도 지칠 줄 모르고 헌신했다. 그 쉬지 않는 정열과 수고로움 때문에 세인트 존은 점점 빛을 잃어 가고 있었다. 그가 보낸 마지막 편지를 보면, 이 땅에서 자신이 해야 할 일이 거의 끝났음을 잘 알고 있는 듯했다. 다음 번에는 낯선 사람이 세인트 존의 소식을 전해 줄지도 모른다. 세인트 존은 죽음을 전혀 두려워하지 않을 것이며, 마지막 순간까지도 자신이 바라던 대로 될 것이 틀림없다.

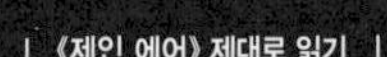

붉은 방에서 벗어나
자유의 들판에
이르기까지

강혜원 _ 전 서울 상암고등학교 국어 교사

인간의 고통은 여성 때문이다?

우리 사회에는 무수히 많은 차별이 존재한다. 누가 그렇게 하라고 시킨 것도 아닌데 성별이나 인종이 다르다고, 가난하거나 못 배웠다고 무시하고 차별한다. 인류의 역사와 함께해 온 차별, 그중 가장 오래되고 뿌리 깊게 자리 잡은 차별은 바로 여성에 대한 차별이 아닐까?

기독교의 창조 신화를 보면, 여성은 남성을 유혹하여 인류를 고통 속으로 몰아넣는 존재로 등장한다. 이브는 뱀의 꼬임에 빠져 금단의 열매를 먹은 후 그것을 아담에게 건네는데, 이로 인해 인간은 에덴의 동산에서 쫓겨나 출산과 노동을 비롯한 갖가지 삶의 고통을 느끼게 된다는 것이다.

그리스 신화에 나오는 판도라는 또 어떤가. 제우스는 인간에게 벌을 내리고자 판도라라는 인류 최초의 여성을 만든 후, 그녀에게 상자 한 개를 주면서 인간 세상으로 내려 보낸다. 절대로 상자를 열어 봐서는 안 된다는 경고와 함께. 그러나 판도라가 호기심을 참지 못하고 상자를 열자, 상자 안에서는 가난과 전쟁, 질병과 슬픔, 증오와 시기 등 인간이 겪을 수 있는 모든 고통이 튀어나왔다고 한다.

알브레히트 뒤러 작 〈아담과 이브〉(1507). 뱀이 이브의 한 손에 들린 금단의 열매 가지를 물고 있다.

학자들은 이를 두고 남성들이 만들어 낸 일그러진 여성상이라고 말한다. 여성에 대한 왜곡된 시선이 담긴 이러한 신화들은 오랜 세월을 거치는 동안 인간의 역사에 큰 영향을 미쳐 왔고, 지금까지도 그 위력을 발휘하고 있다. 그러나 여성에게 가해지는 억압과 차별을 깨 보려는 노력 역시 역사와 함께 계속되어 왔다. 특히 19세기 이후 그 시도는 더욱 다양한 모습으로 나타난다.

존 윌리엄 워터하우스 작 〈판도라〉(1896).

이러한 욕구를 반영하듯 등장한 소설이 바로 샬럿 브론테의 《제인 에어》이다. 최초의 여성 성장 소설로 평가받는 이 작품은, 결혼만이 여성의 유일한 행복이라고 여겨지던 시대에 한 여성이 삶을 어떻게 자신의 것으로 만들어 가는지를 생생하게 보여 주고 있다.

줄거리는 아주 단순하다. 고아로 자란 제인 에어가 사랑하는 사람을 만나 진정한 행복을 찾게 된다는 내용이다. 그러나 이 작품이 아직까지도 높은 평가를 받고 있는 이유는, 사랑 이야기 이면에 한 여성의 열정과 독립적인 존재로 거듭나고자 하는 자각의 과정이 존재하기 때문이다. 《제인 에어》를 단순한 연애 소설로만 볼 수 없는 까닭이 여기에 있다.

제인 에어의 아주 특별한 성장기

제인 에어는 어렸을 때 부모를 잃고 외삼촌의 집에 맡겨진다. 그러나 외삼촌이 일찌감치 세상을 떠나자, 제인은 외숙모와 사촌들의 학대와 구박을 받으며 외롭게 살아간다.

어느 날 제인은 사촌인 존의 폭력을 견디다 못해 대들었다가 붉은 방에 갇히게 되고, 그곳에서 두려움과 외로움에 떨다가 기절하고 만다. 외숙모는 그 일을 계기로 제인을 로우드 자선 학교로 보내 버린다.

로우드 학교는 학생들의 개성을 짓밟고 복종을 강요하는 곳이었다. 그런 환경 속에서 제인은 맑고 순수한 헬렌과 진실한 우정을 쌓게 되지만, 오래지 않아 헬렌은 병으로 죽고 만다. 로우드 학교에서 지내는 동안, 제인은 템플 선생님을 의지하며 배움의 폭을 넓혀 나간다. 그러나 템플 선생님마저 결혼하여 학교를 떠나게 되자, 제인도 새로운 삶을 찾아가기로 결심한다.

제인은 학교를 떠나 손필드 저택에서 가정교사로 일하던 중 저택의 주인인 로체스터와 사랑에 빠진다. 두 사람은 신분과 나이의 차이를 극복하고 결혼을 약속하지만, 결혼식 날 모든 것이 엉망이 되어 버린다. 로체스터에게 미치광이 아내가 있다는 사실이 밝혀진 것이었다.

제인은 곁에 있어 달라는 로체스터의 간청에도 불구하고 그를 떠난다. 그리고 절망에 빠진 채 굶주림과 추위를 겪으며 방황하다가 다행히도 세인트 존과 다이애나, 메리의 도움을 받게 된다. 세 사람 덕분에 정신적인 안정을 되찾아 가던 중 뜻밖의 사실이 밝혀진다. 그들이 제인의 사촌이었던 것이다.

겉보기에는 평온한 생활이 이어지고 있었지만, 제인의 마음은

영화 〈제인 에어〉 같은 작품, 다른 느낌

《제인 에어》가 처음으로 영화화 된 것은 1944년, 로버트 스티븐슨 감독에 의해서였다. 조앤 폰테인과 오선 웰스가 각각 제인과 로체스터를 연기했다. 조앤 폰테인은 〈의심〉이라는 작품으로 아카데미 여우주연상을 받은 배우로, 평범하게 생긴 제인을 표현하기에는 너무나 빼어난 미인이었다. 글썽거리는 눈망울을 한 아름다운 금발의 미녀는 지금 보기에도 원작의 제인 이미지와는 사뭇 다르다. 로체스터 역의 오선 웰스는 영화사에 길이 남을 걸작 〈시민 케인〉의 감독이자 당대의 천재적인 배우였다.

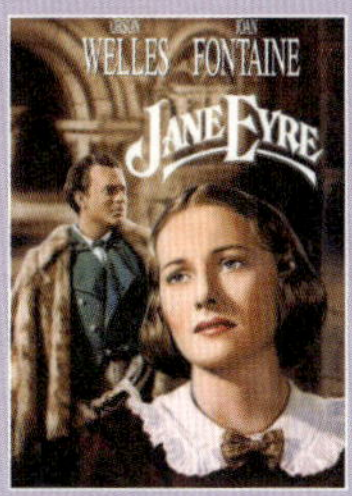

1944년 영화 〈제인 에어〉 포스터와 제인 역을 맡은 여배우 조앤 폰테인의 모습. 고전적인 아름다움을 뽐내는 미인으로, 소설 속의 제인과는 거리가 있어 보인다.

이들이 출연한 〈제인 에어〉는 제인과 로체스터의 사랑에만 초점을 맞추어, 제인의 여성적 자각 등을 다루는 데는 힘을 잃었다는 평을 받았다.

1996년에 만들어진 영화 〈제인 에어〉는 프랑코 제피렐리 감독의 작품이다. 샤를로트 갱스부르와 윌리엄 허트가 주연을 맡았다. 샤를로트 갱스부르는 다소 중성적인 듯하면서도 평범한 외모로 제인의 이미지를 잘 표현해 냈다고 평가받았다. 프랑코 제피렐리 감독은 이 작품을 만들게 된 이유를 다음과 같이 밝혔다.

1996년에 제작된 〈제인 에어〉 포스터(좌). 1996년의 영화에서는 영화 〈피아노〉에서 열연했던 안나 파킨이 제인 에어의 어린 시절을 연기해 화제가 되었다(우).

"감독이라면 누구나 평생을 통해 꼭 한 번 영화로 만들고 싶은 작품이 있기 마련이다. 제인 에어는 현실적이면서도 파격적인 인물이다. 남자와 동등하고자 했던 여성이었다는 점에서 여성사의 기념비적인 인물이다. 현대의 젊은이들이 제인이라는 인물에 대해 깊은 공감을 느끼리라 믿는다."

여전히 불안하기만 하다. 그때 세인트 존이 함께 인도로 가서 선교 활동을 하자며 청혼한다. 제인은 사랑이 없는 결혼은 할 수 없기에 그의 청혼을 거절한다. 그리고 간절하게 제인을 부르는 로체스터의 목소리를 환청으로 듣는다.

곧바로 로체스터를 찾아가 보니, 그는 화재 사고로 눈이 멀어 버린 후였다. 떨림 속에서 다시 만난 두 사람은 다시 한 번 서로의 사랑을 확인하고 행복한 가정을 이루게 된다.

샬럿 브론테, 삶이 곧 한 편의 소설

샬럿 브론테(1816~1855)는 영국 요크셔 주의 손턴에서 태어났다. 샬럿이 다섯 살 되던 해에 어머니가 세상을 떠나자, 샬럿을 비롯한 5녀 1남의 형제들은 목사인 아버지와 이모의 보살핌을 받으며 자랐다.

1824년 샬럿 브론테는 자매들과 함께 코언 브리지라는 기숙 학교에 입학하였다. 그러나 얼마 되지 않아 언니인 마리아와 엘리자베스가 병에 걸려 세상을 떠나고 말았다. 그곳의 열악한 생활 환경 탓이었다. 이런 체험은 《제인 에어》 속에서 로우드 학교의 모습으로 고스란히 나타나게 되었다.

이후 샬럿은 하워스에 있는 목사

샬럿 브론테의 초상화.

관으로 돌아와 동생들을 돌보면서, 많은 책을 읽고 글을 쓰기 시작했다. 하워스의 광활한 자연 환경 속에서 브론테 자매들은 상상의 나래를 마음껏 펼칠 수 있었다. 이곳에서의 시간들은 샬럿에게뿐만 아니라 동생인 에밀리와 앤에게도 문학적으로 성숙해지는 중요한 시간이었다.

하워스 목사관. 브론테 자매가 문학적인 상상력을 키우던 곳이다. 지금은 브론테 박물관이 되어 브론테 자매의 흔적을 생생히 간직하고 있다.

샬럿은 직접 학교를 세워 학생들을 가르칠 꿈을 갖고 있었다. 그래서 교사의 자질을 익히기 위해, 1842년에 벨기에의 에제 기숙 학교에 입학했다. 그녀는 교장인 에제에게 연정을 품기도 하지만, 그 사랑은 끝내 이루어지지 않았다. 에제는《제인 에어》에서 로체스터의 모습으로 투영되었다.

1846년에 샬럿과 에밀리, 그리고 앤은 그동안 자신들이 쓴 시를 모아《커러, 엘리스, 액턴 벨의 시집》을 출간했다. 그러나 시집은 단 두 권만 팔렸을 뿐이다. 첫 책은 그렇게 참담하게 실패했지만, 문학을 향한 깊은 애정과 열정이 사그라지지는 않았다.

각고의 노력 끝에 샬럿 브론테는 첫 장편 소설인《교수》를 완성한 뒤 1847년 10월, 마침내《제인 에어》를 출간하게 되었다. 《제인 에어》는 출간 직후 두 달 만에 2쇄를 찍는 등 당시로서는 엄청난 성공을 거두었다. 같은 해에 에밀리의《폭풍의 언덕》과 앤의《아그네스 그레이》도 연달아 출간되었다.

《제인 에어》출간 이후, 샬럿은 작가로서 명성을 얻게 되지만, 이듬해에 남동생인 브랜웰이 죽고 뒤이어 에밀리와 앤이 세상을

떠나는 등 개인적으로는 큰 슬픔을 겪었다. 그러나 그녀는 삶의
고비에도 펜을 놓지 않고 《셜리》, 《빌레트》 등의 작품을 꾸준
히 발표했다.

1854년, 샬럿은 서른아홉 살이라는 다소 늦은 나이에 목사보
인 아서 벨 니콜스와 결혼을 했다. 그러나 행복한 결혼 생활도 잠
시. 임신을 한 상태에서 기침과 고열이 겹치는 바람에, 1855년 3월
31일 짧은 생을 마감하고 말았다.

여성의 목소리가 살아 숨 쉬는 《제인 에어》

샬럿 브론테가 살았던 19세기의 영국은 최고의 번영을 누리고

있었다. 생산력이 높아지면서 상업과 무역이 급속하게 발전했다. 이와 함께 정치·사회적으로 개혁에 대한 욕구가 커져, 선거법 개정 등이 추진된 시기이기도 했다. 그러나 모든 것이 급변하는 가운데에서도 여성의 지위만큼은 변함이 없었다. 샬럿 브론테는 그런 시대 분위기 속에서 여성의 내면에 끓어오르는 자각과 열정을 깨달았다.

《제인 에어》는 한 젊은 여성이, 특히 자신보다 훨씬 상류층의 남자와 사랑에 빠졌을 때 자존감을 지키고 자기 원칙에 충실하면서 독립적인 삶을 이루기 위해 노력하는 이야기이다. 샬럿 브론테는 제인 에어를 자신의 내면에 귀를 기울이고, 그 감정을 그대로 표현하는 데 주저하지 않는 여성으로 창조했다.

당시의 독자들은 제인처럼 가난하고 평범한 여자도 열정적인 사랑을 할 권리가 있다는 사실에 큰 충격을 받았다. 더구나 작가가 여자라는 것이 밝혀지자 더욱 놀랐다. 샬럿 브론테는 처음에 '커러 벨'이라는 남성 이름으로 이 작품을 발표했다. 여성이 쓴 소설이기 때문에 받아야 할 편견이나 비난의 시선을 피하기 위해서였을 것이다.

작품이 발표된 직후부터 오늘날까지, 《제인 에어》는 대중들의 큰 사랑을 받아 왔다. 그러나 출간 당시의 평론가들은 이 작품에 나타난 여성의 적극적인 열정과 기독교에 대한 관점 때문에 많은 비판을 하기도 했다.

《제인 에어》의 초판본(영국 국립 도서관 소장)(위)과 초판본 표제지에 '커러 벨(CURRER BELL)'이라는 이름이 눈에 띈다(아래).

빅토리아 시대의 영국, 그리고 그 시대를 살아가던 여성

《제인 에어》가 출간되었을 당시, 영국은 빅토리아 여왕이 통치하던 때였다. 이 시기에는 산업혁명으로 인해 경제적인 발전이 두드러졌고, 인도·캐나다·뉴질랜드 등을 식민지로 삼는 등 제국주의가 팽창했다. 그 여파로 사회적인 변화가 급격하게 이루어지면서 계급의 구분이 완화되고 진보적인 사고 방식이 대두되었다. 이 시기를 일컬어 영국의 황금시대라고 말한다.

이와 함께 정치적인 자유를 갈망하는 시민들의 욕구도 점점 커져 갔다. 그 결과 1832년에 선거법 개정이 이루어졌고, 이어 1833년에는 노예제가 폐지되었다. 노동 연령과 노동 시간을 제한하는 공장법도 제정되었다.

그러나 법 개정에도 불구하고 노동자들에게는 여전히 선거권이 없었다. 이에 불만을 품은 노동자들은 노동 계급의 선거권을 요구하는 차티스트 운동을 전개하였다.

이 모든 변화와 진보의 물결 속에서도 여성에 대한 차별과 소외는 극심했다. 여성은 가정과 남성에 헌신함으로써 존재의 의미를 찾을 수 있었다. 법적으로도 여성에게는 아무런 권리가 없었다. 기혼 여성의 재산은 모두 남편에게 귀속되었고, 여성은 이혼 요구조차 할 수 없었다. 1857년에 결혼법이 제정되어 이혼한 여성도 상속권과 소송권을 갖게 되었으나, 여성과 남성에게 차별적으로 적용된 법이었다.

한마디로 빅토리아 시대의 여성은 천국 같은 가정을 이루고 지켜야 한다는 사회적 요구에 부합하기 위해, 보이지 않는 감옥 속에서 살고 있었던 것이다.

빅토리아 여왕(1819~1901). 64년이라는 오랜 통치 기간 동안 영국을 '해가 지지 않는 나라'로 만들었다.

1830년대 중반부터 1840년대까지 계속된 차티스트 운동. 당시의 상황을 표현한 그림.

《제인 에어》는 존 스튜어트 밀의《여성의 종속》보다 이십 년 먼저 세상에 나왔다.《여성의 종속》은 여성도 남성과 동등한 권리를 가져야 한다고 주장하는 책으로, 여성 해방 운동의 토대가 되었다. 그만큼 시대를 앞서 간 작품이지만, 어느 시대를 막론하고 누구에게나 감동을 줄 수 있는 보편적인 가치들이 담겨 있기에《제인 에어》에 대한 사랑은 언제까지나 현재 진행형이다.

독자를 설득하기 위한 작가의 선택

《제인 에어》는 외로운 소녀가 당당한 여성으로 성장하기까지의 시련과 극복의 과정을 그린 성장 소설이다. 작가는 제인 에어의 목소리를 빌려 한 여성이 자신의 지나온 삶을 회상하는 형식으로 이야기를 전개한다. 1인칭 주인공 시점의 자전적 소설인 셈이다.

샬럿 브론테는 왜 이런 방식을 택했던 것일까? 만약 화자가 제인 자신이 아니라 작품 속에 있는 다른 누구였다면? 혹은 작가가 개입하여 이야기를 이끌어간다면 어떤 느낌일까? 아마도 제인이 느끼는 감정의 굴곡들을 제대로 이해하지 못할 것이다.

제인은 외면적 사건뿐만 아니라 자기 내면의 상태까지도 고스란히 전해 준다. 덕분에 우리는 제인을 실제로 존재하는 사람처럼 느끼면서 쉽게 그 이야기 속에 녹아들게 된다. 그러

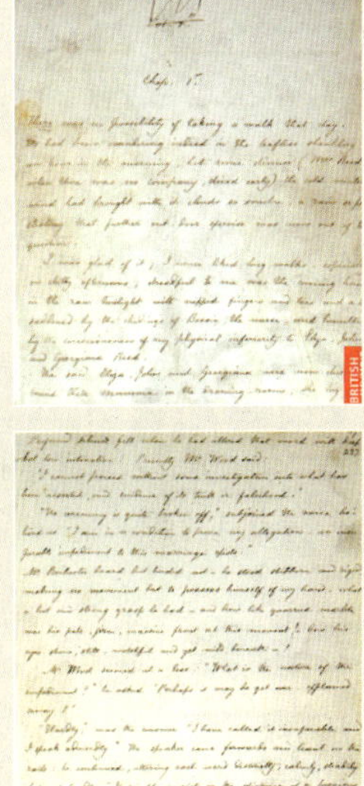

샬럿 브론테의《제인 에어》친필 원고(영국 국립 도서관 소장).

면서 제인의 생각에 고개를 끄덕이고 공감하는 것이다.

작품이 발표되었던 19세기는 여성 작가가 소설을 출간하기에 결코 쉽지 않은 때였다. 더군다나 예쁘지도 않고 가난하기 이를 데 없는 여자 주인공이 당당하게 자신의 감정을 표현하고, 삶을 꿋꿋하게 개척해 나가는 모습을 받아들이기란 녹록지 않은 일이었을 것이다.

샬럿 브론테는 그러한 시대적인 한계를 알고 있었기에 1인칭 주인공 시점이라는 서술 방식을 택했을지도 모른다. 그런 장치 덕분에 독자들은 자의식 강한 한 여성의 고난에 찬 삶과 사랑을 무리없이 받아들일 수 있지 않았을까?

억압의 공간, 붉은 방과 로우드 학교

《제인 에어》에서 제인이 생활하는 공간의 변화는 작품을 이해

하는 중요한 열쇠가 된다. 게이츠헤
드에서 로우드 학교, 손필드 저택, 무
어 하우스, 그리고 펀딘 저택으로 이
어지는 동안 제인 에어의 삶은 매번
다른 방향으로 변화한다. 그와 동시
에 정신적으로도 성숙하게 된다. 처
음에는 그저 반항적인 소녀였지만,
점점 자아에 대해 깊이 고민하고 성
찰하는 모습을 보이는 것이다.

게이츠헤드에서의 삶은 '붉은 방'
이라는 특정한 공간으로 대변된다.
제인은 아무 이유 없이 폭력을 행사
하는 존에게 대들었다가 붉은 방에
갇히고 만다. 그 방은 개인의 자유와
합리성을 억압하는 권위의 상징이었
다. 어린 제인은 붉은 방의 공포를 견

《제인 에어》는 출간 이후 수많은 연극, 영화, 드라마 등
으로 제작되었다. 1877년 연극 《제인 에어》가 무대에 올
려졌을 때, 제인 역을 맡은 연극 배우 클라라 모리스.

디지 못하고 정신을 잃고 말지만, 그
이후부터 자신의 생각을 당당하게 표현할 수 있는 용기를 갖게
된다. 성장의 첫 걸음을 뗀 것이다.

로우드 학교 역시 또 다른 억압 공간이었다. 그곳은 고아들에
게 배움의 기회를 준다는 이유만으로, 인간이 누려야 할 기본적
인 생활 조건조차 무시하는 곳이었다. 게다가 외모를 꾸미는 것
은 악의 유혹이며, 검소하지 못한 생활이 곧 사악함이라고 가르
치는 등 학생들의 개성과 꿈을 짓밟아 버린다.

게이츠헤드의 붉은 방이 지극히 개인적인 억압의 공간이었다
면, 로우드 학교는 여성에게 가해지는 사회·문화적 억압을 상징

한다. 특히 로우드 학교는 교육과 종교라는 허울을 쓰고 여성, 그
가운데서도 가난한 여성을 억압했다. 말하자면 성적인 억압과
계급적인 억압이 동시에 존재하는 제도적 장치였던 셈이다.

자신의 존재를 찾고
당당하게 사랑을 이루다

그다음으로 제인 에어가 머무르게 된 손필드 저택. 그곳에서
제인은 자유롭게 살아가는 것처럼 보인다. 그러나 그곳 역시 깨
뜨리기 힘든 억압이 존재하던 곳이다. 손필드는 제인이 로체스
터를 만나는 곳이기에, 가장 흥미진진한 장소이기도 하다. 우리
는 가슴을 졸이며 제인과 로체스터의 사랑을 지켜보게 된다.

그러나 두 남녀의 사랑 이야기에 빠져서, 존재감을 잃지 않기
위해 끊임없이 자기 마음을 들여다보는 제인 에어의 모습을 놓
치지는 않았는지? 제인은 저택의 주인인 로체스터 앞에서도 당
당하게 자신의 생각을 표현하고, 인간적으로 동등한 관계를 열
망한다.

로체스터는 제인의 열정과 개성을 받아들이는 듯한 모습을 보
이면서도 가부장적인 면모를 숨기지 않는다. 그의 성향은 미치
광이 부인 버사를 통해서 확연히 드러난다. 우리는 버사를 사랑
의 방해꾼 정도로만 여긴다. 그러나 버사가 실제로 어떤 사람인
지는 제대로 알지 못한다. 그녀에 관한 모든 정보는 로체스터의
입을 통해서 알게 된 것이다.

로체스터는 제인의 고귀한 정신과 굳센 자아를 알아보고 인정
하지만, 버사에게는 더없이 냉혹하고 심지어는 그녀의 존재 자

체를 숨기려 했다. 버사는 당시의 여성이 남성의 기준에서 벗어날 때 어떤 존재로 전락하게 되는지를 생생하게 보여 주고 있다.

그런 관점에서 본다면 손필드는 로체스터로 표현되는 남성의 권위적이고 모순적인 모습과 제인을 통해 나타나는 여성의 자유를 향한 갈망과 진실이 충돌하는 곳이라고도 볼 수 있다. 버사의 존재가 알려지는 순간, 로체스터의 모순적인 면모는 그 실체를 드러낸다. 제인은 로체스터를 깊이 사랑하지만, 한층 성숙한 내면에서 우러나오는 의지로 용감하게 손필드를 떠난다.

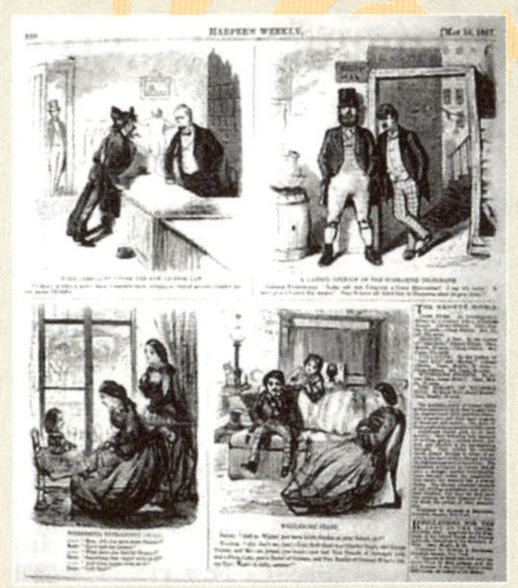

1857년 5월 16일자 《하퍼스 위클리》지에 실린 《제인 에어》의 네 컷 삽화.

제인은 무어 하우스에서 생활하면서 사랑을 제외한 다른 종류의 행복을 모두 얻는다. 제인은 이제 아무 고난 없이 자신만의 세계를 만들어 가는 듯이 보이나, 이곳 역시 또 다른 억압이 존재하는 곳이다. 그것은 종교적인 의무로 다가와 제인을 혼란스럽게 한다.

세인트 존은 선교 사업의 동반자로 제인을 선택하고 청혼한다. 그가 제인에게 자신이 청혼하는 이유를 설명하는 대목은 흡사 물건을 고르는 것 같은 느낌을 주기도 한다. 제인을 사랑하는 대상으로 보는 것이 아니라 의무를 실행하기 위한 도구로 바라보는 것이다. 그는 제인의 대답을 기다리면서도 강압적이고 지배적인 태도로 일관했다.

선택의 갈림길에서 제인 에어는 자신을 부르는 어떤 목소리를 듣게 된다. 간절하게 제인을 부르는 로체스터의 목소리였다. 사

비운의 브론테 집안

샬럿 브론테는 브론테 집안의 여섯 남매 가운데 셋째였다. 샬럿이 다섯 살 되던 해에 어머니가 세상을 떠나고, 여덟 살 때에는 두 언니인 마리아와 엘리자베스도 세상을 떠났다. 이후 샬럿이 남동생인 브랜웰과 여동생인 에밀리와 앤을 돌보게 되었다.

세 자매는 소설과 시를 통해 재능을 발휘한 반면, 브랜웰은 미술에 재능이 있었다. 브론테 자매들은 문학적인 열정을 표출하기 위해 끊임없이 글을 썼지만, 브랜웰은 재능을 펼치지 못하고 방탕한 생활을 일삼았다. 그는 술과 아편에 빠져 살면서 도박에 손대는가 하면, 가정교사로 있던 집의 부인과 사랑에 빠져 내쫓기기도 했다. 결국 브랜웰은 1848년 9월 서른 살이라는 이른 나이에 거의 미치광이가 되어 버린 상태로 죽음을 맞이했다.

폐결핵을 앓고 있던 에밀리는 오빠의 장례식 후 비를 맞으며 황무지를 헤매고 다녔다. 그날 이후 다시는 자리에서 일어나지 못하다가, 삼 개월 후 짧은 생을 마감했다. 브랜웰의 격정적인 삶은 에밀리가 쓴 《폭풍의 언덕》에서 히스클리프나 힌들리의 모습에 반영된 듯하다.

그다음 해에는 막내인 앤이 스카보로의 해변을 산책하던 중 세상을 떠나고 말았다. 그녀의 나이 스물아홉이었다. 네 남매 중 샬럿을 제외하고는 모두 서른 언저리에 세상을 떠났으니, 서른아홉 살까지 살았던 샬럿이 그나마 가장 오래 산 셈이다.

1979년 앙드레 테시네 감독이 만든 영화 《브론테 자매》. 이자벨 아자니가 에밀리 브론테 역을 맡았다.

〈브론테 자매들〉(1834년). 샬럿 브론테의 남동생 패트릭 브랜웰 브론테의 작품. 왼쪽부터 앤 브론테, 샬럿 브론테, 에밀리 브론테이다. 샬럿 브론테 옆에 희미하게 보이는 남자의 형상은 브랜웰 브론테가 자신의 모습을 그려 넣었다가 숨긴 것으로 추측된다.

랑하는 사람의 목소리를 빌려 들려온 그것은, 진정한 자유를 향한 갈망의 목소리는 아니었을까?

제인이 손필드로 돌아갔을 때, 그곳은 이미 불에 타 폐허로 변해 버린 뒤였다. 불타 버린 손필드는 여러 가지 의미를 내포한다.

뮤지컬로 만들어진 〈제인 에어〉 중에서 버사 메이슨을 표현한 장면.

우선 로체스터의 모순적인 삶이 불타 버렸다. 한 여자를 부정하고 그 존재를 숨겨 왔던 그의 과거가 불 속으로 사라진 것이다. 그와 동시에 로체스터의 이기적인 사랑도 함께 불에 타 버렸다.

작품의 마지막 배경인 펀딘 저택은 평등한 사랑과 결혼이 이루어지는 이상적인 공간이다. 손필드 저택의 화재로 로체스터는 한쪽 팔을 잃은 데다 장님까지 되어 버렸다. 그러나 이러한 상실이 제인과의 동등한 관계를 시작하는 출발점이 된 셈이다. 진정한 사랑을 얻기 위해서는 때때로 커다란 희생을 감수해야 한다는 것을 일깨우는 대목이다.

만남을 통해 더욱 성숙해진다

살면서 우리는 수많은 사람들을 만난다. 그들은 어떤 식으로든 우리의 삶에 영향을 미친다. 제인 에어 역시 여러 사람들을 만났고, 그들은 제인의 성장에 중요한 자양분이 되어 주었다. 그중에는 제인을 억압하는 인물들도 있지만, 제인을 돌보고 따뜻하게 감싸는 사람들도 있었다.

로우드 학교에서 제인은 속 깊은 친구 헬렌과 자신을 믿어 주는 템플 선생님을 통해, 어려운 상황에서도 스스로를 지켜 나가는 법을 배우게 된다. 그리고 다이애나와 메리는 제인과 깊은 유대감을 형성하면서 정신적인 발전에 도움을 준다. 이들은 때로는 따뜻한 위로의 말로 제인의 상처를 어루만져 주기도 하고, 때로는 애정 어린 충고도 하면서 제인이 올바른 길을 찾아갈 수 있도록 돕는다.

제인에게 힘이 되었던 이들이 모두 여성들이라는 점은 주목할 만하다. 제인은 이들을 자신의 역할 모델로 삼았고, 그들의 장점을 자신의 것으로 만든 덕분에 더욱더 성숙한 모습을 보일 수 있었다.

버사는 포악하고 절제를 모르는 타락한 여인으로 묘사된다. 그러나 그것은 로체스터를 통해 표현된 모습일 뿐이다. 제인이 로체스터의 간절한 애원을 거절했던 것은 그 결혼이 온당치 않아서이기도 하지만, 같은 약자의 입장에서 버사를 존중하는 마음 때문이기도 하다. 어찌 보면 버사는 차별과 억압에 짓눌린 채 갇혀 사는 당시의 여성들을 상징하고 있는 것은 아닐까?

로체스터는 제인이 사랑하는 대상이지만, 동시에 극복해야 할 억압적인 남성상을 갖고 있다. 그는 열정이 넘치는 사람이다. 제인을 진심으로 사랑하기에 관습과 도덕에 어긋난다 하더라도 욕망을 따르려는 열정을 보인다. 그 열정은 때로는 독선적이고 이기적으로 보이기도 한다. 반면, 세인트 존은 신의 이름으로 희생적인 삶을 강요하는 가부장적인 인물이다. 그는 지나치게 냉엄한 이성을 갖고 있다. 종교적 사명을 절대시하는 그는 차가운 이성의 판단에 따라 사랑하지도 않는 제인에게 청혼을 한다.

버사의 입장에서 쓴 소설이 있다는데?

도미니카의 로소 섬에서 태어난 영국 작가 진 리스(Jean Rhys)는《제인에어》를 읽으며 자신과 출신이 같은 버사에게 깊은 관심을 가졌다. 그녀는 로체스터의 미치광이 부인 버사를 다른 관점에서 재해석하여, 1967년에《광활한 사르가소 바다(Wide Sargasso Sea)》라는 작품을 발표하였다.《제인 에어》속의 버사는 크레올이다. 크레올이란 라틴 아메리카나 서인도 제도 등지에서 태어난 백인 또는 백인과 흑인의 혼혈인을 말한다. 유럽 사람들은 크레올이 유색인들에게 동화되어 천성이 게으르고 퇴폐적이라는 생각을 갖고 있었다. 제국주의적인 사고에서 비롯된 편견이었다.《제인 에어》에서 로체스터의 입을 통해 전해지는 버사의 행실은 어쩌면 그런 편견을 반영한 것인지도 모른다.

진 리스(1890~1979).

진 리스는 이 작품을 통해《제인 에어》속에 숨어 있는 제국주의적이고 남성 중심적인 시각을 비판했다. 제인과 로체스터의 사랑을 방해하는 미치광이 여자에게 생명력을 불어 넣어 숨은 과거를 찾아 주고, 짐작조차 할 수 없었던 그녀의 진실과 고통을 재조명한 것이었다.

《광활한 사르가소 바다》는《타임》지가 선정한 '100대 현대 소설'에 꼽힐 만큼 높게 평가받는 작품이다. 1993년에 이 소설을 영화화한 작품이 우리 나라에도 소개되었는데, 〈카리브 해의 정사〉라는 다소 이상스런 제목으로 상영되었다.

영화 〈카리브 해의 정사〉 포스터. 영화 자체도 원작 소설의 깊은 의미를 제대로 살려 내지 못했다는 평가를 받았다.

제인은 열정과 이성 사이에서 끊임없이 고민한다. 그리하여 사랑은 있으나 떳떳하지 않은 결혼, 사랑은 없고 의무감만 있는 결혼 모두를 거부한다. 그녀는 어느새 이성과 열정 중 어느 한쪽으로 치우치지 않고 현명하게 조율할 수 있을 만큼 성숙해졌다.

고난과 시련을 극복할 때
진정한 자아를 발견한다

소설이나 영화 혹은 드라마에 등장하는 여주인공들을 보자. 빼어난 미모와 다소곳함을 지닌 청순가련형이 대부분이다. 점점 현실적인 캐릭터들이 등장하고 있지만, 아직까지는 여주인공은 아름답다는 공식에서 벗어나기란 쉽지 않다.

제인 에어는 가난한 고아인 데다 아름다운 외모와는 거리가 멀다. 그럼에도 불구하고 백오십 년이 넘는 기나긴 시간 동안 전 세계의 독자들로부터 깊은 사랑을 받아 왔다. 그녀의 외모는 평범하기 이를 데 없지만, 자신의 정체성을 찾기 위해 노력한 인물이었기에 진정으로 아름다운 사람이라고 말할 수 있다. 《제인 에어》 이전에 나온 어느 소설에서 이 같은 여성의 자각을 발견할 수 있었던가. 모순적인 자신의 모습에 괴로워하는 로체스터가 제인을 사랑할 수밖에 없었던 것도 그녀가 자신의 진실한 목소리에 귀 기울일 줄 아는 여성이었기 때문일 것이다.

물론 제인은 수없이 갈등하고 고민했다. 우리가 제인에게 깊이 공감할 수 있는 이유는 그녀가 완벽하게 현명한 사람이 아니라, 시련을 극복하기 위해 끊임없이 고민하고 노력하는 모습을 보여 주었기 때문이다. 혼돈의 순간마다 그녀는 내면의 목소리에 귀를 기울였다. 이것이 진정한 나인가? 이 길이 정말로 옳은 길인가? 작품 속에는 지금의 잣대로 보면 고개

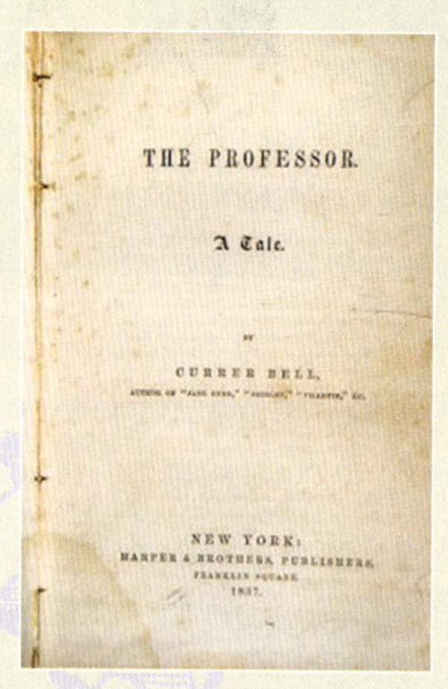

샬럿 브론테의 처녀작인 《교수》. 샬럿이 세상을 떠난 후인 1857년에 출간되었다.

샬럿 브론테와 친분이 있던 작가들

《제인 에어》의 성공 이후, 샬럿 브론테는 런던을 자주 방문하면서 당시의 유명한 작가들과 친분을 쌓았다. 그녀는 19세기 상류 사회의 속물 근성을 풍자한 《허영의 시장》의 작가 윌리엄 새커리를 존경하여 《제인 에어》의 2쇄를 그에게 헌정한다는 말을 넣기도 했다.

《메리 바턴》을 쓴 엘리자베스 개스켈은 샬럿 브론테와 누구보다도 친밀한 우정을 쌓았다. 1855년 샬럿이 세상을 떠나자마자,

윌리엄 새커리(1811~1863).　　엘리자베스 개스켈(1810~1865).

개스켈은 《샬럿 브론테의 삶》이라는 전기를 써서 샬럿의 삶과 문학을 기렸다. 이 작품은 뛰어난 문학 작품이자, 위대한 작가에 대한 가치 있는 기록으로 평가받는다.

를 갸웃거릴 만한 부분도 많다. 왜 굳이 제인이 외삼촌의 유산을 받도록 만들었을까? 자신의 능력으로도 얼마든지 당당해질 수 있었을 텐데 말이다. 결혼이 아닌 다른 결말로 행복을 찾을 수는 없었을까? 제인 정도의 의지와 능력이라면 한 남자에게 의지하지 않고도 사회적으로 성공을 거둘 수 있었을 것이다.

로체스터를 장님으로 만든 이유는 무엇일까? 이 대목은 과거에 대한 로체스터의 속죄의 의미이거나 모든 어려움을 뛰어넘는 진정한 사랑을 표현하기 위한 것이라고 생각할 수도 있다. 그러나 다른 한편으로 생각해 보면 외적으로 제인과 로체스터를 동등한 관계로 만들기 위한 억지스런 장치라고 느껴지기도 한다.

이 작품이 씌어졌던 19세기의 시대 상황을 다시 한 번 생각해

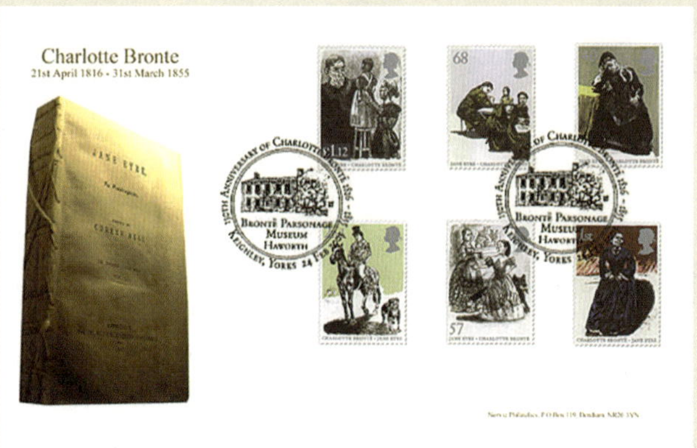

2005년 샬럿 브론테 탄생 150주년을 기념하여 만들어진 우표. 《제인 에어》의 장면들을 담았다.

보자. 그때는 여성에게 선거권이나 재산권 같은 법적인 권리가 전혀 없었다. 여성이 꿈꿀 수 있는 행복한 미래란 신분이 좋은 남자와 결혼을 하여 평화로운 가정을 꾸리는 것이 전부였다. 여성이 가질 수 있는 직업이라고 해 봐야 공장에서 단순 노동을 하거나 가정교사나 간호사 같은 몇 가지에 한정되어 있었다.

그러한 상황에서 지금과 같은 모습의 여성상을 그려 내기란 쉽지 않은 일이었을 것이다. 여성으로 자신의 존재를 주장하며, 한 인간으로서 자유롭고 독립적인 삶을 살고자 하는 모습을 보여 주는 것만도 대단히 진보적인 발걸음이었다.

차별 없는 평등한 세상을 위해

우리 사회에는 아직도 차별이 존재한다. 그것은 엄연한 현실이다. 여전히 '다른 것'을 '차별해야 하는 것'으로 생각하는 사람들이 있지만, 대부분은 차별 없는 세상을 꿈꾼다. 그러나 우리가 진정으로 원하는 세상은 '차별'이라는 말이 아예 없는, 누구나 평등한 세상일 것이다.

백오십 년 전의 작품이기 때문에 시대적인 한계는 존재하지만,《제인 에어》는 평등한 세상을 향한 작가의 신념을 보여 준다. 샬럿 브론테는 자신의 내면을 충실히 들여다보고 정체성을 찾으려고 노력할 때, 어떤 상황이 닥쳐도 당당할 수 있다고 말한다. 나 자신에게 당당할 때 다른 이의 차별적인 시선에도 용감하게 맞설 수 있는 것이다. 바로 제인 에어의 모습처럼.

'나'에 대한 진지한 성찰이 있은 다음에, 내가 속해 있는 환경을 보는 객관적인 안목이 생긴다. 자신의 진짜 모습을 찾아가는 것, 그것이 한 개인에게만 국한되는 발전이라고 생각할지도 모른다. 하지만 어쩌면 평등한 세상을 위해 우리가 할 수 있는 가장 근본적인 변화의 첫 걸음이 아닐까? 자신의 정체성을 찾아가는 일이 어렵지만 꼭 필요한 것은 바로 그런 이유 때문일 것이다.

푸 른 숲
징 검 다 리
클 래 식
0 0 5

제인 에어

첫판 1쇄 펴낸날 2006년 7월 31일
27쇄 펴낸날 2025년 4월 30일

지은이 샬럿 브론테   **옮긴이** 이혜경
발행인 조한나
주니어 본부장 박창희
편집 박고은 정예림 강민영
디자인 전윤정 김혜은
마케팅 김인진 김은희
회계 양여진 김주연

펴낸곳 (주)도서출판 푸른숲
출판등록 2003년 12월 17일 제2003-000032호
주소 경기도 파주시 심학산로 10, 우편번호 10881
전화 031) 955-9010   **팩스** 031) 955-9009
인스타그램 @psoopjr   **이메일** psoopjr@prunsoop.co.kr
홈페이지 www.prunsoop.co.kr

ⓒ푸른숲주니어, 2006
ISBN 978-89-7184-473-1 44840
      978-89-7184-464-9 (세트)